追夫心切

3

完

文創風
426

江邊晨露 著

目錄

第四十一章　懷孕

「夫人，您的喜脈還不太明顯，不過既然月事都遲了十五、六天，那麼應該是懷孕了。」被邀請來診脈的耿老大夫，右手食指和中指併攏按住肖文卿的手腕，左手撫摸著山羊鬍鬚，臉上露出和善的微笑。這位夫人上次懷胎月分很小，小產得乾淨，身子沒有受傷，養了兩個月便再次順利懷孕了，看來這位夫人是很容易受孕的體質。

「大夫，我需不需要特別開一些保胎藥吃？」肖文卿緊張地問道。

「是藥三分毒，小老兒建議夫人還是從食補上保胎吧。」耿老大夫道。「小老兒寫一些適合孕婦吃的食物，您讓廚房輪著做給您吃。現在雖然已經是春季了，但天氣還很冷，夫人平日一定要注意保暖，別讓自己感染風寒，很多藥孕婦都忌用，就算不忌，服用過多也可能會影響胎兒。」

「謝謝大夫了。」聆聽著老大夫的善意叮囑，肖文卿心中充滿感激。提前找大夫保胎果然比拖延時間好，這一次，她一定會保護好孩子，平安地把他生下來。

「大夫，您可以從孕婦脈象中診出男女嗎？」綠萼突然插嘴道。「大人如果知道夫人懷的是男胎，肯定會更加高興。」

「妳家夫人才剛懷孕，就算是宮裡的婦科聖手也診不出男女來。」耿老大夫搖頭道。誰家不想生兒子，有些缺德的人家得知孕婦懷的是女胎，家中又已經有女兒，再生就養不起，便弄來打胎藥將女胎打掉，讓婦人養養身子重新懷孕，所以大夫遇到問胎兒男女的，大多會回答不知道。

站在一邊的水晶望望綠萼道：「夫人不管懷的是男胎、女胎，大人都會很高興。」

「小姐如果生出嫡長子，姑爺會更高興。」綠萼道，雙眼流露急切。

望著兩個丫鬟說話，肖文卿輕笑道：「命中有無兒女都是上天注定的，妳們再怎麼替我擔心也沒有用。水晶，妳領耿老大夫去寫食物單子。」

水晶立刻點頭，恭敬地說道：「耿老先生，請跟我來。」

耿老大夫猶豫了一下，一臉誠懇地叮囑肖文卿道：「夫人，您現在剛懷孕，胎兒還沒有坐穩，所以切莫貪歡，別像上次那樣不慎把胎兒弄掉了。」他雖然每天都在忙著給人看病、治病，但對這位雨夜小產差點喪命的年輕貴婦人記憶深刻。

肖文卿頓時臉一紅，羞赧道：「謝謝大夫提醒。」

水晶和瑪瑙面露尷尬，上次夫人小產是被丞相夫人暗算的，和房事沒有關係，不過不管是家務事還是房事，都不足為外人道。聽著老大夫的叮囑，綠萼秀氣的臉上露出一絲笑意。

等耿老大夫跟著水晶去外面寫保胎的食物單子，肖文卿對臉上笑意未散的綠萼道：「妳去我房中取五兩銀子給耿老大夫。」大夫出診的診金好像是在一、二兩之間，不過這位是老大夫，而且還是位和善熱心的老大夫，她願意多付診金締結善緣。

「是，小姐。」綠萼應聲，腳步輕快地走進寢室。

靠坐在美人榻上的肖文卿看著她有些雀躍的嬌小身影，眼中不由得升起一絲陰霾。綠萼對陪嫁丫鬟的認知和春麗是一樣的，不過春麗是認命，雖然有些喜歡自己的姑爺，但始終把何大少夫人擺在首位，忠心安分，從不做勾引何大公子的舉動，後來還因為她的原因覺得姑爺花心，品性不好，不值得託付終身；綠萼對她懷孕一事表現得比她還急切，剛才在得知她懷孕不便再伺候姑爺，眼中居然流露欣喜。綠萼，一直在等待機會呀！

罷了，她就旁觀一下她會如何勾引宇軒吧，反正過了二月春闈，大弟文樺帶小弟文聰返鄉時，她會把綠萼退回娘家，讓母親安排她嫁人。

凌宇軒剛踏入福壽院，兩個正在給院中花木灑水的小丫鬟立刻興沖沖過來行禮，道：「大人，恭喜了。」

「妳們恭喜我什麼？」凌宇軒微笑道。現在他的院子裡除了三個年輕的大丫鬟，女僕不是上了年紀的洗衣婦和掃地婆子，就是做一些撣灰、擦桌子、灑水的二、三等小丫鬟。

「今日夫人請大夫把脈，大夫說夫人有喜了。」小丫鬟大著膽子道：「綠萼姊姊說，大人高興也許會給賞錢。」

有喜！凌宇軒雖然心中早就有數了，但得到大夫的認定確實非常興奮，立刻道：「妳們都去帳房那邊領賞，每人一兩銀子。」

「恭喜大人、賀喜大人，今年年底抱上小公子。」院子其他的僕人見狀也紛紛過來道賀，連跟著凌宇軒進出的侍衛們也向他祝賀。

「統統有賞，統統有賞。」凌宇軒喜笑顏開，急不可待地朝主屋走去。

主屋的堂屋裡，肖文卿坐在羅漢床上，身邊是三個丫鬟和兩個管事媳婦，還有丞相夫人面前的曹芸娘和春香、夏香。

「宇軒。」肖文卿見凌宇軒進來，立刻起身迎接。

「四公子，恭喜恭喜了。」曹芸娘笑著說道，領著她帶來的兩個丫鬟給凌宇軒行禮。

「文卿，妳起身慢些，小心身子。」凌宇軒大步走到肖文卿面前，將她扶坐回羅漢床上，一邊解下腰間的長劍遞給福安一邊問道：「妳們已經開始挑選料子給孩子做衣裳了？」屋裡的桌子上擺放著幾個大禮盒，兩個管事媳婦手中捧著布料，春香和夏香手中也各捧著兩疋白布。

「宇軒，我今早起身感覺不適，擔心自己病了就請大夫來看看。大夫把脈得出喜脈，我覺得這種大喜事應該馬上告訴母親，便派水晶過去通報一下。」肖文卿一臉賢淑地說道：「母親得知我有喜，馬上讓曹姨送來了滋補品和上好的布料，還叮囑我好好養胎。孩子月分小很容易動胎氣，她老人家還免了我的晨昏定省，要我一切以凌家子孫為重。」

凌宇軒頷首道：「母親真是體恤兒媳，妳等胎坐穩了，準備些禮物過去謝謝她老人家。」

曹芸娘連忙道：「四公子、四少夫人，你們也太客氣了，夫人得知四少夫人有喜，高興得馬上讓我準備禮物過來探望。」

她一臉感慨道：「四公子前些年在軍隊當兵，離開軍隊又直接被皇上委以重任，不知不覺間便耽擱終身大事，現在二十有六，終於開始為凌家傳宗接代了。四少夫人呀，四公子是嫡子，出身高貴，夫人的意思是您要多給他這一房開枝散葉，努力讓兒女數量超過三房，凌家家大業大，需要很多孩子。」女兒用於和其他權貴世家聯姻，兒子傳承繁衍家族，兒女，尤其是兒子的數量是家族興盛的關鍵。

肖文卿微微低頭，含羞道：「曹姨，替夫家開枝散葉是婦人的本職。」超過三房？三房除了過繼出去的長子，還有兩個兒子和三個女兒，目前一個姨娘還正懷著孕呢！

凌宇軒淡淡地一笑，道：「曹姨，妳替我謝謝母親對我們四房的關心，文卿是個好妻子，她會安排好四房所有事情的，請她老人家放心好了。」

「這就好。」曹芸娘點著頭道，躬了躬身子。「夫人很關心小孫子，四公子，四少夫人，你們這裡如果有什麼需要就儘管開口。」

「我和文卿都知道了。」凌宇軒淡定道，臉上表情高深莫測。

曹芸娘見他們夫妻都沒有什麼話要她轉告的，便讓春香和夏香將手中的布疋交給肖文卿身邊的丫鬟，告辭走了。

肖文卿起身目送曹姨娘離開，指著那四疋白棉布，道：「宇軒，這是母親送給小寶寶做貼身裡衣和尿布的。你看，整整四疋，一個小嬰兒怎麼用得完？」

凌宇軒望望被放在桌面上的四疋白棉布，輕笑道：「那麼妳就多生幾個，一起努力將這些棉布用完。」

肖文卿頓時欣然而笑，他這是告訴她，他所有的孩子都只會出自她。

因為懷孕，因為得到婆婆的允許，肖文卿正大光明地不去給婆婆請安了，每天清晨在福壽院附近的花園裡散步，回來後聽取大管事丁伯說些關於她嫁妝折價脫手購買外省良田和商鋪的彙報，院中的帳房先生會拿著帳簿告訴她近些日子院子裡的重要支出。

肖文卿把凌宇軒要求更換貼身小廝的事情告訴丁伯，讓他挑選年紀比較小、忠心可靠的家生子；如果不確定忠誠，那麼就去外面買，只要新的小廝能單獨伺候主人了，他的兒子福安和福寧便能跟著他在外面做事，以後子承父業。

其實，由於凌宇軒白天多半不在家，沒有事情可做的福安、福寧早就跟著父親丁伯學習管事，還輪流跟著他出去，現在肖文卿直接把話傳給丁伯，丁伯聽了滿心歡喜——一般男孩子做小廝做到十八歲就會另謀差事，因為凌大人拖著沒找新小廝，所以他的兩個兒子一個二十、一個十九，還很沒出息地待在後宅伺候主人生活起居。

「丁伯，上次我和大人叮囑你找的婦人你可找到了？」肖文卿道，現在她身邊需要一、兩個生養經驗豐富的婦人。

「夫人，一般生養過好幾個的婦人，她們大多在家照顧孩子，牙婆們帶來幾個給我看過，全是鄉下老太太，談吐粗俗，不適合在夫人您身邊伺候。」丁伯拱著手回答道。丞相府中有好些個自幼賣入府中後來配給小廝有過生養的嬤嬤，不過凌大人不信任她們；對要伺候夫人的嬤嬤，凌大人的要求是，至少生養過兩胎，年紀在四十歲以下，容貌中上，性格溫和、舉止大方。近朱者赤，近墨者黑，凌大人擔心端莊文雅的夫人和未來的公子、小姐被卑微粗陋的婦人影響到呢。

「降低要求，只簽約一、兩年，還允許把最小的孩子帶在身邊。」肖文卿淡定地說道。這般年紀的婦人大多都在家中侍奉公婆、照顧孩子，除非家中窮得揭不開鍋，否則是不會到大戶人家當僕婦嬤嬤的。

「是。」丁伯道。

肖文卿又問了一些話後讓丁伯出去做事，然後開始考慮踏青的事情了。她自從前年十一月開始結交貴女、貴婦以來，還沒有辦過社交活動。原本去年冬季打算等到下雪天邀請一些朋友到丞相府來賞雪尋梅，沒想到她意外小產需要坐小月子，而且去年一整個冬天都沒有下雪，只好和朋友相約今年開春一起踏青。京城的暖春來得晚，一般踏青要到二月半之後，清明節之後幾天也行，再晚了就不叫踏青而叫郊遊了。

她現在懷孕算足了也就一個月，到二月半的時候應該有兩個月，她現在還記得預知夢中的那個她懷孕的一些片段，估計自己會在懷胎差不多兩個半月的時候害喜，那麼她必須把踏青時間定在她害喜之前，而且踏青時萬事都需要多注意。

等時間吧，二月下旬、三月上旬之前，只要風和日麗，她提前三天寫信邀請朋友們就是了，深閨貴女、後宅夫人平日裡沒事可做，也就是相互約著時間一起出門。

肖文卿心中做好了決定，便安心地待在家中養胎，偶爾寫信和朋友們交流，填詩詞、送新的刺繡花樣或者做兩套別具特色的絡子送過去，保持友情不淡。

第四十二章　妯娌

二月初三下午，午睡起身的肖文卿正在花園蓮湖邊散步，觀看發芽的垂柳，身邊站著瑪瑙和一名中年藍衣婦人。

這名中年婦人名叫雲三娘，是牙婆介紹來的，她生養過四個孩子，目前四個孩子全都存活著。她的兩個女兒有婆婆帶著，大兒子現在在書塾讀書，家裡打算明年把小兒子也送進書塾。肖文卿和她聊了一陣子，覺得此婦人粗略認識幾個字，談吐比較文雅，對懷孕和生產的一些注意事項也很瞭解，便和她簽了三年僱傭契約。

「夫人，前院來人傳信，大舅爺肖大公子來了。」青衣丫鬟在花園中找到肖文卿，向她稟告道。

「他終於到了！」肖文卿說著，臉上又驚又喜。

「前院一名管家正在招待大舅爺，派人過來問是否讓他到後宅來見您。」那丫鬟道，外男進後宅需要得到主人的同意。

「妳去說一聲，順便把大舅爺領進來。」肖文卿道，領著跟在身邊的瑪瑙和雲三娘回福壽院，開始安排自己大弟住下的事宜。

半炷香時間，報信的丫鬟領來了一名頭戴舉人巾，身穿青袍的書生進來。這書生年約

十七、八歲，面容白皙俊朗，唇紅齒白，個子中等，雙肩稍微單薄，氣質溫和沈穩。
再過兩、三年，大弟就會變成風度翩翩的成熟男子了，肖文卿見了便站起身來迎接。
「小弟文樺拜見大姊。」青衫俊朗書生進入堂屋後便朝一身素雅貴婦裝束的肖文卿拱手作揖，他身後跟著的一個小廝和一個長隨也向肖文卿深深行禮。
「文樺，自家姊弟無須多禮，你趕路辛苦了，快些坐下歇歇。」肖文卿上前說道，滿臉溫柔笑容。雖然她在家鄉時，被收養的他因為已經成年，需要和她守著男女之防，但畢竟是同姓族人、還是姊弟，親情還是有的。
「謝大姊。」肖文樺謙遜地說道，等肖文卿坐下才坐到鋪著墨綠色坐墊的高背黃楊木座椅上。
「綠萼，妳去泡茶，讓人去廚房端幾盤新做的糕點來。」肖文卿坐回羅漢椅上便立刻吩咐綠萼伺候大公子，現在差不多接近申時，大弟一路過來可能餓了。
「是，小姐。」綠萼立刻下去泡茶，同時吩咐小丫鬟去廚房端糕點過來。
肖文樺坐定後，寒喧道：「大姊今日可好？姊夫呢？」他知道侯門深似海，自從進入丞相府後一路走來更知道庭院深深，裡面隱藏著更多複雜。
肖文卿道：「我和你姊夫一切都好。」
肖文樺從衣袖內袋裡取出一份書信，道：「姊姊，這是母親寫給妳的家信。」他指著小廝和長隨手中的包裹道：「這些是母親給妳和姊夫的東西。」

站在房中的二等小丫鬟立刻機靈地上前接過遞到肖文卿手中。雲三娘望望，上前接過了小廝和長隨手中的大包裹放到肖文卿手邊的桌几上。

肖文卿眨眨逐漸潮濕的眼睛，顫聲道：「文樺，母親她老人家可好？」抓著家信，她的手都有些顫抖了。在這個時代，女兒如果外嫁到很遠的地方，可能一輩子都無法再和娘家聯繫了。

「大姊，母親一向身子硬朗，小弟離開時，她也是精神奕奕，再三叮囑我別強求，放榜之後就早些回家，別讓她擔心。」肖文樺寬慰肖文卿道：「家中還有文楓在，他會侍奉母親的。」

「家裡就要辛苦二弟了。」肖文卿點頭道。

「小姐，大公子，廚房今日做了玫瑰水晶糕、紅豆棗糕、桂花酥餅，你們嚐嚐。」綠萼領著小丫鬟進來，將兩份泡好的茶和精美糕點分別放到肖文卿和肖文樺面前，然後退到一邊。

肖文卿望望站到肖文樺身後的小廝和長隨，道：「綠萼，妳領大公子的人下去歇息，也用些茶水、點心。」綠萼可以和肖府的僕人說說話，瞭解父母、兄弟姊妹的近況。

小廝和長隨立刻望向肖文樺，等到肖文樺點頭便向肖文卿躬身行禮，道：「謝謝大小姐。」說完，他們跟著走到他們面前的綠萼退出了堂屋。

肖文樺拱讓了一下，開始喝茶、吃糕點。

肖文卿喝了一口茶之後開始看厚厚的家信，因為思念母親，忍不住潸然淚下。母親在家信中說家中一切都好，望她莫要牽掛，在婆家要盡心侍奉公母、夫婿，和妯娌友善，切不可爭權奪勢變得面目可憎，逐漸失去本性，最後被一開始就是看中她內在的夫婿離心。凌家門第高貴，肖家女兒是高嫁，母親總是擔心她會在夫家受到鄙視和欺負，認為只有女婿的維護才能讓她在相府生存。

肖文聰那邊接到消息後，馬上帶著幾個僕人趕來了。他暫住在劉學士家，除了自己帶來的一個管事和兩個小廝，劉夫人在知道他會住上幾個月後，還按照府中嫡公子標準，給他另外配備了兩個嬤嬤和四個僕人。

肖文卿看到肖文聰隨行來的小廝、僕人都捧著一大摞書和卷宗，頓時笑了。「文聰，你這是打算搬過來和你大哥住？」她原本就有這個意思。

肖文聰讓隨行的小廝、僕人將自己帶過來的書和卷宗放在桌子上，道：「姊姊，大哥，這是我在劉大人府中抄寫的部分書籍、近二十年春闈優秀答卷和分析手箚的譽本，大哥抓緊時間看一遍，心中好有個數。」

「難為你有心了。」肖文卿立刻笑道。

「小弟，辛苦你了。」肖文樺激動地說道，小弟聰明絕頂，既然這些都是他挑來的，對他必然很有用，猶豫了一下，他道：「小弟，你搬到姊夫這邊來和我同住如何？距離春闈開考還有五天時間，也許你可以指點我一二。」他和弟弟文楓都知道自己遠不如文聰聰慧，經過最初的羨慕和妒忌後都願意主動向文聽討教。

肖文卿聽了，便道：「我已經讓水晶去稟告我三嫂，讓她給你們安排客院，等客院收拾好了，你們便搬過去住。」

「多謝大姊。」肖文樺和肖文聽立刻道。

肖文卿微微一笑，道：「都是自家人，無須太多禮。」

一會兒後，水晶回來稟報，三夫人安排兩位舅爺暫住茗春居。肖文卿便帶著兩個弟弟和丫鬟、小廝們一起去茗春居。茗春居位置有些偏僻，但和內院又比較接近，經過小偏門就能進入後面花園，環境優雅，適合需要安靜讀書的人。

福寧跟著過來了，看過臨時撥過來伺候的僕人和嬤嬤，馬上叫出他們的名字，然後毫不客氣地指揮他們清掃屋子。那些小廝和嬤嬤對福寧很恭敬，做起事情來一點也不敢偷懶。肖文聽望見了微微頷首，果然還是要讓小頭目來壓制小嘍囉。

劉學士府那邊得到通知，把肖文聽的行李送了過來，一箱子、一箱子的書讓肖文樺笑了起來，道：「小弟真的要汗牛充棟了。」

肖文聽嘿嘿直樂。劉學士府最多的就是書，而且還有很多孤本，他寫下長長的書單讓管事去京城各個書齋買書，買不到的他就看過後迅速默寫下來，不知不覺地，他就攢了這麼多書。這次回去，姊夫大概要給他們兄弟一行人僱傭四、五輛馬車了。

「大哥，我前幾天就和劉大人、劉夫人提起過，他們都點頭同意了。」肖文聽笑道：

「我得知你來後便和劉夫人說了一聲，先把書全部搬過來，田伯現在還在劉府替我收拾，晚些時候我再回去向劉大人和紫書、紫丹辭行。」等大哥返鄉時，他也要收拾行裝一起回去了。

丞相府的客院經常有人清掃，這會兒四個府中下人和兩個中年嬤嬤加上肖家兄弟自帶的小廝，還有肖文卿派過來的福安、新安，茗春居一會兒工夫就清掃完畢了。

將兩個弟弟都安頓好了，肖文卿離開茗春居去找三嫂，為兩個弟弟給三嫂添麻煩表示歉意。

「弟妹妳說哪裡話，我們是一家人，妳弟弟也是我弟弟，到府中居住一段日子算什麼麻煩。」崔氏搖著頭。

「話是這樣說，府中突然多了兩位客人，總給三嫂妳添了一些麻煩。」肖文卿道。「三嫂這兩天精神可好些了？有些事妳就讓晴嵐幫妳做吧。」

「晴嵐是個懂事的女孩，現在一直都在幫我。」崔氏說道，嘴角勾起淡淡笑意。

「這就好，晴嵐經過這幾天的鍛鍊，將來幫她婆婆管理內務也不會太吃力。」肖文卿笑道。子不教父之過，女不教母之過，如果嫁出去的女兒女紅、中饋、治家樣樣不通被婆家說了，母親在親友面前會丟失面子。

邀請肖文卿坐下，讓人端茶、上點心，崔氏認真察看了一會兒肖文卿臉上氣色，關心道：「弟妹，妳已經懷孕了，處處要當心些，以後有事妳直接讓人過來跟我說，不用親自過來。」

「謝謝三嫂關心。」肖文卿笑道：「我才懷孕一個多月，現在一點反應都沒有，而且大夫也說了，孕婦多運動有助於生產，宇軒得知，督促我早晚散步不得偷懶。」

「孕婦確實需要適當的散步，免得生孩子的時候沒有氣力；再過半個月、一個月，妳就要害喜了，那才是孕婦痛苦的第一關。」崔氏以過來人的身分道：「到那時妳會吃什麼都吐，整日病懨懨的；不過沒有關係，妳可以找大夫開一些止吐的藥，吃一些酸的東西，只要度過那段時間，妳就會吃什麼都香，吃得也多。」

「因為孩子要長大，所以孕育他的母親才要多吃。」肖文卿說道，年輕嬌美的小臉上露出幾分母性的慈愛。

「對，不過妳也不能吃太多。」崔氏提前叮囑道：「吃得太多胎兒會太大，非常容易造成難產，這個，妳也要多問問大夫和妳身邊的嬤嬤。」她知道肖文卿因為懷孕特地雇了一個生產經驗豐富的中年僕婦。文卿懷孕生產時，她估計在皇宮頗受皇上寵信的小弟會努力把宮裡的穩婆請來給文卿接生。

「女人生產是一道生死關卡。」肖文卿道，心中升起一絲悵然。預知夢中的她最後是平安生產了，卻被去母留子；在現實中，她有一些夢中的經驗，身邊還有生養經驗豐富的雲三娘，大夫可以隨時請來面前，她應該能順利生產。

「宮裡有一名叫顏子珍的女太醫，給孕婦摸胎位很準，等妳的胎兒到七個月大的時候，妳讓四弟請她來給妳摸胎位。」崔氏道。「胎位不正，難產機率非常大，八成都有死傷。七個月的胎兒如果胎位不正的話，據說太醫有法子調整胎位，而且成功率還很高。」

肖文卿頓時感激不已，道：「多謝三嫂提醒，到時候我一定讓宇軒把那位女太醫請來幫我摸胎位。」三嫂一直是善良之人，總在關鍵的時候在一邊提點她。預知夢中的她在生產的時候接生婆就說，胎兒不太正，可能會難產；現實中她要是讓女太醫摸胎位，事先瞭解胎位、調整胎兒姿勢，也許會順利生產。

凌宇軒回來後得知大舅子到了自家府中，小舅子也搬過來住了，立刻去茗春居見他們兩位。因為他父親對肖家兄弟也感興趣，他便派人詢問父親，要不要見見肖家大舅子。

凌丞相傍晚回來後便去書房閱讀公文、處理帶回家的公務，得知肖家兄弟都到了他府中，就說要給肖家大舅子接風洗塵，然後凌家父子招待肖文樺，景海、景淵兩個小少年也被叫到前面來陪肖文聰。

肖文卿接到凌宇軒派人傳的話後，便獨自用膳，然後帶著丫鬟和雲三娘到花園散步，等宇軒回來。

夜晚凌宇軒回來，肖文卿便告訴他三嫂告知她的事情。

「宮裡的太醫居然還會摸胎位？我不知道。」凌宇軒立刻道：「我明日問問，等妳懷孕七個月的時候便請那女太醫給妳摸胎位。」三嫂是個軟心腸的人，雖然有時候也會心硬，但凡事都做不到狠絕，文卿和她妯娌關係好，對現在和將來都有益處。

肖文樺在茗春居努力攻讀肖文聽默寫下來的以前科考答卷，不解的地方不恥下問向肖文聽討教，肖文聽早就熟讀理解了這些，解說起來清晰明瞭。眼界開拓了不少的肖文樺深有感嘆，學無止境，在家中讀死書的人不知道天外有天，人外有人。

二月初六，肖文卿開始寫信聯絡和自己相熟的貴婦、貴女，詢問她們打算什麼時候踏青。貴婦、貴女們相互聯繫，最後約在二月十二日，去京城郊外的鳳凰山山腳下踏青。

會試三日一場，共考三場，首場在二月初九，初八各地考生便要點名入場。二月初八，肖文樺進考場。

二月十二日，肖文卿帶著近些日子又埋頭讀書的肖文聽，三嫂拜託她帶上的相府嫡長孫女凌晴嵐一起去踏青。她弟弟文聽在京城很受歡迎呢，她好幾位朋友都寫信要求必須把小秀才拉去踏青，她們也會儘量帶自家年幼的弟弟過來陪小秀才玩。

肖文聽才十二歲，還是個孩子，不需謹守男女之防，和肖文卿相約的眾貴婦、貴女看到大名鼎鼎的小秀才，便紛紛逗他取樂。有四名小少年也被他們的姊姊拖著來踏青，他們看到小秀才被一群女人圍觀，紛紛躲在一邊看熱鬧，嘻嘻哈哈、指指點點。

眾貴女、貴婦中裡面年紀最長的一位夫人的女兒已經五歲了，她看漂亮得如女娃的小秀才是越看越歡喜，忍不住開玩笑道，小秀才和她女兒訂娃娃親怎麼樣？

肖文聽聽得白嫩小臉頓時如抹了粉紅胭脂一般，害羞得別開臉望向別處。

「喲，小秀才難為情了。嘖嘖嘖嘖，臉紅起來比我家三妹還惹人憐愛。」

「近處看他，他還真漂亮，長大了必然是翩翩公子，不知道便宜哪家姑娘。」

「現在諸位不下手，等過幾年怕是要搶不到這麼優秀的妹婿或者女婿了。」

高興的眾人立刻又七嘴八舌議論起來，有膽大的已婚貴婦甚至還捏捏肖文聰白嫩的臉蛋。肖文聰努力繃著臉，讓自己從容大方地溫柔躲閃，心中很是後悔今日跟著姊姊出來踏青了。

肖文卿輕笑道：「夫人看中我家小弟是我小弟的福氣，只是他的終身大事由我母親作主，我這做姊姊的不便越俎代庖。」

已經嫁為慕容夫人的崔三小姐立刻笑道：「文卿，我七嬸雖然說著笑，但也不是不能成真呀。」

肖文卿也笑道：「這事情以後再說吧，我弟弟還小，妳那小堂妹還只有五歲呢。」

眾人說著肖文聰，然後便提到了正參加會試的肖文樺。那位雖然是肖夫人的螟蛉義子，但代表著肖家復興的第一步，不知道他這次會試的結果怎麼樣。

肖文卿見大家對肖家兄弟都興趣濃厚，只好道：「我大弟文樺以前一直在西陵家鄉讀書，沒有見過什麼世面，他既然能考中舉人，文采在西陵應該算是中上吧？不過京城會試聚集天下才子，他想要中榜比較難。」

「希望妳家大弟早日金榜題名。」一眾貴女、貴婦如此祝福道。她們聽得最多、看得最多的還是肖文卿和肖文聰這對親姊弟，那兩位被收養的肖家兄弟，只知道他們也優秀，但遠遠達不到肖文聰這麼讓人驚才絕豔。

十二日一場考試，肖文樺正常發揮，十五日，他有些文思如泉湧，答題時一揮而就，草稿寫完之後稍微修改了一下便抄寫到答卷上。三場考試結束，眾考生湧出關了他們很久的考場號房，先是各自回住所洗漱休息，然後去酒樓或者青樓肆意放縱。

肖文樺回來後有小廝伺候著洗漱歇息，睡足了之後才開始和弟弟講述考試經歷，自言考得不上不下。

肖文卿擔心他失意，便讓肖文聰帶著肖文樺去街上散心，去劉府拜訪劉學士和劉家兄弟。

第四十三章　孕吐

「嘔，嘔～～」熟睡的肖文卿突然被一股奇怪的感覺驚醒，然後便匆忙起身，趴在床沿邊對著早就預備在床頭腳踏上的痰盂作嘔起來。

睡在她身邊的凌宇軒非常警覺，在她猛然翻身的瞬間便醒來了，急切起身道：「妳要吐了？」他小時候看過三嫂害喜，因為肖文卿懷孕，他向宮中御林軍一位和自己交情不錯的已婚將官討教過婦人害喜的事情，所以看到她這樣，他並不緊張，只有憐惜，文卿痛苦的害喜階段開始了。

「嗯……嘔，嘔～～」趴在床沿邊低頭對著痰盂的肖文卿剛回答，便將胃裡的食物殘渣唏哩嘩啦地吐了出來。一瞬間，封閉的千工拔步床內飄散起古怪的酸餿味。

「誰在外面，快來伺候夫人。」凌宇軒高聲叫道，伸手輕柔地拍撫肖文卿的後背。

「大人，夫人。」負責守夜的水晶帶著三個小丫鬟匆忙跑進來，一個小丫鬟手中拿著燭火，進來後便將寢室和拔步床內的蠟燭全部點亮。

「海棠，妳去端水來給夫人漱口；百合，妳去拿熱水和毛巾來；迎春，妳快把床幃全部拉起來繫好，將窗戶打開些。」水晶進來後發現肖文卿孕吐，有條不紊地指揮小丫鬟做事，取來肖文卿的一件外套給她披上，她關切道：「夫人，您怎麼樣了？」因為有雲三娘這個中年嬤嬤在，丫鬟們都多少瞭解一些孕婦害喜的情形了，現在看到婦人害喜，並沒有嚇得驚慌失措。

「嘔，嘔～～」肖文卿身子顫抖了兩下，又是一陣嘔吐，還將嘔吐物吐到了痰盂外。

水晶見狀，便道：「大人，這裡氣味很不好，奴婢讓人把外面的羅漢床鋪上鋪蓋，您暫時去那邊歇息可好？」拔步床內飄散著一股怪味，真的很不好聞，大人繼續留在這裡合適嗎？

肖文卿趴在床沿邊吐了一陣子，汗水和眼淚糊了滿臉。抹掉臉上的汗水和眼淚，她有氣無力地說道：「宇軒，你暫時還是睡到外面的羅漢床去。」她現在這副模樣太骯髒狼狽了，不能讓他看到。

「妳還好吧？」見她吐完了還繼續保持趴臥的姿勢，凌宇軒擔心了。

「這是孕婦正常的害喜狀況，我不會有事的，這裡有水晶她們四個伺候我，你不用擔心。」肖文卿道。「你明日還有公務，快去外面歇息吧。」害喜反應強弱看孕婦體質，她這樣子，估計要鬧一個月，宇軒若是每晚都睡在她身邊，時間一長肯定會受影響。

凌宇軒知道自己留在這裡什麼忙都幫不上，而且文卿是個在意儀容的人，她心中也不希望他總是看到她的狼狽相，便道：「文卿，我今晚去外面羅漢床睡，妳有事馬上叫我。」

「宇軒，這裡氣味很難聞，你先出去。」肖文卿道。她現在狼狽不堪，怎麼可以被他看到，她想以後儘量別讓他看到她不雅的舉止。

「文卿，妳怎麼樣了，是不是很難受？不如，我去請大夫過來瞧瞧？」凌宇軒擔心地望望肖文卿，從裡床翻身下床，穿上一件絲質白袍站到拔步床的第二重門那邊，讓丫鬟們進來伺候肖文卿。

「宇軒，不用，我只是害喜。」肖文卿捂住胸口說道，胃忍不住又抽搐了兩下；不過大概是胃裡沒有東西吐了，她只是乾嘔，什麼也沒有吐出來。

「夫人，請漱口。」海棠將一杯溫水遞給肖文卿，緊張地望著肖文卿，她還沒有見夫人這樣子過。

肖文卿接過後開始漱口，然後道：「海棠，妳給大人把羅漢床整理一下。」羅漢床是大型坐具，中間放上桌几後是兩個寬敞的座椅，拿掉桌几便可以當小床用。

海棠福福身道：「是，夫人。」說完，她快速退出拔步床。夫人吐了好多，拔步床內的氣味實在太難聞了。

寢房內室的窗戶都打開通風了，水晶擔心肖文卿著涼，吩咐迎春把夫人的狐裘襖拿來。她剛幫肖文卿把上衣穿好，百合就拿著毛巾和熱水進來了。

「我來。」水晶道，熟練地幫肖文卿洗臉。她善解人意，每次都若有還無地遮擋住肖文卿的半個身子，讓站在拔步床第二重門處的凌宇軒看不到肖文卿的臉。

天下有幾個女人願意讓丈夫看到自己狼狽不堪的模樣？肖文卿就是喜歡水晶的這般貼心。

因為肖文卿吐了，水晶吩咐廚房立刻給夫人弄點吃的過來。

福壽院這小院子就養了三個大廚，雖然肖文卿和凌宇軒都沒有半夜吃宵夜的習慣，但自從肖文卿懷孕後，凌宇軒便吩咐廚房，每晚必須有一個廚師在廚房值夜。今晚輪值的廚師在丫鬟過來打熱水便詢問有何事，丫鬟說夫人害喜孕吐了，這廚師就想著夫人過了這個嘔吐難受的時間可能要吃東西，馬上開始將今晚多做的米粥拿出來熱，還準備了兩盤清淡的小菜。

肖文卿穿著輕柔保暖的狐裘衣和長褲從拔步床內走出，坐到桌邊，望著散發熱氣的米粥沒有胃口，勉強喝了兩口便又開始反胃。還好，她只是乾嘔了兩下，沒有吐出來，才吃幾口，她便放下碗不吃了。

「等妳肚子餓了再吃，別太勉強了。」陪坐在肖文卿身邊的凌宇軒道，英俊的臉上滿是憐惜、無奈，和恨不能以身代之的深情。外面的羅漢床已經整理好了，可現在他怎麼可能睡得著，不如陪在自己妻子的身邊，安撫她此刻纖細脆弱的心。

「宇軒，你快去歇息吧，別為我擔心。」肖文卿柔聲道，催促凌宇軒快些離開，雖然寢房內室的窗戶都打開了，但酸餿怪味並沒有完全散盡。

「我現在不想睡。」凌宇軒摸著肖文卿有些冷的手，柔聲道：「妳這陣子要辛苦了。」

剛才那一陣吐，她吐得身子都在微微抽搐了。她趴在床沿邊不起身不僅僅是不希望他看到她嘔吐後的不雅，也是吐得沒有氣力了。以前他和女人接觸不多，也只見過三嫂孕吐過幾回，並不是多瞭解女人懷孕的辛苦，現在看到文卿開始孕吐，而這還是剛剛開始，心中忍不住驚嘆女人的承受能力。

「這是女人都要經歷的，別人能挺過我也必然能挺過。」肖文卿反手握住他溫暖的手，臉上漾起醉人的笑容，心已經被他的體貼和溫柔話語熨得暖呼呼。

站在他們身後的水晶默默地望著，希望大人在夫人懷孕生產的時候把持得住，別做出讓夫人傷心的事情。三個小丫鬟站在角落邊，為大人和夫人的深情感動，心中默默羨慕夫人有個對她關愛無微不至的夫婿。

內室的怪味逐漸被流通的空氣稀釋淡化。水晶拿來幾個香囊，小心翼翼地遞給肖文卿，道：「夫人，這幾種香囊都是您和奴婢等人最近做的，裡面的原料香材對孕婦無害，您聞聞，想用哪一種？」拔步床內通風效果沒有外面那麼好，裡面氣味還沒有那麼快散盡，需要掛香囊驅除怪味。

肖文卿接過來逐一嗅聞，將塞了乾燥臘梅花瓣的香囊挑出來，道：「用這個。」現在聞到茉莉花香，她居然產生了討厭情緒，果然女人在懷孕期間，胃口、嗅覺和情緒都會發生一些變化。

「嗯。」水晶點頭，拿起其他的香囊出去，不一會兒又拿了幾個散發馥郁梅香的香囊進來，一個個繫在彩漆描金千工拔步床上。幽幽的梅花暗香逐漸在拔步床流動，驅散了嘔吐物殘留的怪味。

「宇軒，我要進去歇息了。」肖文卿起身道。

凌宇軒跟著起身，道：「我不放心，今晚我還是陪著妳。」說著，他親自扶著肖文卿的手臂將她扶進拔步床。

肖文卿什麼也沒有說，溫順地隨著他，抬頭望他，眼中是滿滿的愛意。

第二日清晨，肖文卿又吐了，因為胃裡空空，她只吐出了一些水和胃液。凌宇軒憂心忡忡，今日很想派人進宮請假，不過皇上身邊的事情越來越繁雜，有時候他的正常休沐日都不能休息，他不能因為兒女情長誤了皇上大事。

得知情況一早就趕過來的雲三娘安慰這對年輕的夫妻，這是很正常的事情，他們不需要太擔心。

凌宇軒聞言，叮囑雲三娘和丫鬟們好好照顧夫人。他相信重賞之下必有勇夫，於是就宣佈，這個月丫鬟和雲三娘的月錢每人多一兩銀子；等夫人平安生產，他獎勵她們每人十兩銀子。對他而言錢多得是，文卿和她肚子裡的孩子卻是他最重要的寶貝。

「謝謝大人、謝謝大人。」雲三娘和丫鬟們聽了頓時喜笑顏開。伺候夫人本來就是她們分內之事，大人的賞賜是額外，而且還很豐厚。

洗漱完畢後躺靠在堂屋美人榻上的肖文卿，蒼白著臉微笑道：「你快去吧，別誤了時辰被皇上責罰。」她猜宇軒是皇室隱密的私生子，皇上因他的才幹重用他；不過皇上現在為自己的衰老沮喪無奈，為幾個皇子越來越浮上檯面的爭位焦頭爛額，宇軒如果開小差他也許會拿宇軒撒氣。

「我留了侍衛在福壽院，妳有什麼緊急的事情就讓他們進宮找我。」凌宇軒嚴肅道，他的貼身侍衛都有進宮的牌子，隨時可以進宮。

「我知道。」肖文卿催促道：「快去吧。」往常這個時間他已經出門了。

「嗯，妳休息一會兒記得要用些早膳。」凌宇軒叮囑道，因為心中有太多牽掛，一時間婆婆媽媽起來。

「宇軒，我身邊有一個嬤嬤、三個大丫鬟和八個小丫鬟，你就放心做公務去。」肖文卿道，臉上滿是欣喜的笑容。夫婿如此關心，不是每一個婦人的渴望嗎？上天太優待她了，在夢中告訴她可能的未來，讓她有改變命運的機會，她努力改變命運，終於得到了一個完美的夫婿。

凌宇軒看看天色，只好帶著部分侍衛出府。

「夫人，今早海棠告訴我您開始害喜了，我讓廚房給妳熬了乾粥，做了幾種開胃的小菜，您嘗試吃一些。」雲三娘柔聲道。「不管您有多麼不想吃，為了孩子您要努力地吃一些。」她讓房中的兩名小丫鬟去廚房端早膳過來。

明明將胃都吐空了，肖文卿卻一點也感覺不到餓，只覺得身子有些發軟；不過她知道不管自己多難受，即使吃下去可能很快會吐出來，她也要吃，她吃不下東西，她受不了，她腹中的胎兒也會營養不良的。

兩個小丫鬟很快將肖文卿的早膳端來擺在桌上，肖文卿起身慢慢走到桌邊坐下，便聞到了一股淡淡的粥香。桌上擺了一碗比較乾的白米粥、一籠小包子，四碟開胃小菜。她喝了一口白粥，挾了一筷雪裡紅炒筍絲，覺得這菜酸酸的很是開胃。

「夫人，醃製的雪裡紅配白粥最適合了。」雲三娘道。

「是不錯。」肖文卿讚道。白粥熬得很香，酸酸雪裡紅炒筍絲很爽口，她沒有厭食反應。

「夫人，我讓廚房師傅每日給您熬米油補身子，您看怎麼樣？」雲三娘柔聲問道。

「米油？」肖文卿驚訝道，她學過中饋廚藝，但沒有聽說過米油。

「就是米粥煮好後，上面浮著的一層細膩、黏稠，好像膏油的東西。我懷孕的時候就做來吃，只要手頭寬裕我就天天做給孩子們吃。我們那邊人都說，嬰兒、孕婦經常吃這個，比吃人參湯還好。」雲三娘道。「我家四個孩子周歲前天天都要喝上小半碗。」

「哦，他們是不是都很健康？」肖文卿好奇地問道。人參是大補，進補之前最好先讓大夫號脈，確定身子需要補再吃。

雲三娘道：「雖然不全是米油的作用，但他們確實很少生病。」

雇個生養經驗豐富的嬤嬤果然是對的。肖文卿很滿意，邊聽邊吃，不知不覺便將那碗白米粥就著雪裡紅炒筍絲吃完了。

水晶看她很有胃口，便道：「夫人，您昨晚吃的大多都吐掉了，要不要再吃一些？」富人家用的碗都是小巧精緻的，不是民間大瓷碗，夫人以往喝了一碗粥之後要再加兩個小包子，今日夫人對包子動也沒有動，想來對包子沒了胃口。

「不用了。」肖文卿道。預知夢中有些事情很詳細，有些事情一閃而過，她隱隱想起夢中的她懷孕的一些經驗，認為吃飽之後反而很容易吐，不如少量多餐，儘量少吐，讓她和孩子都有足夠的營養。

「水晶，夫人現在這種狀況要少量多餐，不想吃就把粥放在保溫瓦罐裡，等夫人想吃了再拿出來。」雲三娘教導道。

水晶聽著點頭，表示知道了。

傍晚凌宇軒按時回府，不過他沒有來後宅，而是派人過來了。

「夫人，大人有要事和丞相大人商議，可能回來得晚，您不用等他一起用晚膳了。」南飛侍衛將手中捧著的小盒子遞上，道：「這是大人從皇宮御膳房要來的酸梅蜜餞，請您嚐嚐。」

水晶上前接過，打開，放到肖文卿的面前。

「他真是有心。」肖文卿滿心歡喜道，伸手拈起一顆烏黑的蜜餞放進嘴裡，立刻被酸味酸到了。酸梅蜜餞帶著淡淡的甜味，吃在嘴裡雙頰生津，她吃了一顆便忍不住又拿了一顆。

「夫人，這是宮裡后妃懷孕時最喜歡吃的，御膳房長年都有儲存。」南飛道，眼神忍不住瞄向水晶。他千挑萬選了一件小禮物，可是最近跟著大人到處跑，他放在身邊都沒有空送給她。

水晶望見南飛朝自己這邊看，臉上展露甜蜜的微笑，雙頰微微漾起紅雲。

在南飛走進來的時候，肖文卿就暗中注意他和水晶了，看到南飛望向水晶，她微微一笑，道：「水晶，我突然想吃薺菜肉餛飩了，妳去廚房幫我通知一下。」這個時節的薺菜是最鮮嫩的，廚房應該有備用。

水晶立刻明白夫人這是讓她有機會和南飛說話，立刻福福身，道：「是，夫人。」說完，她快速望一下南飛走了出去。

「夫人，如果您沒有事吩咐，請容我告退。」南飛抱拳詢問道。

「嗯。」肖文卿微微頷首，讓南飛離開。

「綠蕚、瑪瑙，妳們兩個年紀也不小了，這院子裡還有七、八個年輕的侍衛，妳們挑挑，有看順眼的就告訴我，我讓大人去試探那些侍衛有沒有這方面的意思。」肖文卿吃著突然變喜歡吃的蜜餞，轉頭詢問身邊的兩個大丫鬟。

「夫人……」瑪瑙害羞地嬌聲道，螓首低下，目光落在腰間繫著一顆拇指大小的紅色瑪瑙珠子上。

目光落在瑪瑙最近天天佩戴的腰飾上，肖文卿輕笑道：「大人的侍衛都是孤兒，妳們不管嫁給他們中任何一個，都沒有公婆需要伺候。」

「小姐……」綠萼猶豫了一下，低聲道：「奴婢還沒有想過，眼下只想伺候好小姐。」

肖文卿優美的嘴角勾起一抹淡不可見的冷笑，道：「妳們自己別耽擱了自己就行。」

三月八日，春闈放榜，聚集在禮部官署門前觀看的諸多考生，有人欣喜若狂、有人唉聲嘆氣，還有人捶胸頓足。肖文樺中了第一百一十七名貢士，肖家姊弟大喜，丞相府眾人也十分高興。

肖文樺中榜之後要參加殿試，而且殿試就在四天後，肖文聰當天下午就拉著肖文樺直奔劉學士府，請劉大人允許他們兄弟進劉家前院書樓，因為那裡收藏著歷年來皇上殿試的策問題目，殿試貢士的優秀答題謄本。雖然皇上不可能用以前用過的題目，但多少可以從中瞭解皇上偏好哪一方面的考題，看看別人是如何回答的。劉學士很看重肖家兄弟，慷慨地同意了。

三月十二日，皇上在太和殿殿試，策問，民以食為天。這是個經常出現的考題，這裡半數貢士甚至都做過以此為題的論文。肖文樺在書塾時寫過，現在再寫自然不難，因為他最近惡補了一些水利、田產方面的知識，所以在寫文章的時候不由得便將一些水利、田產的知識引入文章中。

三月十五日，朝廷宣佈康慶三十六年科考的進士名單：一甲第一名狀元，江南趙靖宇，第二名榜眼河陽杜飛……二甲第五十二名西陵肖文樺……三甲……

當肖文樺得知自己居然是二甲第五十二名進士，不由得呆住了。他從家鄉出發進京趕考，想的是第一次參加會試，就當是汲取經驗，為以後的會試做準備，順便把留在京城的小弟接回家，沒有想到會試中榜，殿試的名次比起會試名次還大幅上升。

「大哥，恭喜你！」肖文聰興奮地說道，忍不住叫起來。大哥是他的大哥，他肖家的兒子呀！

田管事一邊擦著眼淚一邊激動道：「夫人的心血沒有白費，肖家終於復興了。」夫人深謀遠慮，四年前就為今天而努力了；等三公子成年之後參加科考，肖家便要開始興旺發達了。

「小弟，如果沒有你和家人的幫忙，愚兄根本不能順利考中。」肖文樺激動而誠懇地說道，眼圈忍不住紅了。如果沒有母親肖夫人，他和弟弟文楓就依然是肖家旁系的遺孤，一輩子是面朝黃土背朝天的農夫，他對母親和小弟文聰感激不盡；因為他是姊姊的弟弟，姊姊的夫家盡能力幫助他；還有，劉學士家的書樓，豈是普通人能進的？如果不是因為他是姊夫的大舅子，也沒有機會踏進去。

「等丞相大人和姊夫他們回府，我們去感謝他們。」肖文聰道。

肖文樺頷首，這是肯定的。

進士及第的慶祝過後，第三日，肖文樺兄弟被凌丞相叫到了書房，預先告訴他們皇上對肖文樺的任用。在後院養胎的肖文卿，在肖文樺成為二甲進士之後突然變得忙碌起來。

「夫人，通政使管夫人派人送書信。」

「夫人，展家老夫人得知您懷孕，派兒媳婦展大夫人送禮探望您。」

「夫人，您的外甥女李家少夫人過來看您了。」

肖文卿不得不打起精神來，和這些假借探望她的身子來詢問她大弟肖文樺婚事的夫人們應酬。

第四十四章 鬧心

肖文樺高中之後，皇上將他分派到翰林院。官員錄用之後，大多會先返鄉祭祖，安排好家中事務，所以肖文樺向翰林院主事劉學士請假，帶著小弟肖文聰返鄉。

臨行前，肖文卿出乎意外地將陪嫁丫鬟綠萼的賣身契交給肖文樺，讓他把綠萼帶回去。肖文樺不解大姊的意思，不過既然大姊不要這個丫鬟了，他就帶回去交給母親好了。

綠萼哭得淚流滿面，求肖文卿留下自己，最後求之不得，只能隨著兩位公子返鄉。

將綠萼打發回鄉，肖文卿開始忙碌肖文樺的親事和置產，因為肖文樺如今是一名七品編修，客居在丞相府中多有不便，也說不過去。

京城看中肖文樺的夫人們都心有靈犀，喜歡邀請肖文卿到花園散步，而這散步過程中總能和該府某個庶出的姑娘或者某幾個姑娘不期而遇；當然了，這些人家也不會自我貶低到讓肖文卿挑選，而是真的很恰巧，那準備說親的庶出姑娘身邊總帶著要好的姊妹出現。

肖文卿親切溫和地和那些被夫人們特別提到的姑娘談話，仔細端詳她們的容貌，揣摩她們的真實品性，回到家中馬上開始繪畫。她擅長繪畫，設計繡花圖樣，對事物記憶清晰，只是專門畫肖像還是第一次。在將凌宇軒書房宣紙快糟蹋完的時候才勉強將相過的四位姑娘的肖像畫畫好，而且自我感覺有八分相似。

四月，丞相府格外忙碌，因為凌丞相和劉學士這對翁婿再次聯姻，凌丞相的嫡孫女要嫁給劉學士元妻留下的嫡長子。肖文卿懷有身孕，再加上她也不管丞相府的內務，所以沒有人來煩她；她只去找即將出嫁的凌晴嵐，詢問她嫁衣和床上被套、枕頭、床帳是否全部完工，然後幫著她繡了一副鴛鴦戲水枕頭套。

十八日丞相府發嫁妝，一百八十抬嫁妝給足了凌晴嵐嫡孫女的面子，她夫家眾人喜笑顏開。二十日，劉學士嫡長子劉紫書八抬大轎將凌丞相家嫡孫女抬回去拜堂成親。因為劉學士本來就是凌丞相的女婿，所以兩家親戚半數是重合的，怎麼辦？兩邊親戚分了分，一半在凌家、一半在劉家。凌宇軒近兩年和六姊、六姊夫走得很近，六姊可以說是肖文卿的恩人，六姊夫父子可以算是肖家兄弟的良師益友，凌宇軒便帶著肖文卿去劉府赴婚宴。

三日後出嫁女帶著夫婿回門，肖文卿見到已經綰起婦人髮髻的劉少夫人凌晴嵐。新婚甜蜜，劉少夫人雙眸水潤、雙頰紅潤，眼梢增添了新婦獨有的嬌媚羞赧。她身邊帶著兩個丫鬟，是她原本的貼身丫鬟，隨著她一同到劉家了。

肖文卿知道這是陪嫁丫鬟，就是不知道劉少夫人以後如何處置她們。劉紫書和他父親一樣品行端正，應該不會像何大公子那樣覬覦妻子的陪嫁丫鬟。

五月石榴花開得紅似火，穿著石榴裙的肖文卿懷孕也有五月，腹部顯懷了。因為她是第一胎，而且原本懷的初胎被暗算小產掉，她和宇軒格外保護這個孩子，她身邊的丫鬟和嬤嬤更是小心翼翼，每次到丞相夫人那邊總有如臨大敵的戒備。

肖文卿的乾娘趙大娘過來探望肖文卿好幾回，因為看到她身邊已經有一個經驗豐富的嬤嬤了，便沒有暫住下來照顧肖文卿，只是每次過來都要和嬤嬤雲三娘討論民間保胎養胎的經驗，肖文卿和丫鬟們便在一邊津津有味地聽著，吸取經驗。

又一個雨後清晨，肖文卿在花園悠閒散步，然後繞到馨怡院給婆婆請安。雖然她因為懷孕婆婆免了她的晨昏定省，但她不想落人口實，每隔兩、三天就過去請安一回以盡孝道。她小心謹慎，每次過去，水晶、瑪瑙和雲三娘一個不落，以防她有什麼萬一。

「文卿啊，妳懷孕有五個月了吧？」丞相夫人讓肖文卿坐下之後，一臉慈祥地問道。

「是的，母親。」肖文卿柔聲道。

「孩子好吧，有沒有胎動？」丞相夫人親切和藹地問道，目光落在肖文卿的身上。

肖文卿伸手輕輕覆住自己凸起的小腹，憐愛道：「小傢伙很有精神，有時候會連續地動來動去。」宇軒得知她開始胎動，某天夜裡就一直按住她的肚子，差不多等了兩炷香時間才等到小傢伙動，當時他激動得直說，孩子會動了。

「有胎動就好。」丞相夫人頷首道。

「是啊，兒媳特地去詢問過回春堂的大夫，裡面擅長婦科的兩位大夫都和兒媳詳細說了一些孕婦必須注意的事情。現在福壽院廚房的廚師嚴格按照大夫叮囑，去掉了孕婦不適合的菜單。」肖文卿道：「宇軒擔心兒媳，也不許兒媳亂吃東西。」

「孕婦有些忌嘴，提前問過大夫倒是很好。」丞相夫人頷首，頓了頓，猶豫道：「文卿，有件事情，我這個做婆婆的禁不住想提醒妳一下。」

肖文卿微微一愣，恭敬道：「母親請說。」

「文卿啊，像我們這等人家的男子，如果沒有個妾室、通房的，走出去未免會讓同僚看不起，作為賢慧正妻，我們事事都要為夫婿考慮。」丞相夫人道。「我聽人說前些日子妳經常去一些夫人那邊認識她們家的庶出女孩，妳是不是打算給宇軒納妾了？」

肖文卿聽了頓時心中一涼，婆婆終於要插手兒子、兒媳的私事了。

「文卿呀，妳真是賢慧，在身子不便的時候大方地給夫婿納妾。」滿臉笑容的丞相夫人自顧自地說道：「妳挑中了哪家的庶女？希望那姑娘性情溫柔，可以和妳情同姊妹，一起好好伺候宇軒。」

「母親。」肖文卿深吸了一口氣，平靜地說道：「兒媳拜訪那幾家夫人是因為兒媳害喜那段時間她們親自過來探望兒媳；兒媳的大弟文樺魚躍龍門，她們對他很感興趣，到我這邊套口風，兒媳總要給她們一些回應。」

「是這樣呀。」丞相夫人立刻面露失望，看看身邊的丫鬟們，她突然道：「春香、夏香、秋香、冬香伺候我五、六年了，都是溫柔本分的丫鬟，不如，妳挑兩個過去。

「春香、夏香、秋香、冬香，妳們四個年紀都不小了，我也留不了妳們多長時間，妳們誰願意過去福壽院伺候四公子和四少夫人？」

丞相夫人不等肖文卿說話，便道：「妳們是丫鬟，就別想太多了，將來若能替凌家生下一男半女，凌家也不會太虧待妳們。」

四名丫鬟面面相覷，有人驚愕，有人竊喜，有人欲言又止，有人偷窺肖文卿的臉色。

「母親。」肖文卿略微提高嗓子道：「宇軒的事情兒媳自會處理，不勞母親操心了。」

丞相夫人搖著頭道：「妳把陪嫁丫鬟發送回家鄉了。」她把唯一帶過來的陪嫁丫鬟送走，分明是不想讓夫婿收自己的陪嫁丫鬟。

「母親，綠萼聽不太懂京城的話，吃不慣京城口味的飯菜，她全家都在西陵肖家，她經常思念家鄉和親人，所以兒媳便讓她回去了。」肖文卿頓了頓，委婉道：「兒媳事先詢問過宇軒，宇軒知道兒媳打算把陪嫁丫鬟送回家鄉的決定，還勸我買幾個丫鬟回來調教，等身邊的大丫鬟陸續嫁人了好有人可以用。」

丞相夫人聽了，若有所思，良久，她道：「我這個兒子把所有的精力都放在事業上了，忘了男人的責任。」

肖文卿面容平靜地望著婆婆，心湖翻騰巨浪。

「男人的責任就是傳宗接代、繁榮家族。我凌家從先祖遷到京城，連續單傳了好幾代，差一點就斷了香火傳承。到了老爺這一代，我寬宏大度，年輕時就幫他納妾、收通房，凌家下一代終於有了四個兒子；可惜的是，老爺長子英年早逝沒有留下一男半女，次子十一歲夭折，只有三子和四子順利長大，並成家立業。」慢條斯理地喝了一口茶潤潤喉嚨，丞相夫人繼續道：「妳三嫂最讓我放心和歡喜了，三房在她辛苦操持下，三子三女都平安成長，目前長子過繼到長房，院子裡有個小妾馬上又要生產了，真是人丁興旺。」

丞相夫人望著肖文卿數說凌家前幾代單苗的危險，和自己與三房媳婦的勞苦功高，然後語重心長道：「文卿啊，妳是正妻，要大度，主動給丈夫安排妾室、通房，讓她們幫妳把四房興盛起來。妾和通房嘛，她們只是替妳和宇軒生孩子用的，不值得妳為她們吃醋。」

肖文卿苦澀地抿了抿嘴，道：「母親，這件事情兒媳自會處理，請您不要為宇軒操心了。」

「文卿，我聽說自從妳懷孕，宇軒經常夜不歸宿，是真的嗎？」丞相夫人問道，語氣陡然變嚴肅起來。

「母親，宇軒只是偶爾不會回來，不是經常，他公務繁忙，無法回來。」肖文卿回答道，心中猜測，婆婆會說宇軒肯定找藉口在外面找姑娘了。

「男人的話妳全都相信？妳太單純了。」丞相夫人立刻搖頭嘆氣道。「宇軒自幼習武，身子比起普通男人來強壯了很多，他正值血氣方剛，家中妻子懷孕不能碰，顧及妻子心情也不碰丫鬟，只能出去打幾回野食。」

「……」肖文卿默默地低下了頭。

「外面的女人不乾不淨，萬一宇軒惹上什麼髒病，四房就完了，凌家一百多年的清譽也會被玷污……」丞相夫人不悅道：「文卿，這件事情妳要負責！」她富態的白皙臉上雙眉緊皺，嘴角皺紋威嚴地下垂。

肖文卿無奈，只好躬了躬身子道：「母親，兒媳知道了，兒媳會把宇軒留在家中的。」

丞相夫人這才稍稍滿意起來，柔聲詢問道：「文卿，我這四名丫鬟容貌上佳，溫順本分，又是我用了很多年的丫鬟，讓她們伺候妳和宇軒，我放心。」

見婆婆步步緊逼，四名丫鬟看著自己眼中流露渴望、激動和祈求，肖文卿抬著頭堅持道：「母親，兒媳是宇軒的妻子，宇軒的事情兒媳會處理好的，請您放心。」

「文卿，我是凌家的女主人，心繫整個家族的繁盛；我是宇軒的母親，關心兒子的身子，我不希望宇軒在外面和不三不四、不乾不淨的女人有牽扯，因為那不僅僅會弄髒了他的身子，還會玷污他的名聲。」

丞相夫人望望肖文卿明顯挺起來的小腹，勸說道：「文卿，再過兩個月，妳就身形臃腫、行動不便了，怎麼伺候自己的夫婿？這件事情妳要開始著手辦了，早些挑好人，先放在面前觀察一段時間，然後再讓她伺候宇軒。」她語重心長地說道：「我理解妳的心情，我當年也有妳這樣的幻想，結果呢，現實就是現實，所以妳要有大戶人家正妻風範，別讓別家夫人恥笑了去。」

她望望自己身邊的四個貼身大丫鬟，剛要開口，肖文卿便起身道：「四名丫鬟是母親您用得順心的大丫鬟，兒媳不敢奪愛；兒媳院子裡倒是有幾個漂亮乖巧的，兒媳挑個時間和宇軒說一下。」

聽完，丞相夫人語重心長道：「妳想明白就好了，長痛不如短痛，這事情就不要拖了。」

「母親的話兒媳都記著了。母親，兒媳想起今日丁伯有事要找兒媳稟報，請母親恕兒媳失禮告退。」肖文卿說道。

「妳去吧，平心靜氣些，別傷害了肚子裡的孩子，這可是凌家的孫子。」丞相夫人慈祥和悅地道，揮手讓肖文卿離開。

晚上，凌宇軒陪肖文卿散步之後便去洗漱，然後直接回房休息。他這幾個月忙得腳不沾地，連早晚兩次的練功都變得斷斷續續。

「你累了，快些過來歇息。」靠坐在床上的肖文卿招呼凌宇軒快些到自己身邊來。

凌宇軒翻身進入裡床，很順手地把手搭在肖文卿挺起的腹部，溫柔地問道：「今天孩子乖不乖？」

「很好。」肖文卿笑道：「孩子天天都很乖，努力長大，等待出世和爹娘見面。」說時，她突然感覺到很明顯的胎動。

「他（她）動了！」凌宇軒也感覺到手掌下的動靜，高興道：「他（她）知道我在摸他（她），主動和我打招呼了。」每次感受到孩子的胎動，他都感到生命的神秘和驚奇，這是他的血脈，是他生命的延續，是融合了他和文卿血肉的新生命。

肖文卿噗哧一笑，道：「是啊，孩子知道他（她）爹在撫摸他（她），高興地動起來了。」

「真是聰明。」凌宇軒輕柔地撫摸肖文卿凸起的腹部。「文卿，我們的孩子不會是庸才，他（她）肯定和妳與文聰一樣，生來就有一顆聰明絕頂的腦袋。」

借著薄紗床帳外透進來的燭光，肖文卿凝望著凌宇軒流溢濃濃父愛的英俊臉龐，心中充滿了溫馨幸福。

「孩子若是兒子，我會像我父親培養我一樣培養他，十八年後他便是京城首屈一指的俊傑；若是女兒，妳會將她教導得溫柔端莊，知書達禮，不知道什麼樣的男子才配得上她。」

凌宇軒伸手將肖文卿撈進自己懷中，將他們母子庇護在自己的羽翼之下。

肖文卿依偎在他寬實的懷中，懶洋洋道：「今日母親提到給你納妾、收通房了。」

「哦？」凌宇軒淡淡道：「不用理睬她，如果她強塞人進來，妳就安排那人倒夜香去。」

肖文卿輕撫他英俊的臉龐，道：「你這張臉真是勾引少女芳心。」

凌宇軒頓時笑了。「如果妳看不順眼，我就用刀畫個口子，免得妳整日在拈酸吃醋。」

肖文卿聽了，頓時笑了，秀美的嬌顏充斥著滿意。「那倒不必了。」修剪圓潤的指甲輕輕劃過他的臉龐，她戲謔道：「好好的一張臉，毀掉做什麼？世人都愛美男子，你若毀了容，皇帝近臣的官職怕是沒了。」

「皇帝近臣的官職麼？」凌宇軒捉住肖文卿的柔軟小手放到嘴邊輕咬那水蔥般白嫩的纖

細手指，道：「皇上前些日子問我，有沒有興趣去邊疆領兵打仗。」

「打仗？」肖文卿頓時愣住了。「皇上要興兵？」皇上垂垂老矣，說不一定哪天就駕崩了，他自己幾個皇子爭位的事情還沒處置好，怎麼還有精力想著開疆拓土？攘外必先安內呀！

「我大慶皇朝西北邊疆有個北川國，是七十年前草原民族建立的王朝，自從新帝登基之後便屢次挑釁我大慶，襲擊來往商隊。朝廷有人主張將北川打得傷筋動骨，讓這個聯盟王朝重新變成一盤散沙；有人主張以和為貴，安撫之。大慶皇朝已經有三十年沒有打仗了，皇上擔心大慶軍隊會被擅長騎射的北川軍隊打敗，皇朝顏面盡失。」

凌宇軒道：「皇上這些年重用龍家，派龍家練兵，就是為將來可能的戰爭準備。」他父親凌丞相揣摩皇上的心思是，戰爭遲早要打，就是選在什麼時候打的問題。皇上在位期間動兵，贏了，是皇上執政最完美的功績；輸了，是皇上英明治世的一大瑕疵。皇上就是這樣猶豫不決，所以興兵一事始終留在紙上，只有幾個心腹重臣才知道龍家在鳳凰山練兵，有些將領在別處默默練兵。

肖文卿不懂政治，不過也知道邊疆不寧，兩國遲早要交兵，很是為凌宇軒擔憂。凌宇軒則笑著安慰她，朝廷有將領，外省更是有長年領兵的將軍，怎麼也輪不到他這個丞相之子執掌數萬、數十萬大軍的軍權。

夫妻兩人說著話，然後便小心地擁著歇息了，凌宇軒睡下不久就輕輕打起呼嚕。肖文卿瞭解他的生活習慣，知道他只有睡得特別死沈才會打呼嚕，看來朝中局勢很緊張，專門替皇上做事的他都累了。白日休息充沛的肖文卿憐惜地探出頭將還沒有熄滅的蠟燭吹熄，讓他不受干擾地休息。

六月蓮花田田，肖文卿穿著素雅的絲質衣裳坐在湖邊垂柳下欣賞蓮花，午後的夏日十分炎熱，幸得是垂柳下很陰涼，她們一眾主僕便悠閒地坐著聊天、喝茶、吃水果。水晶無意間抬頭，見到曹芸娘帶著兩名僕婦過來，便道：「夫人，老夫人派人來了。」

「四少夫人，今日好有閒情雅致，來到湖邊賞蓮了，讓我一頓好找。」曹芸娘笑道，領著兩個中年僕婦給肖文卿躬身行禮。

肖文卿點點頭，溫和地問道：「曹姨，天氣炎熱，妳先坐下喝口茶。」說著，她讓水晶給曹芸娘倒了一杯清茶。

曹芸娘謝過，接過茶一口喝掉，然後道：「少夫人，皇后娘娘召夫人進宮說話解悶，賞了夫人三顆今年進貢的紅玉麒麟瓜，夫人留了一個，送給孫大公子一個，還有一個讓我送來給妳品嚐。」

肖文卿立刻起身，恭敬道：「母親真是疼惜兒媳。曹姨，請給我帶句話，就說我謝謝母親賞賜了。」說完，她讓水晶上前接過曹芸娘身後一名僕婦手中捧著的碧綠小西瓜。

「四少夫人，您身子現在嬌貴，別亂起身，快些坐下說話。」曹芸娘說著，等肖文卿坐下才道：「老夫人讓我過來告訴您，請您派人把福壽院後面的清水軒整理一下。」

「咦，母親已經知道我和四公子打算七月盛夏的時候搬到涼爽的清水軒居住嗎？」肖文卿面帶微笑道：「過幾日，我自會安排下人過去清掃的。」

「四少夫人，老夫人前些日子為四公子相中了一名小官的庶女，已經下了納妾之資，約定六月十八日將妾抬進門，您做些準備吧。那清水軒距離福壽院最近，就暫作四公子妾室的居所。」曹芸娘說道，語中透著同情。

肖文卿頓時臉色大變，道：「曹姨，四公子納妾之事自有我這個做妻子的安排，不勞駕母親了。」今日已經六月十七日了，婆婆分明是要造成納妾事實，刺激她；宇軒他這兩日易容出去辦事了，不知道什麼時候才能回來。

曹芸娘語氣委婉道：「夫人原以為您會替四公子安排的，所以就沒有管；可是兩個月過去了，您依然不管不顧，也不向夫人稟報，四公子經常不回家，夫人很是著急。」

肖文卿扶著臃腫的腰起身，道：「四公子只是偶爾不回家，他是奉皇上之命出去做事，母親的擔憂是多餘的。」

「夫人，請克制情緒。」雲三娘急切道。夫人突然間受到這樣的刺激，情緒波動太大會傷了血氣、傷了孩子。

「夫人，您小心些。」水晶和瑪瑙緊張道，立刻一左一右地站在肖文卿的身邊。

「四少夫人，男人在外面的事情我們女人不懂，老夫人是真的不希望四公子在外面沾染上壞毛病。」曹芸娘搖頭道。「您何必呢？事事順著夫人對您只有好處。」

「曹姨，我嫁入凌家還不滿一年，婆婆就急不可待地給我夫君納妾，置我於何地？這豈是堂堂一品夫人能做的事情？納妾之事需要正妻同意才行，我還沒有同意，這妾，不能進門！」肖文卿抬高嗓音道，努力壓制自己，別動怒，冷靜，再冷靜。

「四少夫人，兒女之事父母作主。」曹芸娘躬了躬身，道：「夫人說天氣炎熱，四少夫人也別到處亂跑了，就在福壽院安心養胎吧。您馬上派人把清水軒清掃乾淨，準備一桌酒菜，明日給大人舉行納妾儀式。」一抬桃紅色小轎，身穿桃紅色喜服的小妾從側門進入，府中放一串鞭炮，擺一桌酒席，小妾給正妻跪下敬茶，正妻喝了承認這個妾，便完成整個納妾儀式。

「四公子不在府中，而且我也沒有同意他納妾。」明白婆婆現在不想見她，肖文卿厲聲道：「明日福壽院不許任何外人進入。」她沒有權力不讓新妾小轎進入丞相府，但有權力不讓新妾小轎進福壽院，福壽院是獨立的，由她掌管！

曹芸娘微微一怔，道：「夫人，不順父母、妒忌都是七出之罪，夫人要小心。您娘家弟弟雖然一個最近成了翰林院編修，一個獲得皇上賞識，但您沒有能力違抗丞相夫人的話。」說完，她領著帶來的僕婦離開了。

七出之罪，七出之罪……肖文卿貝齒緊咬下唇，將下唇都咬出血來。

婦人最害怕的是什麼？被休！明日，她不讓新妾進門，正面忤逆婆婆，不順公婆和妒忌這兩項罪名就坐實了，婆婆可以公開要求兒子休掉這個兒媳婦；宇軒不休掉她，忤逆母親的不孝罪名也坐實了。婆婆，固執地認定宇軒的存在害死了她親生兒子，無時無刻不在想著報復，現在，終於一箭三雕，弄臭了宇軒的名聲，破壞了她的名聲，累得他們的孩子還沒有出生就擁有一對名聲不佳的父母；宇軒名聲不好，在凌家有了嫡長孫的情況下，繼承家業的機會又小了一分！

「夫人，這件事情您必須馬上告訴大人。」雲三娘推推臉色蒼白的肖文卿。納不納妾，夫人雖然擁有同意與否的權力，卻根本不管用，只有大人出面才能阻止小妾進門。

肖文卿被提醒，立刻道：「水晶，妳馬上去找留在院中的侍衛，讓他無論如何都要把這件事情稟告給大人，請他寫份不想納妾的書信給我。」

「是，夫人。」水晶立刻朝福壽院飛奔，去找今日留在福壽院保護夫人的侍衛。

「夫人，坐下，喝口茶壓壓驚。」雲三娘適時地遞上一杯涼茶，柔聲勸道：「您現在最重要的事情就是保住您的孩子，這孩子是凌家的，在他生下來之前，凌家是絕對不會把您休掉的。納妾一事可以從長計議，只要大人對您一心一意，那個妾也就是個擺飾，您就將她永遠禁足在清水軒中，眼不見為淨好了。」

肖文卿坐下，慢慢將涼茶喝掉，苦澀地道出心裡話。「三娘，這種事情有一就有二，而我確實是個善妒的女人，不能容忍夫婿有我之外的女人。」即使那妾只是個擺飾，也是扎在她心中的一根刺。

第四十五章　衝突

肖文卿度日如年，眼看著漫天繁星一點點從東邊升起往西邊墜下。水晶、瑪瑙和雲三娘都徹夜沒睡，陪在她的身邊以防萬一。雖然肖文卿恨不得第二日在宇軒回信之前不要到來，但遠處雞啼，表示天亮了。

「夫人，漱漱口、洗把臉，把這碗銀耳蓮子羹喝了。」水晶柔聲勸道，手中端著熱水、拿著毛巾，同時，丫鬟海棠從廚房端來一碗銀耳蓮子羹。

躺在窗邊美人榻上等待消息的肖文卿，嘎啞著嗓音問道：「那個出去找大人的侍衛還沒有回來？」宇軒不希望她為他太擔憂，不怎麼告訴她他詳細的行蹤，不過他會告訴他的侍衛快速找到他的特殊辦法。

「沒有，興許他已經在趕回來的路上了。」水晶安慰道。

肖文卿搭著雲三娘的手臂緩緩起身，道：「瑪瑙，妳現在帶些丫鬟和僕人把清水軒稍微清掃一下。」她想通了，她不能冠上犯七出的罪名連累宇軒和孩子，宇軒的回信來不及到的話，那就讓妾室進門吧，只要宇軒意志堅定，那妾就真的是個擺設，等過個兩、三年，她再想法子把那妾嫁出去。

「夫人？」瑪瑙緊張地叫道。

「我不能和婆婆硬碰硬讓大人為難。」肖文卿道。「我相信大人的品性，那妾進了門也就是讓福壽院養一個吃口飯的人而已。海棠，妳挑一個合得來的小丫鬟暫時到清水軒伺候姨娘，等我買了新丫鬟再把妳們調回來。」她還要分配兩個灑掃婆子過去管理清水軒的日常清潔。

「是，夫人。」海棠很不樂意去伺候一個注定要被冷落的姨娘，可是夫人都這樣說了，她只能過去。

「您想通了就好。」雲三娘溫和地勸說道：「我看得出來，大人對夫人您情深意重，不是那種見了漂亮女人就神魂顛倒的人。」

肖文卿淺淺一笑，繼續吩咐道：「水晶，妳讓人準備些鞭炮，姨娘進門時放一放，吩咐趙嬸挑兩疋緞子和兩個金錁子過來，算是我給姨娘的見面禮；大人不在家，酒席就不用了。」

「是，夫人。」水晶默默記著，等一下出去吩咐人去準備。

肖文卿心中做出了選擇，即使宇軒未必如她所猜想不是公公的親生兒子，從公公目前對宇軒和景泉的微妙態度上看，公公已經有讓嫡長孫景泉在其生父凌宇樓的幫助下繼承凌家的打算了；凌宇軒身為嫡次子必然會分家另過，所以她只要先忍耐幾年，便可以脫離婆婆的箝制，不用再受她的氣。

肖文卿洗漱之後吃了一碗銀耳羹，然後又讓人上了兩個包子。用完早膳，她吩咐道，她去休息，一個時辰後叫她起來梳妝打扮。

何大少夫人為何大公子操辦納妾的時候她站在一邊聽著看著，知道娶妻成親是在傍晚，因為古人「婚」同「昏」；一般納妾都在中午，妾室進門後寫正式納妾文書，再交由有關人士去衙門修改登記戶籍，晚上妾室開始伺候收她的男子。她一夜未眠，臉色肯定憔悴不堪，她需要補眠恢復精神。

水晶和雲三娘都明白她的用意，伺候她歇息後開始輕手輕腳地為她準備納妾之禮上所需要的穿戴，力爭姨娘一進門就被她的女主人氣勢壓制住。

晌午時分，水晶給肖文卿化了一個很淡雅的妝，選了一套赤金翡翠頭面，讓肖文卿顯得既富貴又清雅；瑪瑙給肖文卿挑了一件領口、袖口、裙襬繡金線雲紋的淡紫色絲質高腰宮裝，薄而不露，高雅端莊；雲三娘手中拿著一把芭蕉扇和一把白絹團扇，白絹團扇扇面畫著墨蘭，手柄端繫著一塊碧綠蝴蝶墜子。

「夫人，夫人……」外面一個小丫鬟突然叫著跑進來。

「迎春，往日我怎麼教導妳的？不許在夫人面前大呼小叫。」正在幫肖文卿整理腰束的瑪瑙立刻厲聲斥責道。夫人心情很不好，小丫鬟再這樣咋呼亂叫，豈不是勾起夫人怒氣？

小丫鬟迎春立刻停下腳步，快速躬身行禮，道：「稟報夫人，有侍衛回來了，說大人在前院。」

「大人親自趕回來了？」肖文卿頓時又驚又喜，宇軒及時趕回來比什麼都好！

「是，侍衛說大人請夫人放心。」迎春道。「他說大人正親自帶著人堵門，絕不讓姨娘的花轎進丞相府。」

水晶和瑪瑙頓時狂喜，道：「夫人，大人回來得真及時。」大人回來，納妾這事情就迎刃而解了。

肖文卿右手捧著肚子，臉上笑容燦爛如遇到冰雪融化時的迎春花。「來人，去把轎椅抬來，我要去前院迎接大人。」她激切道。

「夫人，您在院中等好不好？」雲三娘安撫道。「大人會把事情處理好了回後院的。」

「不，我要去看看。」肖文卿喜悅道，催促水晶和瑪瑙出去準備。

「夫人，稍安勿躁，等奴婢先去安排一下。」水晶和瑪瑙道，便快速出去，指揮人去找兩人轎椅，準備涼水毛巾，遮陽大傘。

「夫人，您別激動，坐下歇歇。」雲三娘道，將手中那把繫著翡翠蝴蝶墜子的白絹團扇遞給肖文卿。

心中一塊大石頭落了地，肖文卿接過自己的團扇優雅從容地坐下來輕輕搧風。一會兒後，她坐上轎椅，帶著丫鬟、嬤嬤、小廝數人去前院。

還沒有到分隔前院後宅的垂花門，肖文卿就看到另一群女眷匆匆要往前院去。

「停下，那是老夫人，我們等一等她。」肖文卿遠遠看到跟在兩人轎椅邊的曹芸娘，便吩咐道。前院該不會鬧大了，婆婆得到消息要去前院阻止？

「是，夫人。」抬著轎椅的兩名壯婦前後望望，抬著肖文卿去了最近的陰涼樹蔭下再放下轎椅。

「夫人小心。」水晶把肖文卿攙扶著起身下了轎椅，站在她身邊一起等待丞相夫人一群人的到來。

肖文卿輕搖墨蘭團扇悠閒地等待著，嘴角噙著淡淡笑意。

等丞相夫人一行人來到近前，肖文卿迎上去，款款福身，驚訝道：「母親，您今日要出門嗎？」

坐在轎椅上的丞相夫人寒著臉，道：「文卿，妳不在院中準備迎接妾室，去前院做什麼？」

「母親，兒媳昨日就派人把清水軒清掃乾淨，今日也準備了鞭炮和席面，就等著妹妹進門。剛才得知大人回府，卻不回後院，兒媳心中有些擔憂，決定去前院迎接他。」肖文卿不亢不卑地望向丞相夫人，繼續驚訝道：「母親，您這是要出門嗎？今日宇軒納妾，妾還是母親親自選的，母親應該到福壽院喝杯喜酒。」

丞相夫人冷冷地一哼，道：「文卿，妳膽子不小，我往日都小瞧了妳。」

「母親您這是什麼意思？請恕兒媳愚鈍。」肖文卿恭敬地持著墨蘭團扇給丞相夫人躬了躬身。

「走，我們去前院瞧瞧，宇軒親自迎接新妾進門。」丞相夫人冷漠威嚴地說道。

丞相夫人帶著她的人先走了，肖文卿坐上轎椅跟在他們後面。

前院的大廳上，風塵僕僕、甚至臉上還有一些血污的凌宇軒，一臉寒霜地坐在右邊第一張座椅上喝茶，身邊站著兩名帶刀侍衛，齊大管家帶著幾個僕人和小廝躬身侍立著，不敢亂說話。

大廳外的僕人看到丞相夫人和四少夫人一前一後從後院過來，立刻向渾身散發冷意的四公子稟告。因為丞相、三公子和四公子的辦公書房都在前院，所以前院的僕人們遠比後院的僕人瞭解他們的秉性。四公子回府之後也不洗漱、不解下身上的武官鎧甲和腰間的佩劍，吩咐侍衛把守邊門後才坐在大廳上喝茶等待，他們知道有事情要發生，個個噤若寒蟬。

聽到稟告，凌宇軒放下茶杯起身，走到大廳門前，拱手對下了轎椅正拄著枴杖往大廳走的丞相夫人道：「孩兒給母親請安。母親，天氣炎熱，您來前院做什麼？小心中暑。」說著，他讓人給夫人、四少夫人端茶、上水果。

肖文卿由水晶扶著下了轎椅，走到凌宇軒面前款款福身，道：「大人，你回來了，你辛苦了。」

急切地打量肖文卿的氣色，凌宇軒放下心，稍稍譴責道：「妳身子不便，就別來前院了。」

「我聽說你回來了，想來迎接你。」肖文卿緊張地詢問道：「你身上有血腥味，你受傷了？」宇軒的皮膚變黑了，臉上有淡淡血污，並沒見到有傷口，身上散發混合血腥和汗臭的味道，莫非他在外面和別人交戰了？

「我沒受傷，這是別人的血。」凌宇軒安慰肖文卿道。

「你沒事就好。要不，把身上的鎧甲脫下，讓人打水給你擦洗一下身子。」肖文卿柔聲關切道。

「不用，等會兒我回去後院洗漱。」凌宇軒道。「文卿，妳回福壽院休息，這邊我來處理。」

「那我還是等你一起回後院吧。」肖文卿笑道，舉步朝大廳內走。

被兒子冷落的丞相夫人，拄著檀木枴杖坐到她往常坐著的正面左邊太師椅上，臉上露出慈祥笑容，語氣溫和地問道：「宇軒，近日你可是公務繁忙？我聽說你已經數日不在府中了。」

「母親，朝中一些瑣事而已，孩子已經忙完，打算等父親回來先和他通通氣再進宮稟明皇上。」凌宇軒拱拱手道。

丞相夫人知道凌家父子三人都是不喜歡把公事告訴女眷的人，便沒有多問，關切道：「你現在滿臉風塵、一身味道，還是先到下面清洗一下，免得在你父親面前失禮。」

「不了，母親。孩兒剛才聽說，母親關心孩兒，替孩兒納了一門妾，可有此事？」凌宇軒問道，大馬金刀地坐著，被太陽曬成麥色的手掌搭在腰間的黑色佩劍上。

「哦，是剛才聽說的嗎？」丞相夫人笑意不達眼底地說道：「文卿身懷六甲，行動不便，我擔心你房中無人伺候，便幫你挑選了一名美麗溫柔的姑娘，這姑娘是刑部一小官的庶女，容貌嬌媚……」

「母親！」凌宇軒打斷丞相夫人的話，道：「孩兒很滿意妻子，福壽院中也不缺漂亮丫鬟，孩兒目前沒有納妾的打算。」

「漂亮丫鬟？」丞相夫人輕蔑地望了望肖文卿帶在身邊的四個丫鬟——兩個大丫鬟是從她六女兒那邊討要過來的，姿色平平，兩個小丫鬟滿臉稚氣，單薄的夏衣穿在身上也沒有露出少女曲線。

水晶發現丞相夫人目光鄙夷地掃過自己，心中叫苦，她可不想讓某人產生誤會；瑪瑙轉頭望望她的某人，緊張地輕輕搖頭。

「宇軒。」丞相夫人勸道：「男子要事宗廟、繼後世、廣家族，你是凌家嫡子，要為凌家嫡系傳承香火；文卿的身子看著比較單薄，我不放心，所以才會為你挑個家中兄弟很多的姑娘，將來替你多生幾個兒子。通房丫鬟生的孩子名不正、言不順，還是讓妾給你生比較好。」

「母親，文卿已經懷孕，生兒子，生幾個兒子是遲早的事情，請您老人家別為孩兒的子嗣擔憂。」凌宇軒道：「納妾一事作罷，母親既然來了，就請快些派人通知那戶人家，別把姑娘抬來了。」

「不行！」丞相夫人臉一沈，道：「我早就派媒婆送了禮金和信物過去，朱家親朋好友都知道朱家二姑娘要成為丞相之子凌同知的妾室。朱家丟不起人，我丞相府更不能失信於人。」

「母親！」凌宇軒也沈下了臉。「母親，七、八年前孩兒將您送到福壽院的兩個丫鬟退還給您的時候就說過，孩兒的私事請母親莫要干涉。福壽院已經和丞相府分出來過了，孩兒院中的事情由妻子全權作主，孩兒可以出錢補償朱二姑娘的閨譽損失，還請母親馬上派人去說一下。」

「宇軒，我一切都是為你好，你竟然這樣頂撞我？」丞相夫人抬起下巴怒道：「自古以來兒女婚事父母作主，你在決定向肖家女求親之前可詢問過我？現在我好心給你納一房美妾，你居然逼我出爾反爾失信於人。」說完，她拍著桌子罵道：「不孝子，你這個不孝子！」

「母親，您一向不怎麼管孩兒，所以孩兒就先稟明父親了。父親知道孩兒心願，成全了孩兒；而且，皇上在得知後也恩准孩兒娶肖家女。」凌宇軒強勢而冷硬地道。「母親別忘了，君為臣綱，夫為妻綱。孩兒詢問過皇上，詢問過父親，而母親您必須遵從父親的決定！」皇上親口封的京城四俊，婚事在理論上要先詢問一下皇上的意思，皇上如果不反對，他們才能求親下聘。

果然，這對母子再一次撕破臉皮吵起來了！在丞相府幾十年，最知道這對母子真實情況的齊大管家急得團團轉，但沒有任何辦法，因為他人微言輕。他立刻對身後一名僕人低聲道：「馬上去後宅請三少夫人過來。」他們是自家人，三少夫人現在又執掌府中內務，她應該來勸和。

「是，大管家。」那僕人躬身道，飛快地退出大廳。

「孩兒目前沒有興趣納妾，所以請母親出面把那位姑娘打發走。」凌宇軒再次高聲強調道。

「不行，我堂堂一品夫人丟不起那個臉！」丞相夫人喘著氣怒叱道，胸口急速起伏。

「夫人，您消消氣，別把自己氣壞了。春香，拿一顆順氣平心丸來給夫人吃。」站在丞相夫人身邊的曹芸娘彎腰勸說道，示意一名丫鬟快些端一杯白開水來。丫鬟機靈地端來一杯水，春香不知道從哪裡取來一個小藥盒子，從裡面取出一顆裹著蠟的小藥丸，剝了蠟衣，讓丞相夫人溫水送服。

肖文卿見狀，知道婆婆這次被氣得不輕，雖然認為婆婆是自作自受，但還是起身上前委婉道：「母親請息怒，宇軒生怕兒媳受委屈，所以暫時不想納妾；因為兒媳懷孕他擔心兒媳和孩子，再加上天氣熱人容易上火，他說話便衝了些，還請母親諒解。」

「呸！」丞相夫人怒氣沖沖道：「妳這妒婦，妳若是稍微賢慧些，給夫婿收通房，我老婆子豈需要干涉兒子的房中事？宇軒是妳夫婿，更是凌家的兒子，身負凌家興旺繁盛的重任，妳居然狐媚他，讓他拒絕納妾。妒忌、口舌、還有不順公婆，肖氏，妳犯了七出中的三條！」

母親借此給他們夫妻定罪名了？「南陽，你馬上帶人去刑部主事朱子敬府上，阻止他們送女過來。」和母親積怨已深的凌宇軒立刻起身把肖文卿拉到自己身後，自己派人去做事。從母親話中，他已經知道那姑娘是一個朱姓小世家的庶女了，只要他的侍衛去刑部一打聽，就能知道刑部主事朱子敬的府邸在哪兒。

南陽立刻抱拳道：「是，大人。」說著，他匆匆望一眼肖文卿的身後，朝大廳外走去。

「站住，不許去！」丞相夫人拄著檀木枴杖重重地敲擊地面。

南陽停步回首望望凌宇軒，發現他並沒有阻止的意思便快速離開。他們這些侍衛是凌丞相培養的，被分派給凌大人之後便永遠只忠心於他，丞相夫人命令不了他們。

丞相夫人見狀，氣得渾身直哆嗦，不住道：「不孝子，反了，反了。」

「曹姨，天氣炎熱，老人家容易中暑，妳現在把夫人送回馨怡院歇息。」凌宇軒命令道，俊臉冷如冰霜，目光凌厲威嚴。

曹芸娘心中微微一顫，低頭望望丞相夫人，搖搖頭，道：「四公子，您還是聽夫人的話吧，夫人是您母親。」

「曹姨……」凌宇軒目光望向丞相夫人身邊的丫鬟、婆子，她們都畏縮地低下頭逃避他的目光，身子也盡可能佝僂起來，不敢聽他的吩咐。

對方是一品夫人，他的母親，他不能用對付別家犯婦那樣強迫侍衛、僕人把她押下去。

凌宇軒劍眉皺起，嘴角下彎，面容越來越冷。

「大人，小妾的花轎已經到了丞相府偏門，正被侍衛們堵在門外。」南陽急步進來稟報道。

肖文卿頓時一驚，來不及了……

「齊大管家，你馬上派人放鞭炮，帶人去偏門把花轎接進來。」丞相夫人揚聲道，臉上露出得意的笑容。

「齊大管家！」凌宇軒厲聲道，目光如鷹隼般凶冷陰狠。

年過半百的丞相府大管家頓時左右為難，老臉汗水狂流。夫人還是丞相府的女主人，他不能違背她的命令；四公子手段凶狠殘酷，知道四公子真面目的他根本不敢得罪。

「齊大鐘，你連本夫人的話都不聽了？」丞相夫人怒不可遏，拍案而起。

齊大總管嚇得抖如篩糠，戰戰兢兢，腦袋深深地低下，不敢看夫人和四公子。

凌宇軒冷冷一哼，吩咐道：「南飛，保護好夫人。」說著，他大步流星地走出大廳，直奔那偏門。

第四十六章 絕情

丞相府前院偏門只開了半扇門，門前一字排開地站著四名侍衛和六、七個家丁，門外傳來一名中年女子的聲音，只說是奉丞相夫人之命，送四公子妾室過門的。

「大人（四公子）。」見凌宇軒過來，侍衛和家丁紛紛退開。

「大人，花轎就停在門外。」一名侍衛向凌宇軒稟告道。

凌宇軒走出偏門，就看到一頂桃紅色的兩人抬花轎停在門前不遠處，花轎後面還有不能稱呼為嫁妝、只算是小妾生活用品的二十幾抬物件。

見一名穿著半金屬鎧甲的年輕武官威風凜凜地從門裡走出，家丁們稱呼他四公子，穿著大紅衣裙、頭戴紅色絨花的中年媒婆知道正主來了，急忙一甩紅絲帕，上前諂笑道：「恭喜大人，賀喜大人，今日納妾大喜。」說著，她妖嬈地給凌宇軒躬身道萬福。

「媒婆，把花轎抬回去。」凌宇軒嚴厲冷傲道：「凌某沒有說要納妾。」

「喲，大人，這個不行，這位姑娘是丞相夫人挑中的，給了納妾禮金，你們凌家可不能失信於人。姑娘清清白白地從朱家被抬出來，斷然沒有坐回頭轎的說法。」媒婆笑著說道：「這姑娘臉蛋好、身段好，家中兄弟眾多，保證能替大人生十個、八個兒子。」

「凌某沒有說要納妾，妳把姑娘領回去，家母給的那些錢物，算是送給姑娘壓驚了。」

凌宇軒冷冷道，目光凌厲，周身迅速爆發陰狠煞氣。

媒婆驚慌地四處張望，看不到門內有人出來幫她說話，只好道：「大人，小人這就把花轎抬回去。」說著，她揮手示意轎伕把花轎抬起來往回走。

「且慢！」

桃紅色花轎中突然傳出清亮的少女聲音，轎伕猶豫了一下，停下抬轎動作。

凌宇軒平靜地望著花轎，等裡面的人說話。

「大人，家父、家母收了令堂的納妾之資，小女子便是大人的人，大人若將小女子打發回去，小女子必然被人譏諷，恐無臉活在世上，還請大人憐惜收留，給小女子一個活命機會。」桃紅色花轎裡的少女悲戚地說道，說到後面嚶嚶地低泣起來。

丞相府位於京城中心的主街道上，偏門這邊停了一頂納妾專用的桃紅色花轎和十幾抬物品，門前有帶刀侍衛和一群家丁將門堵住不讓進，已經吸引了不少過路行人和別人家的僕奴過來圍觀。聽到花轎中少女淒涼的哭聲，他們雖然不敢出言指責凌宇軒，但紛紛竊竊私語。

凌宇軒心中冷笑，有禮地說道：「朱姑娘，家母為凌某納妾凌某全然不知，她老人家年事已高，近些年經常犯糊塗，現在又忘了正妻入門不滿一年，男子不納妾的不成文規定，凌某在這裡替她道歉。」說著，他朝花轎抱拳躬身施了一禮。

環顧四周旁觀者，凌宇軒繼續道：「凌某和姑娘素未謀面，納妾一事又是家母瞞著凌某做的，凌某自己不納姑娘別人如何譏諷姑娘品性？還請姑娘莫要自棄。家母贈予姑娘家的錢財，姑娘家無須退還，就算是家母喜歡姑娘，贈予姑娘的添箱，姑娘請回，將來也許可以謀個好夫婿。」

「誤會也好、糊塗也好，別人總會說，朱家二姑娘必然不好，否則凌同知大人見都不見就將她打發坐回頭轎。」桃紅色的花轎轎門簾「刷」地一下被拉開，裡面穿著桃紅色嫁衣的美麗少女陡然從裡面走了出來。「大人，自從你凌家下了納妾之資，京城很多人都知道小女子是大人你的妾了，你不要小女子，讓小女子如何存活於世？大人若拘於那不成文規定，可將小女子暫放在別處，他日再行納妾之禮。」她五官精緻立體，身姿曼妙婀娜，豔而不俗，媚而不妖，和端莊秀美的肖文卿比起來更吸引男人。她睫毛如扇，雙眸閃爍碎鑽般的水光，眼皮眨眨，兩顆晶瑩的淚珠便滾落下來，端是我見猶憐。

周圍的人驚訝於少女的大膽，更震驚於她的美貌，丞相夫人雖然年老糊塗，但眼光不差，這樣的女人天生就是男人的愛妾、寵妾。

凌宇軒知道這朱家姑娘在耍心眼，冷冷道：「太陽毒辣，夏裳輕薄，朱姑娘還是請坐進轎子，免得失儀。姑娘若覺得凌家失信於妳，凌某可以向公眾宣佈，不是姑娘不好，是凌某沒福氣，和姑娘無緣。」

「大人，小女子被大人遣送回去必然會遭到姊妹們嗤笑，所以小女子不敢回去。還請大人憐惜小女子，讓小女子在大人府中偏角落腳，以後為奴為婢，小女子任憑大人處置。」朱二嚶嚶低泣，緩緩福身懇求。

「朱姑娘在逼迫凌某？」凌宇軒俊臉瞬間宛如蒙上一層寒冰。「朱姑娘，凌某已經說得清楚明白，凌某和姑娘在此之前從未謀面，姑娘好壞凌某全然不知，只有多嘴長舌之蠢人才會非議姑娘，姑娘請回。」

「大人何必如此無情，您就權當收一個粗使丫鬟好不好？」朱二一咬牙，提起裙襬盈盈下跪，仰著臉哀求道：「大人不是女子，不知女子妒忌。朱二有幸被令堂看中要納為大人妾室，不知道有多少姊妹妒忌朱二，朱二今日要是回去，肯定是要被她們嘲諷得體無完膚，求大人憐惜，幫朱二避開如此命運。」

凌宇軒雙手負後，一臉冷然道：「說來說去，妳就是要進我凌家門，做我妾室是不是？」

朱二仰著臉，雙眼含淚，只有進了他的門，她才有機會接近他呀……

「做人妾室，任人擺布。」站在兩層石階上的凌宇軒俯視美豔嬌柔的朱二，拔高聲音道：「二十幾年前，我嫡長兄病逝，我那娶進門沖喜還不到兩天的大嫂便被家母送入京城郊外的寧心庵削髮為尼了。大嫂木魚青燈二十多年，想來孤單寂寞，長嫂如母，我也叫過她兩聲大嫂，妳若是做我妾室，就代我伺候大嫂表達孝心吧。」

圍觀的眾人頓時交頭接耳起來。從古到今，朝廷鼓勵百姓多生育增加人口，並不推崇寡婦守節，民間寡婦帶著自己的嫁妝和部分夫家財產再嫁的比比皆是；丞相夫人真是薄情寡義，大兒子病得快要死了還替他娶妻沖喜，大兒子死了立刻將年輕鮮活的沖喜媳婦送進庵堂為她大兒子終身守寡。看看眼前，這對母子一脈相承，凌大人也是無情之人。

朱姑娘不敢置信地仰著臉望凌宇軒，不相信世上居然有這等不懂憐香惜玉的男子。

「媒婆！」凌宇軒厲聲喝道：「妳還不扶朱姑娘進轎子？」

媒婆被凌宇軒一喝，慌慌張張道：「是是是，朱姑娘，妳快些進轎子。」說著，她把渾身無力的朱姑娘扶起來塞進轎子。

「從這裡，向西是轎子抬來的方向，向東可以去京城東郊寧心庵。朱姑娘，妳若執意為凌某的妾室，等妳在庵堂老死之後，我會將妳葬在我凌家祖墳邊。」凌宇軒冷淡刻薄地說道，生有兒女的妾室可以葬在主人、主母邊上，沒有生育的妾除非得寵，否則一般就葬在家族祖墳最邊緣。

不等桃紅色花轎裡的姑娘說話，凌宇軒命令道：「轎伕，馬上把轎子抬回朱家去。」他給那姑娘臺階下，若她再糾纏不休，他真的把她往庵堂送了。

「快快快，起轎，回去。」媒婆一邊擦汗一邊招呼轎伕馬上抬轎子按原路返回，那些挑著朱姑娘私人物品的挑伕見狀，也紛紛挑起擔子轉身。

「各位，是凌某和那朱家姑娘沒緣分，並非那姑娘不好，請別非議她。」凌宇軒說著，向圍觀的眾人抱拳行禮，然後轉身走進偏門，吩咐家丁把門關上。

「孽畜、孽畜，你居然當眾說母親的不是！」丞相夫人站在偏門後，手指指著凌宇軒不住哆嗦。凌宇軒說她老糊塗也就算了，她今年六十九，人人都知道她老了；他當眾揭露她當年給瀕死的大兒子娶沖喜新娘，大兒子死後又無情地逼沖喜新娘削髮為尼、終身守寡，這要是傳開了，她一品夫人的賢慧仁慈就沒了。

「母親，您別發怒，小心身子。」崔氏扶著丞相夫人的左手臂道，朝再三要過來的肖文卿搖頭，叫她別過來。婆婆沒有告訴她替四房挑選了一個妾，弟妹也沒有派人過來請她吃納妾酒，所以她壓根兒不知道宇軒今日要納妾，等齊大管家派人到後院請她救火，她才知道有這樁事情。納妾而已，雖然時間不太恰當，但婆婆已經和人家說定了，那就納吧，沒想到宇軒居然為這個和母親撕破臉皮吵，還堵住門不讓花轎進來，更命令侍衛和家丁，把一干女眷全部擋在門內，不讓她們露面插手。

「母親，孩兒說的是事實，不是嗎？」凌宇軒冷冷道：「嫁到凌家兩天的大嫂現在還在寧心庵拜佛唸經呢，我突發奇想把不要的妾往那邊扔，也是學著母親您。」既然母親已經罵他不孝，給文卿安上「妒忌，口舌、不順公婆」的罪名，他也沒有必要容忍了，大不了父親百年之後，他直接分家另過，把這憎恨自己到扭曲的母親扔給三哥和大姪子景泉侍奉去。

「你，你，你……」丞相夫人氣得臉色發白，渾身哆嗦，然後猛地向一邊倒去。

「母親，母親！快，來人，夫人昏倒了。」崔氏嚇壞了，和一個丫鬟一左一右用力扶住丞相夫人。

凌宇軒見狀，立刻排開眾人衝到丞相夫人面前，將她抱在懷中，手指甲用勁掐她的人中，崔氏趕忙令人把轎椅抬來。

丞相夫人被掐了幾下後悠悠醒來，看到自己被小兒子抱著半躺在地上，立刻憤怒道：「逆子，逆子，滾，你給我滾！」

「三嫂，妳把母親送回去。來人，快些去請大夫。」看她還很有精神，凌宇軒便放了手，讓三嫂崔氏和丫鬟們把母親扶上轎椅抬回馨怡院，同時請大夫過來給她把脈開些藥。

「宇軒，對不起，讓你為我揹黑鍋了。」肖文卿走到凌宇軒身邊，低聲愧疚地說道。

「也不全是為了保護妳，我很討厭母親干涉我的事情，這次，算是一勞永逸地處理納妾問題了。」凌宇軒握住肖文卿的手，柔聲道：「妳從昨日到今日傷心了吧？我保證這是唯一的一次。」

丞相夫人被氣暈，雖然被凌宇軒掐人中掐醒了，但虛弱無力，躺在裡屋讓大夫把脈。曹芸娘和四大丫鬟在裡面伺候，崔氏和凌宇軒、肖文卿領著一些管事和丫鬟、僕婦在堂屋裡焦急等候，等大夫出來告知他們情況。

「宇軒，母親給你納妾還不是為了你四房興旺，你何必拒絕她老人家的好意？你顧忌弟妹有孕在身是不是？」崔氏說了凌宇軒之後轉頭又對肖文卿道：「弟妹啊，為官的男人納妾是常理，妳我做正妻的要寬容理解。妳以後勸勸宇軒，別為這種小事和母親吵起來，母親年紀大，禁不得刺激。」這對母子吵架已經不是一回、兩回了，隨著年齡增長宇軒變得穩重克制，再加上母親親生女兒的大力周旋，近些年他們這對名義上是嫡親母子的感情才緩和了下來。

「三嫂，七、八年前我就和母親說過，別干涉我的私事，母親當時也說過懶得插手我的事，所以我拖到二十五歲她也沒有替我找媒婆說親。」凌宇軒轉頭望望肖文卿，快速眨了眨眼。

崔氏默然，她隱隱記得宇軒少年時把母親送給他準備做通房丫鬟的兩個丫鬟趕出福壽院，然後母子小吵了幾句，母親就真的沒有替他找媒人說親。

凌宇軒撇撇嘴，凜然道：「我納不納妾，納誰為妾，不需要別人插手！」

肖文卿心有靈犀，搖頭無奈道：「我的陪嫁丫鬟綠萼容貌也還是過得去的，我害喜那陣子就曾想……宇軒不願意，為了讓已經對他動了心思的綠萼死心，我這才把綠萼送回娘家嫁人的。」

站在肖文卿身後的水晶、瑪瑙和雲三娘面面相覷，佩服這對夫妻說的雙簧。

崔氏拍拍肖文卿的手背，安慰她道：「宇軒這人固執起來八匹馬也拉不回來，弟妹妳辛苦了。」

大夫出來了，凌宇軒夫妻和崔氏一起走上前詢問。

大夫道：「天氣炎熱，老太太一時間急火攻心，吃點消暑降溫、順氣平心的藥，休息三、五天就沒事了；不過，老太太年紀大，近期經常出現胸悶氣短、眩暈、四肢麻木症狀，這是中風前兆，最好開始長期服用舒經活血的小活絡丸。」

老太太的身體狀況她身邊的人最是清楚了，四大丫鬟告訴大夫夫人最近在吃什麼藥，大夫聽了點頭表示贊成夫人吃這些藥，還另外開了一些藥，讓凌府派人出去抓藥。

「四公子，四少夫人，夫人不想見到你們，你們回去吧，她還說在小孫子出生之前，她都不想見到你們這兩個不孝兒子、不孝兒媳。三少夫人，夫人讓您進去。」曹芸娘從裡屋走出來之後說道，老臉流露擔憂。

凌宇軒聽了便道：「母親見到我這個不孝子想來心中就有氣，我先避開一陣讓她老人家消消氣，再過來請罪。曹姨，母親這邊妳就多費心了，有什麼事情請及時通知我和文卿。」

曹芸娘微微頷首，夫人打什麼主意她最清楚不過了，夫人這樣做對凌家將來不好，只是她一心要做誰也阻止不得。

凌宇軒望望肖文卿，不放心地對大夫道：「大人，內子懷有六個多月身孕，今日府中有些爭吵，她可能受了些驚嚇，請你幫她把把脈。」

大夫頷首，走到肖文卿身邊坐下，請她伸出手來讓他把脈。

崔氏羨慕地看看他們夫妻，道：「宇軒、弟妹，等一下你們就直接回去吧，這邊如果有什麼事情，我會馬上派人過去通知你們。弟妹受到驚嚇，要好好歇息。宇軒，父親回來，你最好好好向他老人家解釋一番。」

凌宇軒拱手道：「母親現在心中還有氣，三嫂在這裡的話還請多多替小弟和文卿說情。」

崔氏頷首，跟著曹芸娘去丞相夫人的寢室，心中思忖不已。小兒子、大孫子，老人家的命根子，父親對宇軒寵得簡直沒邊沒沿，這次估計也就說他幾句而已。上一次文卿小產，父親可能知道母親做了什麼，所以不再讓母親管家，嚴重削弱母親在府中的權力，保護宇軒夫妻不再受母親的欺壓。父親那樣寵宇軒，為什麼還要想景泉……也許母親的揣摩是錯誤的，父親真的只是想景泉給大伯延續香火而已，景泉雖然優秀，但比起宇軒來還是差了些，父親不會放心把凌家交給景泉繼承的。

大夫把過肖文卿的脈，說肖文卿雖有些心思淤積，但無大礙，靜心休息幾日便好。

凌宇軒謝過大夫，領著肖文卿和一眾侍衛屬下回福壽院。現在已到午時，他徹夜趕路早已饑腸轆轆；他現在一身汗臭，怕是熏了文卿，需要馬上洗浴。

福壽院那邊一陣忙碌之後，凌宇軒穿著白色絲質長衫躺在羅漢床上晾曬長髮，肖文卿坐在他邊上替他搖團扇。

「宇軒，你突然趕回來，手頭的事情怎麼辦？」肖文卿擔憂道。凌宇軒是在外面處理公務，她為私事把他拉回來，她有錯，他也公私不分，皇上如果知道必然會不滿。

「我這次出去要做的事情已經差不多做完了，還有些收尾的事情就交給副手去做。」凌宇軒安慰她道：「即使妳不傳信，我明日下午也回到家了。」他到京城西邊的春林縣去了，快馬加鞭從那邊回京城也就大半天時間，所以提前了半天，同時趕了一個夜路，才在今日上午趕回家。

「宇軒，今日母親當眾罵你不孝子，過些時日，朝野會傳開吧？」肖文卿擔憂地問道。

「前院的僕人知道什麼叫守口如瓶，這個妳就不用擔心。」凌宇軒閉著眼睛回答道。前院是他們父子辦公的地方，家丁、侍衛最多，所用的僕人也是謹慎之人，不敢亂嚼舌頭。母親在府中罵他不孝、罵文卿犯七出罪，都不會傳到外面去。母親這次被他說老糊塗，還被他揭發對大兒媳的殘忍處置，當街的圍觀者都聽到了，她應該會有一陣子不敢出門拜訪諸家夫人。

「宇軒，我發現，沒有你的支持，我根本什麼事情都做不了。」肖文卿有些沮喪地說道。

「因為我是男人，而妳是女人。在這世上，除了幾個特別的女人，女人的權力都來自於男人的給予。」凌宇軒抓住她的手，親暱地撫摸她的手腕。這世界給予男人太多權力，而不斷約束女人；別看母親是一品夫人，父親說讓她交出管家權，母親便只能交出。

「唉，我很慶幸嫁給了你。」肖文卿含情脈脈道。雖然嫁給他有諸多煩惱，但他的深情和支持讓她勇敢面對那些問題。

凌宇軒閉著眼睛把玩肖文卿的手腕，嘴角勾起滿意的微笑。

凌宇軒晾乾了頭髮之後便拉著肖文卿一起回房睡午覺。天氣越來越炎熱，看樣子今年夏季要提前搬到比較陰涼的清水軒去住了。

「大人，大人。」瑪瑙小心翼翼地站在三面開著窗戶的拔步床外低聲叫道。

「噓，什麼事情？」肖文卿被叫醒了，從鮫紗床帳內探出頭低聲問道。宇軒在外面公務繁忙，又星夜策馬趕路回來，這會兒睡得很沈，都輕微打呼嚕了。

「夫人，前面傳信來，丞相大人命大人馬上去前院書房見他。」瑪瑙說道，語氣很是擔心。

父親要找宇軒？肖文卿不敢遲疑，只好輕輕把凌宇軒推醒，擔憂道：「宇軒，父親會怪罪你的，你別倔強，向他和母親認個錯；如果父親和母親一樣都要求你納妾，你也別硬頂了，把妾抬進來放在一邊，以後尋個時間再把她嫁出去。」男女有別，她若犯錯，公公只會讓婆婆來訓斥她。

被推醒的凌宇軒迅速清醒過來，邊起身邊道：「我趕不回來，手信也不能及時到，妳就打算這樣處置的吧？我知道了，不過父親緊急找我一定是為了公事。」摸摸肖文卿的臉龐，他柔聲道：「別擔心，父親從來沒有強迫我做我不想做的事情過。」

「希望這一回父親也能順著你。」肖文卿說道，下床幫著他更換外出衣裳。

將滿頭披散的長髮用髮繩和長髮簪束起來，穿上一件水藍色的絲袍，凌宇軒出門了。出門前他再三安慰面露擔憂的肖文卿，一切事情都由他擔著，她安心在院中休息養胎。

望著他離去的健碩修長的背影，送他出寢室門的肖文卿心中暗道：「因為你很可能不是父親的兒子，很可能是流著皇室血統的私生子，父親不敢太干涉你的事情，才會事事盡可能順著你。」

第四十七章 府邸

凌宇軒去前院之後，肖文卿便起身更衣，然後帶著丫鬟和嬤嬤坐到堂屋通風的位置一起做女紅，給還有三個月就要出生的孩子縫製小衣裳。

「希望老爺別動雷霆大怒，責備宇軒。」肖文卿擔憂道，停下手中的繡活。

「夫人放心，丞相大人頂多責備大人，讓大人給老夫人請罪。」雲三娘微笑著安慰道：「那朱家姑娘已經被抬回去了，斷然不會再被抬過來。」這次納妾風波就此平息，而且就大人當街說的那些話，想給他作妾的姑娘都會斷了做他妾室的念頭。

「在世人看來母親主動替兒子納妾是為兒子好、為家族好，宇軒堅定拒絕毫無留情，駁了母親的面子，在世人眼中就是忤逆、不孝。」肖文卿嘆氣道。「希望這不影響他的前程。」

「您別管那麼多，大人對您情深似海，您要努力替他多生兒育女，不讓別人說他寵妻寵到子嗣單薄。」雲三娘柔聲說：「很多人都認為，女人就是要替夫家開枝散葉，我沒有讀過幾本書，不過聽說書上寫過，妾只是代替妻子伺候丈夫，代替妻子繁衍後代的工具，大人都不想別人替代夫人伺候自己，夫人又可以生育，何須要妾？既然大人處處維護夫人，夫人以後也別委屈了自己，再遇到這類事情就直接告訴大人。」

「嗯。」肖文卿笑著點頭，感覺心從來沒有如此舒坦過。

入夜之後，凌宇軒回來了，肖文卿趕忙讓人給他準備晚膳，詢問他父親對他今日觸怒母親的反應。

凌宇軒一邊更衣一邊道：「父親說我不孝，要我給母親賠罪；他說我母子關係如此糟糕，他百年之後不敢放心把母親交給我侍奉。然後，我倆就討論公務，談論完後我獨自進宮去見皇上了。」

不放心把老妻交由嫡次子侍奉！父親這是稍微透露一些凌家繼承人是誰的口風了嗎？肖文卿心中一驚，擔心宇軒的心被他一直孺慕的父親傷害了。

在裡面更衣的凌宇軒語氣平靜地說道：「我把皇上要的東西交給了皇上，皇上很滿意，賞了一尊年初進貢的白玉觀音坐蓮臺像給我，說願我家宅平安。我回來之後就先去了一趟馨怡院，把觀音坐蓮臺玉雕送給母親，算是賠罪之物。」母親晚年信佛，這一尺高的御賜觀音坐蓮臺玉雕像足夠讓母親息怒不少。

肖文卿心裡頓時一緊，皇上眼線好厲害，凌家上午發生母子爭吵，在皇宮裡的他下午就知道了，還借宇軒立功賞賜一尊老人家喜愛的佛像讓宇軒給母親賠罪。

凌宇軒更衣之後出來用晚膳，肖文卿便坐在邊上陪他，凌宇軒便挑了肖文卿現在喜歡吃的菜直接送入她嘴中。肖文卿笑吟吟地吃下，環視四周，就看到丫鬟們都很規矩地低著頭。

「最近天氣熱，妳派人把清水軒整理後我們就搬過去住。」凌宇軒道。「七月文樺就要回來了，他府邸的事情妳辦好了沒有？」
肖文卿搖著團扇道：「丁伯幫我看了好幾處地方，最後選中了東區廣寧街後巷的一處三進深宅子。這宅子原主人是一做布疋生意的商人，他年紀大了，決定帶著錢財和妻兒回家鄉安居。這宅子裡面的家具大多完好，附帶一個小花園。他出價六百兩，丁伯還價五百，承諾留用原主僱傭的一些老下人。福寧已經帶人在那宅子修整了，文樺回來應該能住進去。」
凌宇軒聽著，微微頷首。
肖文卿又道：「福寧前幾日稟報我，再過三、四天，那宅子就能完全修整清理好，我打算過去看看。」
凌宇軒立刻皺起了眉頭。「文卿，妳還有身孕，就別出門了，福寧做事細心，應該不會出錯。」
「宇軒，我只是懷孕，又不是病人，我出行會帶丫鬟、嬤嬤，還有你留下的侍衛，能有什麼不安全的？」肖文卿嬌嗔道。「那是我弟弟的新宅子，我一定要親自驗看才放心。」
凌宇軒不答話，表示不放心她出門。
「宇軒，文樺的宅子和我乾娘家就隔了兩條巷子，我打算順路去探望乾娘和大嫂，看看小妞妞。」肖文卿繼續說情道：「妞妞也有九個月了，很久沒有看到她，我很想她。」乾娘來丞相府好幾回，大嫂來過一回，因為妞妞太小會哭會鬧，所以她們都不把她帶來。
「妳決定哪一天出門，我多派兩個侍衛跟著妳。」凌宇軒道。

「就這兩天吧。」肖文卿搖著團扇想了想，試探道：「我記得皇上賜給你的府邸也在東片區，我到現在還沒有去看過，不如趁此機會去看看。」她和宇軒將來是要搬出丞相府的，等看過那府邸之後，她就派人先修整。

聽肖文卿提到那棟府邸，凌宇軒立刻皺起了眉頭。「那府邸不太吉利，如果以後我們要搬出去住，我們還是另外購置新宅子。」

「不太吉利？」肖文卿頓時驚愕了。

凌宇軒想了想，道：「皇上賞賜我府邸，我當時很高興，等瞭解了之後便決定過個十年、二十年把那府邸轉賣掉，或者讓它就此荒蕪。」

「怎麼個不吉利法？」肖文卿驚訝道。

「那府邸前一任主子是西北戰神墨天祥墨大將軍，他執掌一方兵馬卻裡通外國，皇上登基之後便將他父子三人處決，家產全部充公。二十幾年前，皇上突然又為他翻案，說墨大將軍遭小人捏造證據陷害被冤殺，恢復墨大將軍聲譽，追封他為定北侯。因為墨大將軍和他兩個兒子全被處決，兒媳悲慟過度早產身亡，不足月孫子夭折，妻子自殺殉夫，他這一脈沒人了，所以墨家所有家產充公。」凌宇軒嘆口氣，道：「墨家也就是恢復清白了而已，人都被冤殺了，連一滴血脈都沒有留下。」他希望自己和文卿將來兒孫滿堂呢，這個府邸雖然寬敞氣派，但他和文卿是不會住進去的。

「是不是有人積極為墨家翻案？」肖文卿好奇道。「皇上九五之尊，要他承認自己冤殺大臣可不容易。」

「鎮國將軍年輕時承墨大將軍救命之恩、提拔之情，墨大將軍還有一些堅信他無罪的部將，在大將軍被冤殺後七年，皇上終於接受他們奉上的洗冤證據，恢復墨大將軍清白。」凌宇軒道。皇上也要面子，鎮國將軍他們能逼得皇上承認錯殺，不知做了多少努力。

「龍將軍真是知恩圖報之人。」肖文卿讚道。

「不管怎麼說，墨家舊宅不太吉利，我不想要。」凌宇軒道。「就讓那宅子和他的原主人一起湮滅吧。」

「可惜了墨家。」肖文卿搖頭道，這就是伴君如伴虎呀，墨大將軍被稱為戰神，必然在西北邊疆建立了赫赫戰功，他對朝廷和皇上忠心耿耿，卻因為小人作祟全家冤死。

這天，肖文卿拜訪過乾娘便去看大弟文樺的宅子。因為是夫人弟弟的宅子，經手此事的福寧不敢有任何疏忽，親自監工，將半新半舊的三進大宅子修整得和新建的一樣。

「夫人，除了原主人留下的一些老下人，肖府還需要增添一批年輕下人。」福寧道，走在肖文卿兩、三步前，介紹府中各處情況，至於修整宅子的部分帳目，夫人已經看過了。

肖文卿走在嶄新的肖府後宅迴廊中，四處察看，聞言便道：「大舅爺估計會帶些用得順手的下人過來，你只須找牙婆買一些粗使女僕和十四歲以下的小丫鬟即可。」宅子修整過後，一掃前任主人居住時的堂皇俗氣，很是雅致，像是個翰林編修的府邸了。

「是，夫人。」福寧點頭道。

檢查完宅子，肖文卿在前面大廳上休息了一會兒才離開。三品命婦女轎抬到半路上，她心血來潮，吩咐他們去附近的萬興和街。她記得，皇上賜給宇軒的原墨大將軍府邸便在萬興和街上。

墨大將軍那半荒廢的府邸還是有些名氣的，前面領路的侍衛詢問路人後馬上就找到了地方，領著肖文卿一行人來到府邸前。

肖文卿下轎子之後觀望，這府邸大門緊閉，朱紅色油漆黯淡斑駁，露出大面大面的木頭原色，大門上方懸掛一塊牌匾，上面是皇上御筆親書的「定北侯」三個字。

西北戰神墨大將軍的舊府，三十年沒有人氣，幾乎就是繁華鬧市中的鬼宅。「夫人，這宅子陰氣森森的，看著也不吉利，您懷有身孕就別進去了。」雲三娘勸說道。生老病死是常理，誰家宅子沒死過人？可是全家都冤死的話，這府邸肯定風水不好。

「是呀，夫人，別進去了。」水晶和瑪瑙也緊張地勸說道。

「我就站在門口稍微看看。」肖文卿道，伸手讓丫鬟扶著她慢慢走上石階。這墨府舊宅門前很是乾淨，大門上方的門匾沒有落灰，屋簷角落沒有蜘蛛網和鳥巢，看得出來這裡有人經常清掃。宇軒都不要這府邸了，肯定不會派人過來整理這邊，是誰在清掃？曾經受墨大將軍恩惠的人嗎？

一名侍衛快速上前用力敲著沒有朝廷封條的大門，「咚咚咚」一陣響後，沈重的大門被人從裡面拉開，一名五十多歲的黑髮勁裝武者和一名六十多歲、白髮蒼蒼的老家丁從裡面走了出來。

那勁裝男子驚訝地望望府門前的眾人，那老家丁又驚又喜，一個勁兒地說道：「是不是大將軍的後人上門了？將軍、夫人在天有靈，墨家後代終於回來了。」他眼睛瞇著，好似看不清事物。

還是那五十多歲的勁裝武者冷靜，他抱拳施禮，沈聲問道：「這裡是已故定北侯爺墨天祥府邸，請問夫人前來有何貴幹？」站在石階上，由帶刀侍衛、丫鬟、嬤嬤保護在中間的年輕貴婦二十歲上下，還懷有身孕。

「你們是看守這府邸的護院和家丁？」肖文卿打量了他們兩位後道：「我家夫君是龍鱗衛指揮使司指揮同知凌大人，這棟府邸皇上早些年已經賞賜給了我家夫君。」

那勁裝武者聞言頓時臉色一變，道：「小人從不知道大將軍的府邸已經被皇上賞賜別人了，夫人有沒有搞錯宅子門號？」墨大將軍沈冤昭雪後，一部分舊人回到府邸清理，然後便在這邊等待。因為這裡不祥，極少有人會來，所以墨大將軍府中的人幾乎與世隔絕了。

「不，這府邸的房契我親眼看過，我夫君也說就是這棟府邸。」肖文卿道，從兩人身邊望過去，就望見大門後是一堵「日出東海海鳥飛舞」影壁。

那老家丁聽了，立刻跺腳痛哭起來。「不會的，二十五年前龍將軍來祭拜老爺、夫人，對我說墨家有後，讓我等耐心等候；兩年前龍將軍上門祭拜時說，大將軍的後人遲早要回來振興墨家，皇上怎麼可以把墨大將軍的家賞賜給別人？大將軍、兩位少將軍都死得冤啊……」

肖文卿望見忠心老僕哭得淚流滿面，心中頓時升起疑雲。這府邸被朝廷沒收入國庫，在墨大將軍沈冤昭雪之後並沒有發還給墨大將軍的族人，所以才可以賞賜給別人。這府邸沒有上封條，墨家護院和家僕還一直住在裡面進行日常清掃，宇軒知道嗎？府中有人生活就需要開銷，誰在支付他們的日常生活開銷？

那勁裝武者心情很是沈重，拱手詢問道：「夫人今日過來是要接管這府邸嗎？」

「我從此處經過，突然想起我夫君名下還有此處房產，便停下來看看。」肖文卿頓了頓，猶豫地問：「我不知道此府邸還有前任主人的忠僕在看管，不知我可否進去？」

「夫人，您懷有身孕，這種地方……」瑪瑙急切地提醒肖文卿。

「不礙事，這府中還有人居住，大門前也掃得乾乾淨淨。」肖文卿道。如果這裡面還有護院、家丁，那麼至少前院主要屋子的表面應該會保持整潔。

老僕人還在痛哭，勁裝武者道：「這位夫人，小人是墨大將軍當年的親兵，現在這府中目前住著九個人，三名親兵，兩名女眷，三個老僕，一個老廚娘。」其他人都各奔前程了，只留他們幾個守著定北侯府，等待墨大將軍後人。

「我雖晚生三十年，但也聽說過墨大將軍威名，更聽說那樁冤案，你們對大將軍的忠心真是難能可貴，讓人敬佩。」肖文卿道。「我不知道墨大將軍有沒有後人，只知道這府邸現在是我夫君的房產，我想進去看看，兩位請行個方便。」

老僕人陡然抬起頭，怒吼道：「不行，這是墨大將軍的府邸，不是妳家的。」他守了墨大將軍府三十年，就是要等大將軍的後人回來繼承家業呀。

「墨忠！」勁裝武者趕緊阻住，抱拳拱手道：「夫人請原諒，墨忠伺候大將軍三十年，又空守著大將軍府三十年，有些魔障了。」

「我明白。」肖文卿體恤地頷首道，環視自己身邊的四名侍衛，然後道：「你叫什麼，可以前面帶路嗎？」她有四個武藝高超的年輕帶刀侍衛，還有兩名年輕丫鬟和一個中年嬤嬤、六個年輕家丁，裡面的老親兵、老家僕對她也不敢動什麼歪腦筋。

「小人秦放，夫人請。」勁裝武者躬身道，側身領肖文卿主僕一群人進入。老僕人墨忠知道阻止不得，只得跟上。

繞過影壁，肖文卿眼前頓時豁然開朗，墨大將軍府邸的前院甚為寬廣，地面鋪著平整的青磚，雖然青磚縫隙裡長出不少青草，但看得出來經常有人鋤草。前院廣場五、六名老人見有外人進來，開始迅速往這邊過來。

他們走到近前，朝為首的肖文卿躬身施禮，然後低聲急切地詢問秦放或者墨忠，這位懷了身孕的年輕貴婦人是誰？當得知肖文卿並非他們要等待的人，這府邸早就被皇上賞賜給了別人，都如遭五雷轟頂，彷彿多年的信仰和堅持瞬間被人推翻了。

「凌夫人，小人等人都居住在前院，所以前院還算乾淨，後院無人管理，已經長滿了野草。」秦放解釋道。

「嗯。」肖文卿頷首，朝前院最大的建築——正廳走去。

「夫人，請別去那邊，這邊有小堂屋，夫人可以暫在這邊歇息。」秦放突然阻止道。

「為什麼？」肖文卿側轉頭問道：「我現在是這府邸的女主人，為什麼進不得正廳？」

秦放道：「正廳擺放著墨大將軍夫妻、大少將軍夫妻和小少將軍的牌位，陰氣太重，夫人還懷著孕，不便過去。」

肖文卿望望天空熾熱的太陽，道：「現在是仲夏，今日陽光熾熱、陽氣很重，墨大將軍曾為我大慶立下赫赫戰功，被譽為一代戰神，我既然來了，不給他上炷香就顯得世人晚輩不尊重先輩。」說著，她不顧阻攔，逕自朝正廳走去。

墨府前院正廳的六扇門都敞開著，不過由於窗戶都緊閉，裡面光線有些陰暗。正廳最裡邊正面是一張大祭臺，上面擺放著五面靈牌；香爐中雖然沒有燃香，但空氣中飄散淡淡的香煙味，想來這裡早晚有人燒香供奉。

「既然進來，請允許晚輩給一代戰神上三炷清香，感謝多年前戰神奮勇殺敵，保護我大慶西北邊疆。」肖文卿嚴肅地說道，望著五面靈牌感覺心酸，這一家人全部死光了……

看她態度溫和善良，墨忠立刻擦乾眼淚，取出香和蠟燭，先點燃蠟燭又點燃香。

接過墨忠遞來的三炷香，肖文卿走上前，像燒香拜佛一樣恭敬地給戰神一家叩拜。

祭拜完了，肖文卿指著祭臺後牆上掛著的一幅畫問道：「上面的肖像畫就是墨大將軍？」這畫大概四尺長，兩尺寬，畫中男子大約三、四十歲，側身而立，身上穿著鎧甲和披風。他身形健碩，站姿威武。

「是大將軍軍師喬霖畫的，他們是好朋友。四十五年前一次擊退北川國侵犯，軍師興致大發，給大將軍畫了一幅肖像畫。大家看了都說畫得十分相像，夫人就視如珍寶收藏著；抄家的時候，這幅畫被夫人貼身丫鬟藏了起來，大將軍沈冤昭雪之後，那丫鬟又把畫拿了出來，這畫就一直供奉在這裡。」墨忠沈重地說道。「我已經看不清楚畫了，但每次看這幅畫，我就彷彿看到大將軍最意氣風發時候的英姿。」

肖文卿仔細端詳，畫中側臉男子濃眉大眼，鼻梁高挺，嘴唇飽滿，唇上蓄鬚，下巴微翹，看著挺冷硬威嚴。可惜了，如此戰功顯赫的武將居然被奸人所害，和兩個兒子一起被冤殺，連累妻子、兒媳還有不足月的孫子先後死去。

輕輕嘆口氣，肖文卿道：「希望定北侯在天有靈，保佑他的後人能順利回來。」這宅子可能真的風水不好，宇軒既然不要了，她也別想著修整以後搬進來住了，就讓這裡的忠心屬下和僕人在等待中養老吧；至於戰神的後代，戰神兩個兒子都死了，長子的遺腹子不足月出生也夭折了，次子尚未成親，不知道這後代要從哪裡出來。

第四十八章 擇親

七月初，凌府三房趙姨娘生下一個男嬰，丞相大人按照孫子們的排字，給這個小孫子取名凌景文。三房過繼掉一個兒子，現在又生了一個兒子，丞相夫人破例給妾室姨娘賞了不少東西，還重賞三房兒媳崔氏，大大地誇讚她賢慧大度，三房在她的操持下人丁興旺。

肖文卿送了份禮物過去，面對婆婆的暗諷一笑而過。

七月上旬，朝中發生大事，皇上定太子結黨營私、包藏禍心，貪贓枉法、不忠不孝……數條大罪，撤去其太子之位，封東海王，分封大慶的東北半島。東北半島目前尚處於未開化地帶，太子等於被貶去開荒了。

太子倒臺，依附於太子的諸多官員頓時驚慌失措，他們中真有觸犯國法的，這次全被皇上論罪處置，殺的殺、貶的貶；本身沒有犯錯的也多少被太子牽連，皇上開恩，允許這部分官員選擇要不要跟隨東海王一起去東北半島。

真心忠於前太子、現任東海王的，還真有幾位追隨東海王去了。

凌宇軒辛苦了半年之久，終於可以休息了。他和肖文卿已經搬進清水軒，每日起床便能看得到滿湖的蓮花。七月蓮花美，滿眼的碧綠蓮葉和粉紅色蓮花，望得人心曠神怡；湖風吹拂，蓮花搖曳，淡雅的蓮香沁人心脾。

「文樺要回來了吧？已經七月底了。」凌宇軒問道。

「文樺有四個月的假期，他會儘量在期限內趕回來的。」肖文卿道。「西陵距離京城路途遙遠，半道上若是遇到雨天也許就不得不延期了。」

「妳為文樺選中姑娘了沒有？」凌宇軒問道，也拿起蓮蓬來剝。

「有四個容貌不錯，性格比較符合他要求的。」

肖文卿道：「我都畫了畫像，就等文樺回來挑選。被挑選的姑娘是她們家族用來聯姻的，她們本身的意願不被人重視，我也不可能瞭解她們是否有意中人，所以我打算等文樺選中一個，就悄悄請六姊的長女把文樺的畫像送給那姑娘，試探那姑娘喜不喜歡。如果姑娘看不中文樺，文樺就重新挑選，反正光看畫像，他們也沒有多少感情，更談不上傷害到彼此。」

凌宇軒將剝出來的第一顆嫩蓮子塞進肖文卿嘴中，讚道：「妳考慮得很周全，讓沒有見過面的年輕男女給彼此一個選擇的機會。」

「對了，告訴妳一件事。」凌宇軒笑吟吟道。「何長青身上又發現數條人命，皇上這次沒有姑息他，將他打入天牢等候處決。」

「何長青？」肖文卿立刻想起來了，急忙問道：「鴻臚寺的何俊華和他的夫人怎麼樣了？」對她有恩的春麗就依附著這兩個人。

「鴻臚寺何俊華目前也被關在刑部大牢，等候處決。」凌宇軒淡定道。

肖文卿頓時傻眼了，何長青為官幾十年，欺上瞞下、貪贓枉法、草菅人命，只要證據確鑿，處死就處死了；何俊華做官也就四、五年，而且做的是朝會宴席、祭司贊禮的文官，怎麼也要被處死？

「何俊華犯了什麼罪？」肖文卿詢問道。

「何俊華才學平庸，多年尸位素餐，而且利用其父身分貪污受賄，還搶占別人合法田產。另，他十六歲的時候弄死了一個通房丫鬟，然後由他母親花錢堵住了那丫鬟父母的嘴。」凌宇軒道。「雖然簽了死契的丫鬟主人可以重罰轉賣，但主人弄死她依然要負責。」打死簽了死契下人這種事情一般是民不舉，官不究。現在的情況是，他要何俊華死，哪怕何俊華罪不致死也要死。

「何大少夫人呢？」肖文卿問道。

「何家被抄家，家產充公。何家老二何彥華追隨東海王去東北半島，皇上恩准，他不日將帶他的生母和妻兒隨東海王一起出發；何夫人因為是縣主，皇族旁親，皇上開恩，讓其保留嫁妝和貼身僕婦，只是從此要搬出何家現在居住的府邸。」凌宇軒頓了頓，英俊的臉龐閃過一絲陰暗邪惡。「因為宮中容嬪娘娘、何長青的妹妹苦苦哀求，所以何長青三個未成年的兒子、一個未成年的女兒和一個兩歲孫子，全部交由何夫人撫養，其他妻妾、僕婦、家奴一概收入掖庭等候發賣。何俊華之妻劉氏得知消息後，當即精神失常，狂笑著投井自盡了。」

文卿善良大度，得勢後對何家諸位夫人採取不理睬態度，表明沒有興趣報復，他卻自認沒有君子的大度，非要為文卿報復一番不可。

何家居然淪落到此等境地！肖文卿一把抓住凌宇軒的手，急切道：「何家的僕婦、家奴全部都要發賣嗎？」

「對。簽了僱傭契約的寬鬆些，他們有錢就能給自己贖身；簽了死契的，他們會被隨意發賣掉。」凌宇軒道。

「何家僕人什麼時候開始被發賣，我要買人。」肖文卿道，心中焦急起來。

「春麗是不是？」凌宇軒道：「我會派人把春麗買過來的。」摸著肖文卿豐腴柔滑的手腕，他心情很好。君子報仇十年不晚，文卿被何俊華夫妻逼得自行破相，還差點被發賣青樓，現在他狠狠地替她報復回去了；文卿自覺欠著春麗很多，他把春麗弄到她身邊讓她報恩，了結她的心願。

「這太好了！」肖文卿高興道：「還有趙嬤嬤，何大少夫人院中的一個僕婦，往日對我和春麗多有照顧，你也幫我把她買過來。」

「我會吩咐福安的。」凌宇軒道。現在福安和福寧這兄弟倆已經正式到外面做事，他現在的小廝是兩個還不滿十五歲的小少年。

「我一直為春麗擔心，現在何家出事，我反而能照顧她了。」肖文卿喜悅道：「等她心情平靜過來，我要替她找個忠厚老實，不介意她做過通房丫鬟的男人。」自然，春麗的賣身死契會作廢掉。

凌宇軒微笑著凝望她因為懷孕變得豐腴不少的臉龐，眼中充滿寵溺。只要她開心，他偶爾以權謀私又能怎麼樣？宮裡的容嬪早就過氣了，只是一個妃子，就算通過某些管道知道何家悲慘下場是因為他對皇上添油加醋地說何家的罪，又能對他如何？

凌宇軒的承諾很快就兌現，沒過幾天，春麗和趙嬤嬤就來到肖文卿身邊，肖文卿好生安頓了她們兩個。

轉眼到了八月底，肖文卿天天捧著個大肚子。擔心生孩子時體力不夠，她堅持早晚散步，聽從宮裡太醫的話控制飲食，防止胎兒過大。

肖文卿臨近預產期，乾娘趙大娘直接搬進福壽院暫住，這讓肖文卿很是感激和放心。在她那個預知夢中，她生產時沒有一個娘家人在，生下兒子之後便被弄死了；現在宇軒寵她如至寶，她乾娘在，她兄弟如果接到她臨盆消息一定也會跑來關注，她這次可以放心生產了。

肖文卿開始扳著手指頭計算大弟肖文樺回京城的日子了，照時間算，文樺應該已經到京城了，為什麼到現在還不到，該不會出事了吧？

凌宇軒得知，輕斥她整日想東想西，就會瞎想，自己嚇自己，他派到文樺身邊的四名帶刀侍衛比軍營出身的帶刀侍衛厲害多了，就算有什麼事情發生他們也應該有能力傳個消息回來。

「下雨、滑坡，都可能耽擱回程。」他道。「文卿，妳有時間，不如想著給孩子們取什麼名字吧。」

「取名是祖父和父親的權力，我沒資格。」肖文卿道。「我頂多也就取個小名。」凌家男孫從「景」字，女孫們沒有排字，但三房的三個女兒分別叫晴嵐、雪嵐、雨嵐，她的女兒可以按此排下去，也可以另外取名。

「小名也可以。」凌宇軒笑道：「妳要給我們的孩子取個朗朗上口的小名。」只要找些事情讓文卿分心就好。

於是，肖文卿在考慮給兒子或者女兒取什麼小名的時候，肖文樺抵達了，他先到丞相府找大姊。

肖文卿非常高興在自己快要生產的時候娘家兄弟能到京城來，只是她已經大腹便便，誰也不放她出府，她只能讓福寧帶肖文樺去驗收修整一新的肖府。

兩天之後，肖文樺在自己的府邸安頓下來，然後去翰林院銷假，辦完公事之後又來到肖文卿這邊，因為他的親事該處理了。

「大姊，母親說，我的親事就讓大姊和姊夫辛苦了。」肖文樺拱手道。

肖文卿馬上讓水晶把自己畫的四張姑娘的畫像取來，將姑娘們的畫像一一攤在桌子上，和肖文樺講述自己對她們的一些瞭解。

肖文樺看著，沒感覺什麼特別。這四位姑娘都是世家出身的高官之女，庶出，容貌都是中上選，他一個沒有家世的肖家養子算起來還是高攀她們了。

「文樺，這四位姑娘性格溫和，知書達禮，進退有度，符合你的擇妻要求。」肖文卿道：「你仔細看看。我也給你畫了一幅肖像畫，等你挑中了人，我設法將你的肖像畫送與那姑娘，如果那姑娘喜歡，我們這邊就請媒婆過去說親。」

肖文樺看著四張少女肖像畫，難以抉擇。

屋外，就聽海棠稟報。「夫人，李少夫人來探望您了。」

肖文卿抬頭，就看到外甥女蔡佳玉慢悠悠地走來。禮部左侍郎的長媳蔡佳玉上個月剛被診出喜脈，她夫家和婆家怎麼允許她四處串門子？

「四舅媽，我過來探望您了。」蔡佳玉說道，一搖一擺地走進來，緩緩給肖文卿施禮。

肖文卿趕緊讓蔡佳玉起身，坐下說話。蔡佳玉懷的可是李家的嫡子、嫡孫，如果在福壽院出了什麼事，婆婆非扒了她和宇軒的皮不可。

「李少夫人。」避嫌不及的肖文樺給蔡佳玉拱手作揖。

「肖編修免禮。」蔡佳玉笑吟吟道：「四舅媽，我今日過來拜訪外祖母，走時想起您懷孕八個月了，特地過來討教一些經驗。」四舅和外祖母鬧翻，她母親很是擔心，母親勸過外祖母，也讓她有機會就勸勸她。四舅才是凌家未來的主心骨兒，她們母女都不想失去他的支持。她夫家祖父原是太子太師，因為太子一案被牽連，主動辭官養老，於是夫家希望她能和身為皇上近臣的四舅關係更親近些。

肖文樺聽了，立刻道：「大姊，李少夫人，我就不打擾妳們了，請容我告退。」他是外男，雖然大姊允許，但進出丞相府後院也還是不大適合。

肖文卿聽了，便道：「這四個姑娘你先選一個呀。來人，快些給李少夫人上茶。」在這些人家的耐心還沒有失去之前，他們這邊不能拖拖拉拉錯失了機會。

「大姊挑選吧。」肖文樺拱手道：「小弟告辭了。」

「挑選什麼？」蔡佳玉好奇地望望桌上攤開的四張畫像，然後指著畫像道：「甯家四姑娘，展家七姑娘，通政使管大人的二姪女。」她認出了其中三幅畫中姑娘身分，讚道：「四舅媽您畫得真像，我看著畫就猜出是她們了。」

肖文卿頓時有些驚喜，問道：「妳熟悉她們嗎？」她示意文樺先別急著走，聽蔡佳玉說說她認識的三位姑娘。

「不太熟悉。」蔡佳玉道：「我和她們嫡姊、嫡妹往來時，有時候會遇上她們。四舅媽，您這是讓肖編修挑選新娘嗎？」

肖文卿拉著蔡佳玉坐了下來，道：「自從我大弟文樺考中進士，就有夫人陸續和我聯絡，希望聯姻；雖然這對文樺和肖家有利，但盲婚啞嫁的我不放心，所以去拜訪那些夫人看過她們家的姑娘後便回來畫肖像畫，讓文樺挑個有眼緣的。」

「哦？」蔡佳玉轉頭望向臉上彷彿染上胭脂的害羞年輕人，問道：「肖編修看中了哪家姑娘？」

肖文樺朝蔡佳玉拱拱手，羞赧道：「這些姑娘都好，不過我也都不認識，所以還是請大姊幫我作主。」

蔡佳玉想了想，道：「另一位姑娘我不認識，其他三位我倒是和她們聊過幾句。這三位中，展家七姑娘比較理智冷靜，管大人二姪女溫柔如水，甯家姑娘端莊聰明。」

「文樺，那就展家姑娘怎麼樣？」肖文卿聽了便道，望向肖文樺。

「小弟聽憑大姊作主。」肖文卿微微頷首。他需要的是能如母親一樣在家中沒有男丁的時候支撐起門戶來的妻子。

「水晶，妳把大舅爺的畫像送到劉夫人那邊，請她讓劉家大小姐悄悄轉給那展家姑娘看看。」肖文卿道，指指桌上還沒有打開的畫紙。嫡女有嫡女的交際圈，庶女有庶女的圈子，她弟弟的肖像畫只能拜託劉學士的庶長女轉交了。

「等等，讓我瞧瞧四舅媽畫的男子肖像畫。」蔡佳玉興致勃勃道。正在拿畫紙的水晶便把肖文樺的畫像交給蔡佳玉。

蔡佳玉打開，比對著俊臉酡紅的年輕編修看畫像，讚道：「四舅媽，原來您除了畫繡花樣，人物肖像也畫得維妙維肖。」眼前的年輕編修被她看得面如赤丹，雙眸躲閃，雖然努力克制但如坐針氈，端是清純。

蔡佳玉心中一樂，戲弄他道：「肖編修，你可有通房丫鬟？」這個年紀的男子，有錢人家的長輩都會安排一、兩個通房丫鬟，免得他們肝火旺盛，到外面發洩。

肖文樺頓時羞得臉都抬不起來了，吶吶道：「沒有。」

肖文卿立刻笑道：「佳玉，別逗他了。家母規矩嚴厲，不許男子糟蹋家中丫鬟的。」她頓了頓，意有所指道：「我肖家從我這一代往上數五代，即使有做官的也沒有納妾，也許正是因為這樣，我肖家直系子嗣單薄，到了我這一代也就我和文聰弟弟兩個孩子。」如果父親沒有病故的話，她肯定就不止一個弟弟了。

蔡佳玉聞言，立刻將肖文樺的肖像畫摺起來，道：「四舅媽何必捨近求遠，要找六姨媽幫忙聯繫姑娘們呢？我和展家二姑娘是手帕交，和展家七姑娘也認識，不如我回去的時候順路幫您把畫像送入展家姑娘之手。」

「佳玉，妳願意幫忙再好不過；只是這畫像妳要私下交給展家七姑娘看，如果展家七姑娘看不中我家弟弟，妳也悄悄地把畫像拿回來，儘量別讓他人知道，免得壞了雙方名譽。」肖文卿仔細叮囑道。

「我知道了。」蔡佳玉道，將肖文樺的畫像放入自己袖口內袋裡。

「此事就有勞李少夫人了。」肖文樺拱手，看這裡沒有自己的事情便告退。

肖文卿也不留他，叮囑他要認真和劉學士大人學習，便讓他離開了。

肖文樺離開後，蔡佳玉真的開始和肖文卿討論起懷孕事宜來。她出嫁時除了貼身的兩個丫鬟，連奶娘都一併陪嫁過去，身邊不缺經驗豐富的女性長輩，她過來其實也就是探望肖文卿，聯絡感情，瞭解她懷孕近況。看到肖文卿腹部高挺，臉龐有些浮腫，心中害怕，再過六個月，她的肚子也這樣大了，夫婿看得可會厭惡？

想起四舅舅公開拒絕新妾進門，表現得冷漠絕情，她羨慕四舅母的好運氣。

兩人談了一會兒，蔡佳玉起身告辭，肖文卿讓丫鬟送她出院子。她說肖家男子不糟蹋丫鬟，肖家男子不花心，那展家七姑娘聽了絕對會下嫁。展家現任家主是兵部尚書大人，身後還有江南一等一的展氏大家族，文樺如果成為兵部尚書的孫女婿，官途又暢通了不少。

蔡佳玉去拜訪自己熟識的展家大夫人，將肖文樺的畫像奉上，說明肖文卿的用意，並說了幾句自己對肖文樺的印象，還說了肖家五代男子沒有納妾的事情。

兵部尚書的嫡長媳婦展大夫人頓時心動了，經過她的運作，展家原本打算和肖文樺聯姻的三房庶出七姑娘提前和別家訂親了，而展家要把長房嫡出的小孫女九姑娘許配給肖文樺。

收到展家操持中饋的展大夫人的書信後，肖文卿很是驚訝，聯姻人選變成了嫡女，這是高看了肖家，只是這位嫡姑娘還不滿十五歲呀！

肖文樺得到消息之後很淡定。

九月四日，肖家正式請媒婆去兵部尚書府說親，求聘展家九姑娘。展家許。

九月六日，肖家下聘……

九月二十日，肖家請期，成親日定為明年二月。這個日子是凌宇軒和肖文卿選的。他們的意思是，既然新娘年紀小，那麼就趁她年紀小性格未完全定型，由文樺娶回來自己調教；文樺在家中當長兄照顧弟弟們慣了，會調教好自己的小妻子。

挺著讓人膽顫心驚的大肚子，肖文卿完成了長姊的任務，替弟弟說了一門好親事。大概她心情放鬆了，於是肖家請期完成的第二日半夜，她陣痛了。

「宇軒，醒醒，我肚子疼了。」肖文卿被疼痛驚醒，立刻推推身邊的凌宇軒。

凌宇軒立刻醒來，急切地問道：「是孩子踢痛妳了，還是要生了？」到了懷孕後期，肚子裡的寶寶特別有勁，經常會把文卿踢痛。

「我覺得是要生了。」肖文卿捧著肚子道，懷胎九月半，孩子該出世了。

凌宇軒立刻直接從床上跳起來跑去門口吼道：「來人，夫人要生了，快去找穩婆！」因為她即將臨盆，福壽院早就做好了準備，聽他一聲吼，下人們匆匆跑了出來。一時間，福壽院裡燈火通明，守夜的侍衛面面相覷，隨後兩名侍衛朝馬廄跑去。

宮裡的穩婆是最好的，可此刻宮門緊閉，沒有特殊情況是不開的，而外命婦生孩子不屬於特殊情況。為此，凌宇軒專門派人瞭解過丞相府周圍是否有穩婆，並提前找到了兩名很有口碑的，現在，侍衛們就要去接那兩個穩婆。

「宇軒，別急，別急，讓我們進去瞧瞧。」趙大娘和雲三娘聽到吼叫聲，迅速披上衣服一前一後趕了過來。

凌宇軒趕緊讓道請她們進去。

寢室內肖文卿躺在寢床上眉頭緊蹙，雙手抓住身下的床褥，守夜的兩個丫鬟緊張地等候她的吩咐。趙大娘和雲三娘進去後詢問她情況，然後便知道她才剛開始陣痛。

「產房早就準備好了，等這陣痛過去，我和三娘扶妳去產房。」趙大娘安慰道。「別害怕，一切都會順利的。」

雲三娘已經開始吩咐丫鬟們傳話給廚房，馬上燒熱水備用，讓瑪瑙和水晶給肖文卿準備更換的衣物。

「乾娘，三娘，有妳們在，我不害怕。」肖文卿冷靜地說道。

一會兒工夫，這股陣痛過去，肖文卿便由水晶和瑪瑙攙扶著起身，稍微整理了一下身上凌亂的衣物，便朝事先準備好的產房走去。

站在寢室外等候的凌宇軒看見肖文卿走出來，立刻道：「我抱妳過去。」說著，他伸出雙臂，將因為懷孕體重絕對不輕的肖文卿輕柔地抱起來，大步朝產房走去。

「好樣的。」趙大娘狠狠地誇讚了凌宇軒一句，然後道：「如果你今日公務不忙就請假吧，你在外面守著，文卿在裡面生孩子也安心。」

「我知道了，乾娘。」凌宇軒道，小心翼翼地把肖文卿放在鋪著乾淨床單的產床上。這個產房，他是按照宮中后妃生產所用產房標準佈置的，裡面所有的東西都是乾淨的。

「宇軒，你會在外面是不是？」肖文卿一把抓住凌宇軒的手問道，力氣之大幾乎要在凌宇軒的手腕上留下紅印。

「我會在外面守著，等妳母子均安的消息。」凌宇軒安慰脆弱的妻子道。

肖文卿這才放手。

穩婆被侍衛們帶過來後洗了手便衝進了產房。

凌宇軒站在產房門外走來走去，心中焦急，產房裡面有聲音，有產婆的說話聲，有乾娘的鼓勵聲，就是沒有文卿的呻吟聲。

天亮時分，凌宇軒讓一名侍衛替自己進宮請假，同時派人給母親、三嫂傳信，文卿要生了。

早膳過後，丞相夫人派曹芸娘過來等候消息，三夫人崔氏則親自過來問候。

「哇哇～～哇哇～～」臨近晌午，嬰兒的啼哭聲打破了福壽院的焦急，凌宇軒的嫡長子順利出生。

第四十九章　猝死

凌丞相增添嫡孫，凌同知嫡長子出世，得到消息的人紛紛送來賀喜禮物。凌宇軒按照傳統抱著初生的兒子去凌家祠堂拜見祖先，告訴他們凌家有後，並請父親給孫子賜名。凌丞相躊躇了一會兒，說道孩子的名字他要多推敲，不急。

凌宇軒是皇上晚年很重用的寵臣，他生了兒子的消息傳到宮裡後，皇上馬上吩咐人備了一份厚禮，厚禮之厚，皇孫出生也不過如此。

兩天之後，肖文卿依然由凌宇軒抱著搬回寢室，這一回，凌宇軒只能乖乖去睡書房了。肖文卿因為預知夢的噩夢，對孩子格外寶貝，白天睡醒了就非要親自哺乳，晚上才讓奶娘看守照顧孩子。

劉學士夫人帶著兩個女兒過來看望肖文卿，抱著孩子嘖嘖稱好。「文卿，妳真能幹，第一胎就替宇軒生了個兒子。」

靠坐在床頭的肖文卿微微一笑。

劉夫人鼓勵道：「以後多生幾個兒子，讓母親無話可說。」宇軒公開拒絕母親給他納妾，和母親關係惡劣已經成了京城世家之間公開的秘密。

肖文卿嘴角勾起一抹苦笑，乾娘和六姊都要她多生兒子，彷彿她生的兒子越多，婆婆就對她越沒有欺壓的理由了；不過，這卻是事實。

「孩子取名了沒有？」劉夫人問道，看著懷中已經變白胖的嬰兒，覺得他集了宇軒和文卿的所有優點，將來必定是了不起的人物。

「宇軒請父親給孩子取名，父親說這是嫡子、嫡孫，他要多推敲推敲。」肖文卿道：「這事不急，有些人家孩子到了啟蒙才給孩子取大名，我們現在就叫他瀟瀟，瀟灑如風的瀟。」

八歲的紫綾立刻道：「不就是風流瀟灑的瀟嗎？」

十二歲的紫苑拉拉妹妹的衣袖，柔聲道：「四舅和四舅媽一定是希望小表弟將來瀟灑如風，而不是風流瀟灑。」

肖文卿莞爾，劉夫人頓時笑了。

瀟瀟滿月，滿月宴轟動全京城，連皇上、皇后都送來滿月賀禮，凌宇軒深受皇寵再一次被證實。肖文卿出月子，開始每月初一、十五朝謁皇后娘娘，和其他貴婦人往來應酬，履行一名三品淑人的職責；另外，婆婆七十大壽快到了，她這次必須幫著三嫂籌備，自己還需要籌備大弟文樺二月的婚禮。

十二月十一日，丞相夫人七十大壽，丞相府前一大早就車水馬龍，送禮的絡繹不絕。肖文卿和三嫂崔氏、丞相夫人長女蔡大夫人一起忙碌著招待貴客、女眷。滿朝高品階官員來了三分之二，因故沒來的也派人送了禮；皇上、皇后賀禮豐厚，皇上另外還派秦王、睿王、齊王前來賀壽；其他和凌家走得比較近的皇子、皇孫也前來了，這一天應該是凌家最繁榮鼎盛的時刻了。

大壽之後便是春節，春節期間天氣不太好，元宵過後一直大雪飄飄。倒春寒了，堂屋裡便燒起銀霜炭盆，肖文卿和丫鬟、嬤嬤、奶娘們一起在堂屋裡說話、做女紅，瀟瀟的搖籃就擺放在她們中間。

看著身邊過年之後又大一歲的丫鬟們，肖文卿道：「水晶，妳過了年就十九了，打算什麼時候出嫁？我好開始準備妳的嫁衣和嫁妝。」

水晶也沒有害羞，聞言抬頭道：「夫人覺得什麼時候適合？」

「三月怎麼樣？等大舅爺婚禮之後我們翻翻黃曆，在三月分找個好日子。」肖文卿笑道：「妳嫁人後也別搬出去住，南飛是孤兒沒有家人，我在福壽院騰出兩間屋子給你們兩個住。妳嫁人之後別和我們生疏，天天過來和我們說說話。」

水晶想起南飛的話，甜蜜地說道：「大人也這樣詢問過南飛，南飛答應婚後繼續住在大人和夫人身邊。」南飛這群侍衛目前都定居在福壽院中，只是還都單身的他們每四人共用一間屋子。

「這就好。」肖文卿高興道：「妳看主屋西邊的兩間偏房怎麼樣？妳中意的話我派人去清掃整理，然後添置新家具。」福壽院的人口應該會越來越多，快住不下了，她希望宇軒能夠早點分家出去過。

水晶感激道：「全憑夫人作主。」夫人前陣子說過，她和瑪瑙成親前，夫人都會把她們的賣身契約作廢掉。

問完水晶，肖文卿又把眼睛轉向瑪瑙。「瑪瑙，妳是不是該和我老實說，妳身上那瑪瑙珠子是誰送的了吧？妳要不要和水晶同一日成親？」瑪瑙性子比水晶活潑，沒想到這種事情她居然捂得緊緊的，要不是問過水晶，她都不知道南飛的好兄弟南陽和瑪瑙牽手了。

瑪瑙望望水晶，扭捏道：「是南陽，夫人看著辦好了。」南陽比南飛霸道，他直接問她喜不喜歡他。她還沒有來得及反應，他便將一顆瑪瑙珠子塞到她手中，說他喜歡她，既然夫人和大人都允許她們出嫁，那等南飛和水晶成親的時候他們也提出成親。南陽不喜歡被別人注意到，所以他自己保密，她也因為隱瞞不了同屋居住的水晶而只告訴了水晶。

「嗯，那就一起出嫁吧，那樣熱鬧。」肖文卿笑道。她身邊的水晶、瑪瑙的終身大事不用她擔心，只有春麗，雖然說恢復了丫鬟裝束，但畢竟是做過通房丫鬟，想要說個身分家世好點的人家不容易。

「妳們準備什麼嫁妝了？妳們還需要什麼幫忙……」肖文卿一邊給文樺趕繡新郎袍一邊詢問水晶和瑪瑙，別人也在一邊七嘴八舌地議論起來。

突然間，小丫鬟急忙忙衝進來，喊道：「夫人大事不好，丞相大人、丞相大人被人抬回來！」

肖文卿頓時愣住了，停下手中的繡活鎮定道：「妳說清楚點，丞相大人怎麼回事？」

小丫鬟定了定神，道：「前院派人到後院各個院子，說丞相大人今日上朝突然昏厥，經過太醫急救，現在已經抬回府中。凌大人和凌三爺都回來了，吩咐女眷全部去前院。」

肖文卿立刻明白了，道：「水晶、瑪瑙，妳們和我先去前院；春麗、三娘、奶娘妳們替小公子多加些衣物，隨後抱著他跟來。」說著，她看看自己身上淡藍色衣裙，覺得還算合適，便不打算另外更衣了。

瑪瑙急忙取來一件顏色素淡的厚披風讓肖文卿披上，三人也沒有叫轎椅，直接快步往前院去。

在前往前院的途中，肖文卿遇到了好幾撥女眷，丞相夫人主僕，丞相三名妾室和丫鬟，三房的崔氏帶著女兒和妾室姨娘們。一家之主突然倒下，大家都面露驚慌和悲傷。丞相大人年紀大了，他會倒下是大家都預料得到的事情，只是沒想到會在今日，而且非常突然。

後宅女眷們相遇，大家也沒有計較禮數，只相互打了個招呼便一起往前院趕。前院的氣氛格外嚴肅，往日凌丞相休憩的屋子裡，太醫院的老太醫剛將金針一根根從凌丞相的頭上取下來，下人端來了緊急熬好的參湯，連官服都還沒有換的凌宇樓便接過參湯，同樣沒有換衣服的凌宇軒將父親摟在懷中，兩人協力給父親餵參湯。

在皇宮的時候太醫們就搖頭了，他們兩兄弟都明白，父親的大限到了，藥石罔效，扎針和灌參湯只是想讓他有半刻清醒，見見兒孫，交代一下遺言。

凌丞相已經沒有多少知覺了，一碗參湯他勉強喝了小半碗，還有大半碗隨著嘴角流溢出來。

「父親，父親……」凌宇軒和凌宇樓不斷地呼喚著凌丞相，眼圈都是紅紅的。他們和姊妹們不同，自小就被父親帶在身邊培養，和父親感情很深。

「老爺，老爺，您快醒醒！」丞相夫人進來後悲戚地叫了起來，忍不住老淚縱橫。

肖文卿和三嫂崔氏帶著凌家的兩位姑娘站在角落裡。在戶部做了小官的凌景泉得到消息，已經趕回來了，和在國子監讀書、同樣趕回來的凌景海、凌景淵一起圍在床前。

半晌，凌丞相睜開渾濁的雙眼，呆滯地環顧周圍的人。「呼……呼……」他喉間發出含糊的氣音，眾人都趕緊側耳傾聽。

「景泉……嫡……長孫……景……泉……」凌丞相艱難地喘著粗氣，右手顫顫，努力地要指向凌景泉。

丞相夫人立刻道：「我明白了，你這是要嫡長孫景泉繼承凌家宗祧。」

屋裡人頓時很意外地望向凌景泉，凌景泉立刻急切搖頭道：「祖父，小叔才是嫡子，他比我強。」雖然祖母和母親都有這個意思，父親也隱隱傾向於他，但他知道，自己遠不如小叔。

凌宇樓瞥了凌景泉一眼，道：「你祖父的決定不會有錯。」

凌丞相喉嚨呼哧了一會兒，繼續道：「家產……由，宇樓……和景泉……均分。書房……書架……有……遺書……給……宇軒……鎮國……龍……將軍知道……」好不容易說了這些，他再也支撐不住，吐出最後一口濁氣，頭一歪、身子一軟，便癱在凌宇軒的懷中。

「父親，父親！」距離他最近的凌宇軒和凌宇樓悲慟地大喊道，頓時落淚了。

「老爺……我的天啊……」丞相夫人頓時失聲痛哭起來，扶著她的曹芸娘已經是淚流滿面了。

「祖父，爺爺……」孫子、孫女們哭喊著。

肖文卿和崔氏心中悲傷，落淚嗚咽，屈身下跪。屋裡的僕人隨即也開始跪哭，站在外面的妾室姨娘們知道丞相大人已經過去，紛紛號哭起來。丞相府的當家主人逝去，一時間，丞相府中哭聲一片。

太醫院的老太醫勸道：「凌同知大人，凌少卿大人，請節哀順變。老丞相已經過去，你們還是派人給他淨身更換壽衣吧。」老丞相三子現任大理寺右少卿，四子任龍鱗衛指揮使司指揮同知，即使老丞相選擇了嫡長孫繼承，凌家也不會因為失去他而衰落。

凌宇樓聞言，道：「多謝太醫提醒。來人，給老爺淨身更衣。」老年人一旦過了五十歲便會給自己預備後事，父親十幾年前就給他自己準備好了壽棺，壽衣更是每兩年做一套放著備用。

凌宇軒迅速低頭擦去淚水，對凌宇樓和凌景泉道：「三哥、景泉，我們去書房。」既然父親最後選擇了景泉，他以後就分家搬出去。父親遺言提到了書房有遺書，好像與鎮國將軍有關，他要看看信裡的內容。

「小叔……」凌景泉很愧疚地說道：「對不起。」

「景泉，你要相信祖父的選擇。」凌宇軒平靜地說道。

凌宇樓頷首，道：「大家都退下，讓人給老爺淨身更衣。」父親在過繼了景泉之後便告訴了他的選擇，並叮囑他要好好扶持景泉繁榮凌家。

崔氏和肖文卿一起上前，對痛哭的丞相夫人福身道：「母親，請節哀。」

丞相夫人頓時抬起頭，怒道：「肖氏，妳生了個災星，妳兒子剋死了老爺！」老爺選擇了景泉，讓她失去了他依然老有所依，而不是讓和她關係糟糕的四兒子奉養她；不過即使這樣，她對四兒子的憎恨也不會減少！

肖文卿聞言立刻嚴厲道：「母親，請節哀，父親年過古稀壽終正寢，和瀟瀟沒有任何關係！」瀟瀟一旦冠上災星罪名，以後凌家出了什麼事情都會被認為是瀟瀟造成的。

「老爺遺言，凌家家產由宇樓和景泉均分，你們一家馬上給我滾出凌府！」丞相夫人狂叫道：「宇軒一出生便剋死生母，兩歲剋死兄長，瀟瀟現在剋死了祖父，他們父子都是災星，統統給我滾出凌家！」

「母親，您悲傷過度，犯糊塗了。」不等凌宇軒發怒，凌宇樓立刻道：「曹姨，妳馬上扶老夫人下去歇息。」然後他又吩咐道：「素蘭，妳帶齊大管家馬上開始操持父親的喪事。」

「夫人，我們出去，讓人替老爺淨身更衣。」曹姨哽咽地說道，強行扶著丞相夫人出去。老爺不在，凌府從此是凌家兒子們的天下，夫人以後也要受到他們的約束。

「是，大人。」崔氏頷首，擦擦眼淚領著兒女們全部退出去。

「凌宇軒，你給我滾出凌家！老爺，我的天啊，你就如此走了，狠心拋下我，我孤苦老婆子以後可怎麼活呀！宇堂，我的兒，你走得太早，我好命苦……」丞相夫人掩面痛哭，任由曹芸娘和丫鬟將自己扶出去。

肖文卿望望宇軒，跟在崔氏一家後面出去。她早就料到了，只是不知道父親的遺書中會不會提到宇軒的真正身世。鎮國龍將軍，父親臨終前為什麼要提到他？是他證明遺書有效，不讓宇軒找藉口奪凌家家業，還是龍將軍也知道宇軒的身世？

凌丞相生前最常待的地方就是前院書房，書房裡放了他很多東西。凌家兄弟帶著凌景泉進去之後，開始翻找書架上的書，並很快翻找到了夾在一本《論語》中的書信。

四子宇軒親啟

翻找到遺書的凌宇樓將遺書交給凌宇軒。

凌宇軒接過後馬上撕開信封口，取出裡面專門寫給自己的遺書，越看，他臉上表情越震驚，然後顫聲道：「這怎麼可能，父親為什麼不早告訴我？」

凌宇樓伸手拍拍凌宇軒的肩膀，沈聲道：「這是真的，景泉過繼的第二日，父親就告訴我了，還說鎮國龍將軍可以作證。」

凌宇軒猛地抬頭，急切道：「既然皇上都知道，為什麼父親不早告訴我？父親又沒有犯欺君之罪。」父親給他的遺書中說他生母是被皇上冤殺的墨大將軍之幼女，皇上和他商議決定讓他出繼墨家，復興、光耀外祖父的門楣。

凌宇樓搖頭道：「父親沒有說。」

凌景泉在一邊聽得瞠目結舌，小叔身為嫡子，居然要出繼別人家，所以祖父要把他過繼到大伯名下充當嫡長孫，父親才默許祖母的決定。

「我明白了。」凌宇軒仰起臉閉上眼，讓晶瑩的淚水從眼角滾落。凌家世代都是書生，父親卻在他很小的時候就給他聘請武技高手教他學武，請關係好的軍隊將領傳授他兵法陣術；他不僅不排斥那些，還特別喜歡，學得也快，才會在十六歲那年考中秀才後投筆從戎去黑衫軍當小兵。

皇上對他額外重用喜愛，是因為愧疚冤殺了他外祖父和兩個舅舅吧？武將勾結是皇上最忌憚的，而皇上看到他和龍家關係好卻不以為然，還經常讓他去黑山軍營結識更多的將官。他原本以為皇上是想讓他想辦法控制黑衫軍，將來好鎮壓可能的皇子興兵作亂，原來皇上是想讓他繼承祖業，將來保家衛國，難怪皇上會問他，想不想去北方帶兵打仗。

「宇軒，等父親三年守孝期過後，你再認祖歸宗吧。」凌宇樓再次拍拍凌宇軒的肩膀，和善道：「即使你不再姓凌，我們也還可以是兄弟。」凌宇軒出繼之後，在名義上、律法上，都和凌家沒有半點關係了。直系親屬故去，官員要在家丁憂。文官丁憂三年，武官丁憂百日，他希望自己和景泉在家丁憂三年的期間，不需要丁憂的宇軒能幫忙凌家維持表面的繁榮，不讓凌家出現老丞相過去，人走茶涼的淒涼境地。

「嗯，我們永遠都是兄弟。」凌宇軒睜開眼，沈聲說道。

「走吧，我們出去換衣服。」凌宇樓溫和地說道，示意凌景泉一起出去。

凌宇軒點點頭，將信摺疊好收進懷中，環顧了一下自己無比熟悉的書房，壓制心頭升起的強烈悲傷，跟著三哥父子離開了這裡。

崔氏指揮相府前院後宅的大小管事們，府中所有喜慶物件全部收起來，相府大門懸掛白燈籠，打開庫房取出白布做孝服和縞帶，佈置靈堂，派人向宮裡的皇上稟告喪情，派人去凌家諸出嫁女府中報喪，去禮部邀請專門主持喪事的司儀官……

崔氏管理府中事務已有一年，期間還籌備過府中嫡長孫女出嫁，府中嫡孫滿月大宴，一品夫人七十大壽，現在操持喪事雖然是第一回，但畢竟出席過很多次別家夫人、老爺的喪事，知道禁忌和禮數。

肖文卿回到福壽院之後，吩咐下人將院中所有喜慶之物收起來，然後回到房中，將頭上、身上華美飾品全部取下，讓瑪瑙給自己找一整套以黑白為色調的衣裙，開始更換。她沒有經歷過喪事，不知道三嫂那邊會不會給內宅小院每一個僕人準備孝帶，不過知道她和宇軒、瀟瀟的孝服會由府中統一發放。

大弟文樺二月分的婚禮她肯定不能參加了，她需要和乾娘商議，請乾娘代替她繼續籌備文樺的婚禮事宜，不讓自己夫家的喪事沖了娘家的喜事。

「大人回來了。」聽到外面丫鬟的聲音，肖文卿立刻起身出去迎接，就見凌宇軒一臉惆悵地進了門。

「宇軒，你先坐下，新安、新寧，快些過來伺候大人洗漱更衣。」肖文卿吩咐道。

「是，夫人。」新安、新寧道，迅速去準備。

凌宇軒走到擺放在堂屋裡的搖籃邊，望望在裡面酣睡的兒子瀟瀟，感慨道：「稚子真好，無憂無愁。」

「宇軒，父親給你的遺書找到了？」肖文卿關切地問道。

「嗯。」凌宇軒將懷中的那封遺書取出來遞給肖文卿道：「妳也看看。」

肖文卿接過遺書，一目十行地看完，秀眉微微蹙了起來。父親的遺書中說宇軒的生母是定北侯墨家的女兒，皇上因為愧疚冤殺了墨家父子，要宇軒這個墨家外孫過繼到墨家。

這不符合傳統習俗，一般過繼子嗣都是過繼同族兄弟的兒孫，過繼外姓子的話，那外姓子不能超過三歲。宇軒今年都二十七了，還能出繼過去？墨家雖然在京城沒有後人，但墨姓本家肯定還有很多男子，他們比宇軒更適合出繼到墨大將軍名下。

「既然皇上都知道，這就不是不可以說的秘密，父親為什麼至死都要隱瞞我？」凌宇軒憂傷地說道。

遺書中說，被皇上追封的定北侯墨大將軍是他外祖父，他的生母是他外祖父最小的女兒，因為一出生就病懨懨的，他外祖母就相信算命人的話，把她寄養在一戶平民家中。墨家出事時，他的生母避過劫難，並開始尋找伸冤機會。他生母認為他父親能幫到她，便不在意他年過四十委身於他；而他父親認為朝中關係複雜，伸冤之路艱難還可能牽涉到自身，不願提供幫助，他生母因此離開了他父親，然後難產死了。他生母和他的事情龍將軍知道，還把失去母親的他交給他父親撫養，之後的事情大家都知道，在龍將軍和朝野部分人的努力下，墨大將軍沈冤昭雪了。

肖文卿斟酌了一下，柔聲勸道：「將軍上陣難免有傷亡，父親擔心你安危，肯定是希望你有了兒子之後再選個適當的時間和你說；朝中需不需要戰神後人出來聚攏戰神舊部，皇上也肯定猶豫不決。」

「也許就是這樣的。」凌宇軒嘆氣道。

肖文卿再看一遍遺書，心中始終有一個疑惑——從面相上看，宇軒和父親、三哥、景泉都無半點相似之處，宇軒真的是父親的兒子嗎？把自己無比優秀的兒子出繼給別人家，哪一個父親捨得？這樣做會對不起自己祖宗！宇軒的面相和皇族幾個男子相似，這會不會是父親替某個皇子揹黑鍋？

替……皇上！肖文卿腦中陡然閃過一道閃電，心中豁然開朗起來，只有皇上，才會讓丞相心甘情願揹黑鍋二十幾年，甚至冷落自己兒孫。

宇軒沒有皇子身分，他掌部分軍權不會威脅到正統皇子的繼承；宇軒身為墨家外姓孫子出繼墨家，墨姓本家支持率不會太高，在墨家舊部中的支持率也不會太高；皇上對他有寵信重用之恩，以宇軒的性格推測，他即使掌握大量軍權，也不會有謀反之心；即使有一天，他如他外祖父那樣功高震主起了謀反心並謀反成功，他也還是流著皇族血脈的男人。這樣多重身分的他，皇上用得比較放心，也肯定會在他駕崩之前對親信或者繼承人透露一點宇軒的真實身分。

聰明不過帝王家，丞相也戰戰兢兢，不敢對養了二十幾年的宇軒多吐露秘密！

肖文卿望著面露疲憊的凌宇軒去隔壁更衣室更衣，心中也決定不吐露半分，免得增添宇軒的煩惱。

當朝老丞相突然逝去，皇上悲傷老友，停朝兩日，讓官員們上門弔唁，還派六皇子睿王代替他前來弔唁。

凌府滿眼白色，前來弔唁的官員和家眷絡繹不絕。

喪事一辦完，丞相夫人，即凌老夫人立刻請來凌丞相生前要好的官員，將大房凌景泉、三房凌宇樓和崔氏、四房凌宇軒和肖文卿叫到面前，要求分家。

父母在不分家是傳統，不過老人要求分家，兒子們就必須分出去。老丞相逝世她還在，她不許分家還要求兒子、兒媳侍奉她，作為非常重視聲譽的官宦世家，凌宇樓和凌宇軒兩對夫妻都不敢公開違逆她，她想折騰四房還是可以的；不過她發現四兒子狠起來可以無視她，四兒媳對她也是陽奉陰違，自己以後很難折騰他們，更可能會被他們氣死，便決定將四房趕走，眼不見為淨。

第五十章　墨家

三年孝期間，直系親屬是不能參加宴會應酬、夫妻不同房、不能生孩子的，不過這只是規定，完全遵守是不大現實的。

凌宇軒在決定分家後的第三日，便派人約了鎮國將軍龍海生一起去定北侯府。

鎮國將軍龍海生立刻應約，帶著凌宇軒去了定北侯府。穿孝服上門是不合適的，凌宇軒今日頭上紮了一條白色束髮帶，身穿雪白勁裝，身上披著白色披風，腰間佩著長劍，不戴孝似戴孝。

當鎮國將軍親自敲門，大門打開，老親兵秦放和老僕人墨忠再次走了出來。看到鎮國將軍領著一名穿著白色裝束的年輕陌生男子上門，秦放立刻兩眼放光，激動道：「龍大人，這位是……」這年輕男子臉面沒有修剪，不過雙眼威嚴內斂，身形健碩修長，倒是和他記憶中的大將軍有幾分相似。

「大將軍，您可回來了！」視力不好、拄著木杖的墨忠一把抓住凌宇軒的手臂，號哭道：「老奴又看到您了！」

「老人家，請放手，我不是你家墨大將軍。」凌宇軒溫和地說道，輕輕拉開忠僕的手。

「秦放，墨忠，這位就是大將軍的外孫凌宇軒。你們別激動，我們進去說話。」鎮國將軍龍海生道。

秦放立刻道：「是，龍將軍。」他激動地側身讓開，道：「龍將軍，小……公子，快裡面請。」他們兩人都只騎了各自的馬匹過來，連僕人、侍衛都沒有帶一個，想來是暫時不想聲張。

進得府中，凌宇軒看到了昔日大將軍府的荒涼，看到了留守在這裡的親兵、家丁的忠誠和堅定，心中感慨萬分。他真應該早些過來看看，即使他還不知道真相，也應該先來拜見為大慶建立赫赫戰功，最後卻被冤殺絕後的戰神墨大將軍。

凌宇軒執外孫之禮給外祖父、外祖母跪拜上香，面對兩位少將軍的靈牌他自稱外甥。鎮國將軍道，世上只有兩、三人知道墨家小姐的存在，她死後便悄悄葬入墨家祖墳父母的身邊；只是她未婚生子不名譽，凌丞相早就和他商量過，凌宇軒過繼到外祖父家的時候，需要另外捏造一個身分過繼。

「龍老師，我的身分總是被人捏造，從奸生子變成嫡生子，現在又從凌家嫡子變成墨家外孫。」凌宇軒苦笑，問道：「您和先父是如何商議的？」因為他父親給他請了很多西席，他並沒有正式跪拜叩頭的師父，所以他稱呼教導過他一陣子的西席們老師或者先生。

「墨大將軍長子的遺腹子。」龍將軍道：「墨大少將軍的遺腹子如果還活著的話，今年應該三十一歲，只比你大四歲。我們可以宣稱為了保護、培養墨家後裔，減了你四歲養在凌丞相家，身為墨大將軍的嫡子、嫡孫，你可以獲得目前還在各部軍方效力的墨軍舊部將領的好感和幫助。」

凌宇軒摸摸臉上因為父喪守孝而不能修剪的鬍子，疑惑道：「我便如此長了四歲？這樣漏洞明顯的謊言，墨軍舊部將領會相信？墨家孫子要繼承祖業的話早就應該出現了。」

「墨大將軍被追封定北侯，子弟可承其蔭，凌丞相的打算皇上也知道，所以到時候會有聖旨證明你的墨家身分。」龍將軍道。皇上宣佈的事情，假的也能變成真的！

「原來老師、皇上和先父早就安排好了，就瞞著我一個人。」凌宇軒搖著頭道。他被抱到丞相府時不到一歲吧，那時候父親給他做滿歲宴席了沒有？如果有，二十六年前參加他周歲宴席的老人便知道這是個大謊言，因為一歲的幼童和三歲幼童差別是很大的。

「瞞著你也是為你好，第一，凌丞相其實很不願意流著戰神優秀血統的凌家兒子出繼外祖父家，使得凌家自己損失一條優秀血脈；第二，雖說當年戰神被冤殺是因為小人誣告，朝廷誤信，但多少有些功高震主、軍權過大的原因，皇上未必願意墨家有後，朝廷也不需要第二個軍權過度集中的戰神，所以你父親未必會按照你生母希望的，讓你繼承墨家。」秀才造反的話沒有多少人擔心，可是掌握軍隊的將軍一旦有謀反之心，後果嚴重。

鎮國將軍有條不紊地解釋道：「既然你繼不繼承墨家都未知，你何必知道自己真正的身世？現在，皇上想重用你，又因為喜愛你希望你獲得更多榮華富貴，所以丞相不得不留遺書讓你出繼；既然你將獲得墨家所有家產，凌家就不分割財產給你了。」

他繼續道：「宇軒，皇上練兵已經很多年了，對西北方的北川國忍耐已經到極限，皇上需要一個有些號召力，又對自己絕對忠誠的將領為他征戰。」

凌宇軒頓時恍然大悟，他一直以為皇上對他寵愛重用，是因為他是他好友凌丞相的嫡幼子，沒想到皇上一直對他使用懷柔手段，自小就培養他對他的忠心。被人利用了……凌宇軒無奈地一抹臉，心中自嘲，被皇上利用也算是他的福氣吧？多少人想被皇上利用還沒有機會。

等他們談話完畢，站在一邊等待的老僕墨忠殷切地詢問道：「小公子，你打算什麼時候正式回歸墨家？」他都六、七十歲了，再等怕是等不到大將軍後人住進墨府了。

老親兵和其他幾名老人站在一邊聽著，這才知道鎮國將軍一直說的墨家後人，原來是墨大將軍不太為人知道的幼女和當朝凌丞相所生的兒子，他一直被其生父撫養；凌丞相已經過世，有遺言讓這個兒子回到生母娘家傳承外祖父宗祧。

「墨忠，我過來一是給外祖父一家上香祭拜，二是看看墨府荒廢情況。先父剛剛過世，嫡母要我分家另過，我急需住宅，內子便提議修繕墨府，先搬過來居住。」

「小公子已經娶妻了？可有孩子？有幾個了，小小公子們都多大了？」墨忠高興地問道，小公子要搬進墨府居住了。

「我前年娶妻，去年六月內子還懷著身孕到墨府給外祖父一家上香祭拜。」凌宇軒回答道：「犬子現在五個月大。」現在他們夫妻守孝，三年內不會有新的孩子出生。

「太好了，墨大將軍有後了，墨大將軍有後了！」拄著木杖的墨忠驚喜地叫道，朝墨大將軍的牌位跪下，忍不住嗚咽起來。

凌宇軒上前將他攙扶起來，溫和道：「你老人家身子要緊，別動不動就跪了。」

秦放皺皺眉，忍不住詢問鎮國將軍。「龍將軍，您可知道這府邸已經被皇上賞賜給別人了？」府中老人們的生活所需一直由墨大將軍被朝廷沒收、卻繼續經營的幾家商鋪秘密提供，他們居住在府中三十一年了，幾乎與世隔絕，對外面的事情瞭解不多。

「皇上就是賞賜給了凌宇軒呀。」鎮國將軍立刻露出一副感慨的表情，道：「因為皇上不許透露口風，所以我也沒有告訴你們，你們眼前的這位公子就是龍鱗衛指揮使司指揮同知，三品武官凌宇軒。他在我的黑衫軍營裡跌打滾爬了四年，絕對不是憑藉祖輩、父輩功績升上去的。」

龍鱗衛指揮同知？

墨忠只知道這是個大官，軍營出身的秦放卻大致知道，龍鱗衛是皇上最精銳的親兵侍衛隊，裡面的每一個人都是千挑萬選出來，武器裝備也是最精良的，據說面對一般軍隊可以以一擋十。

環顧周圍面露喜悅和激動的老親兵、老僕人，凌宇軒道：「內子這幾天會派人過來看宅子，動手修繕，請你們幫助他們。我已經和嫡母說定四月前後搬出凌府，所以，這邊需要快些動工。」

秦放上前兩步，抱拳躬身道：「大人請放心，我等一定協助夫人派過來的人修繕墨大將軍府。」原來去年六月挺著大肚子前來察看府邸的年輕貴婦就是大將軍外孫的妻子，夫人溫柔賢慧，又已經生有兒子，真是新墨府最適合的女主人。

凌宇軒頷首，抬頭凝望了掛在香案上的墨大將軍畫像一會兒，道：「我去別處看看。」這裡讓他壓抑傷感，他需要透透氣，順便察看一下府邸的荒廢程度，讓文卿多僱幾個工匠隊伍同時開工。

「大人，我帶您去。」墨忠自告奮勇道：「自從墨大將軍買下這塊地建造起這棟府邸，老奴就一直生活在這裡，對這裡每一寸土地都很熟悉，即使現在眼睛看東西模模糊糊，也從來沒有走錯路，摔過跟頭。」秦放突然改口稱呼小公子為「大人」，表示承認小公子是墨府新主人了，他也該改口稱大人了。

凌宇軒聞言，憐惜地望著這位白髮白鬚，一臉滄桑的老僕，柔聲道：「好。」他另外示意秦放也一起陪同。

沈寂三十年的戰神府邸突然大興土木，來往行人和周圍鄰居都非常驚訝。墨忠每日精神抖擻的拄著枴杖、瞇著眼睛在工地巡視，出門看時都會熱情地向別人解釋道：「我家老爺的孫子馬上要認祖歸宗了，我們墨家即將重新興盛。」

京城一時間議論紛紛，稍微知情的老人摸不著頭腦。墨大將軍父子被冤殺，長媳早產身亡，生出的遺腹子不足月夭折，墨家哪裡還有什麼直系血脈了？莫非墨大將軍家鄉族人中有人要出繼給墨大將軍，給他傳承香火？

凌宇軒在家丁憂，每日練功讀書。他少年時師從數位老將領，學過兵書陣法，只是這些年在皇上身邊做事，多少有些荒廢了，現在需要重新加強、精深。

肖文卿每天看帳目，瞭解墨府修繕進度，聽取丁伯以及其他幾個管事的意見，調動人手。她大弟文樺那邊的婚禮，帶著孝的她不再插手，全權拜託給乾娘趙大娘和文樺從家鄉帶來的管事。

二月十六日，肖文樺娶親，娶的是展家長房嫡孫女，凌宇軒拜託好友龍少陵、展飛揚、齊雲深多照應，還另外派了些人，給肖文樺撐足了場面。

肖文卿承諾讓水晶和瑪瑙在凌府百日熱孝期間出嫁，所以三月分就在福壽院中先清理出四間屋子，開啟庫房置辦了兩套嫁妝，作廢掉水晶和瑪瑙的終身賣身契，選了一個黃道吉日，在福壽院中邀請眾侍衛和眾僕人，讓她們兩人穿上紅嫁衣出嫁。沒有鼓樂，沒有鞭炮，不過兩位新郎都明白現在是非常時刻，也不在意這些，很高興地把新娘帶回新房了。肖文卿承諾他們，等搬進墨府，專門撥給他們小院子，所以打算成親後不搬出府另住的侍衛，她都會撥給他們單獨的小院。

孝，德之本也。凌丞相的喪事辦完之後，按照大慶承襲古代風俗，凌家為官的男子要丁憂，凌家要禁所有喜慶三年。凌景泉是小官，去職丁憂損失不大，凌宇樓現任大理寺右少卿，丁憂三年後，不知道還能不能回到原來的官職上。自古武將丁憂不解除官職，給假百日，凌宇軒只須在家丁憂百日之後即可。

丁憂之人不得出門，不過總有必須出門的事情發生。凌宇軒在家丁憂，每日和侍衛們一起練武，騎馬練習馬上對戰，苦讀兵書，為將來繼承墨家祖業做準備。皇上派一名太監到凌府，說皇上宣他進宮。皇上宣召，臣子就算家中正失火也得去。

凌宇軒脫下身上的孝服，梳洗一下，穿上那一日他偷偷出門穿的素白裝束，跟小太監進宮。

御書房中，越見蒼老的皇上先是安慰了凌宇軒幾句，然後詢問道：「你父親既然已經告訴你真正的身世，你打算什麼時候出繼定北侯墨家，繼承墨家香火？」凌丞相逝去一個月，朝廷就有了新丞相。

凌宇軒拱手躬身。「皇上，微臣打算三年後繼承外祖父家。」

「宇軒，朕只比老丞相年輕五歲。」身形枯瘦的老皇帝撫摸頷下稀疏的白鬍鬚。「朕希望你盡快出繼墨家。」

「皇上從去年到今年一直龍體康健，請莫要說讓眾臣擔憂的話。」凌宇軒趕緊道。

皇上感慨道：「你們天天喊皇帝萬歲萬萬歲，可從古到今，有幾個皇帝活過七十？朕的時間不多了。」

「皇上您過慮了。」凌宇軒只好這樣安慰皇上。

皇上喝了一口太醫院專門為他調製的養身茶，道：「朕已經聽龍將軍說過，凌老夫人逼你搬出凌府，你正在修繕朕從前賜給你的墨家府邸，打算五月搬過去住，是不是？」鎮國將軍都到他面前催過兩回了。

凌宇軒拱手道：「是，皇上。」

「嗯。」皇上想了想，道：「讓欽天監在五月挑選個好日子，朕派鎮國將軍、戶部尚書、禮部尚書給你主持認祖歸宗儀式。」

「皇上……」凌宇軒驚愕道，這也太急了。

「你將以已故丞相凌鈺養子，定北侯墨天祥長子遺腹子之名認祖歸宗，改名墨宇軒。定北侯侯爵世襲罔替三代，你襲爵定北侯，百日丁憂回來之後再過些日子，卸去龍鱗衛指揮同知和青龍密探使之職，去鳳凰軍營任左軍副都統。」皇上道，直接說出自己日後對凌宇軒的新任命，將他從近衛隊從三品武官調到京城外軍隊中任正二品武官。

凌宇軒只好拱手謝恩道：「既然皇上已經決定，微臣遵旨。」皇上急著要派他出征？

「你的兒子還沒有起名吧？」面露滿意的皇上語氣溫和地詢問道。

「是的，皇上，先父說要給孫子取個好名字，沒想到他還沒有決定好便突然仙逝了。」

凌宇軒傷感地說道。

「既然老丞相沒能來得及給你嫡長子取名字，朕就給他賜名好了。」皇上思索了一會兒，道：「墨雲麟，這個名字不錯。」

「微臣替犬子叩謝皇上賜名。」凌宇軒跪下謝恩。

皇上枯瘦的臉上露出滿意欣慰的笑容，隨即又賞賜了一些適合孩童的禮物，讓凌宇軒帶回去，還叮囑他，哪天有空，把孩子抱進來讓他瞧瞧。

「皇上給瀟瀟賜名了？」抱著瀟瀟的肖文卿驚訝地問道。她正在教導瀟瀟認識家中的日常家什，瀟瀟表現出很大的興趣。

「墨雲麟。」凌宇軒苦笑道：「我以後要改成墨宇軒，從凌家家譜中移出去。」瀟瀟因為還沒有起大名，所以到現在還沒有記上凌家家譜，現在可好，等他出繼墨家後，兒子的名字就直接上墨家族譜了。

「雲中的墨色麒麟，瀟瀟的大名很好呀。」肖文卿伸出手指輕點瀟瀟的挺翹小鼻子，笑著叫道：「墨雲麟，墨雲麟。麟兒，麟兒。」

瀟瀟知道母親在逗自己玩，格格笑著抓住肖文卿的手指往嘴裡送。

「瀟瀟，手指髒，不許亂吃。」肖文卿柔聲教導道，把瀟瀟抱給凌宇軒。墨雲麟，雲是皇族姓氏，皇上給宇軒的兒子取名雲麟是不是印證了她的猜測，宇軒是皇上的私生子，凌丞相一直替皇上揹黑鍋？

凌宇軒接過瀟瀟，一把將他舉過頭頂，道：「瀟瀟，腳腳，騎馬馬。」他喜歡訓練兒子的膽量。

瀟瀟被父親舉過頭頂之後一點也不害怕，聽到「腳腳，騎馬馬」立刻張開肥肥的小腿，然後就穩穩地跨坐到父親的脖子上，雙手抓住父親的頭，居高臨下，神氣活現地啊啊大叫。他最喜歡和父親，還有和父親經常在一起的叔叔們玩，因為這樣他可以騎馬馬。

「兒子像我，天生就是武將。」凌宇軒笑著說道，馱著蕭蕭開始在屋子裡兜圈子。現在他在家丁憂，有很多時間陪兒子玩耍，等他丁憂結束公務繁忙，早出晚歸，不知道兒子還記得自己不。

肖文卿看著他們父子玩耍，抿嘴微笑。宇軒是戰神後裔，他將來上戰場一定能和他外祖父一樣每次都得勝而歸。以後，新的墨家要吸取祖輩的經驗教訓，適當韜光養晦，不讓坐在皇位上的人忌憚到要找藉口除去。

四月二十三日，肖文卿派僕人將自己放在庫房的嫁妝和凌宇軒多年積攢的幾庫房物資往墨府運，四月底，凌丞相逝世百日，凌府舉行了盛大的「燒百日」儀式。

幾天後，五月初二，墨府那邊的下人過來將肖文卿陪嫁的日用家具全部搬運走。

凌老夫人和長房、三房、四房的人全部到凌家祠堂跪拜祖先，然後在邀請來的凌老夫人兄弟，即凌家兄弟的老娘舅見證下，進行正式分家儀式。

分家儀式結束，全家人聚在一起用了一頓午膳，下午，凌宇軒帶著妻兒和親信僕從從凌府大門走出，就此離開凌府去新家。

因為皇上還沒有宣佈他的身分，墨府的大門上懸掛的匾額上寫的是「凌府」兩個字，最上方的「定北侯府」大匾額也被摘除了下來。

瀟瀟到了一個全新的環境，小腦袋轉來轉去，眼睛望個不歇。肖文卿把他從奶娘手中抱過來，對他道：「瀟瀟，這是我們的新家。家，家，家。」

「啊，啊……呀，家……雞呀……」八個月的瀟瀟雖然還不會說話，但知道模仿別人的說話。

「家，家。」肖文卿心情愉悅地教導兒子道。在新家中，再也沒有人冷嘲熱諷她是妒婦，再也沒有人無聲地用行動教導她要寬容大度，要給夫婿多納妾、生孩子。

「咿啞，咿啞。」瀟瀟含糊地學著。

前院正廳的靈牌已經全部移到墨家小祠堂，肖文卿抱著瀟瀟和凌宇軒一左一右坐在寬敞大氣的正廳上，管理肖文卿和凌宇軒所有產業的大管事丁伯，帶著兩個兒子和各級大小管事，府內大管家率領府中所有下人，兩幫人一起給主人、主母躬身行禮，新的墨府一派新氣象。

墨府的老人看到正廳端坐著的主人一家，情緒十分激動。年輕的大人是京城四俊之首，皇帝面前炙手可熱的寵臣，手頭掌握其父已故凌丞相留下的龐大人脈；溫柔端莊的夫人，娘家兄弟有天才之名，娘家逐漸興盛；未滿周歲的小公子，看著就知道繼承了父母的優秀，將來強盛勝祖先。墨家默默無聞的小姐在墨家絕嗣之後，給墨家帶來了新的未來。

「老爺，老爺，大人真的是老爺的外孫呀，他們的身形幾乎一模一樣。」站在一邊的墨忠低聲哽咽著。他眼睛不好了，看東西模模糊糊，當凌宇軒站起身來，他彷彿看到了年輕時候的墨大將軍。

「雖然大人面容五官和大將軍、兩位少將軍不怎麼像，但身材幾乎一模一樣，如上戰場領軍殺敵幾次，想來氣勢也會一模一樣。」秦放低聲道，和他站在一起的其他兩名老親兵深以為然。

墨家絕後就絕後了，鎮國將軍沒有必要對他們撒彌天大謊，已故的老丞相若非情非得已，豈會讓自己優秀兒孫出繼沒有血緣的別人家？皇上又不是沒有可用的將領，他想把凌宇軒塑造成新的戰神，完全可以直接任命他領兵征戰，並不需要讓高貴的丞相之子冒充已經斷子絕孫的墨大將軍後人，所以凌宇軒有墨家血統是毋庸置疑的。

第五十一章　子孫

凌宇軒帶著肖文卿母子和家僕搬進墨府居住後，第一件事情就是進修繕一新的墨家祠堂，祭拜正式安放在這裡的祖先靈牌。

墨大將軍墨天祥是從墨氏本家遷居到京城的第一代，他在府中修建自家祠堂時，將三代祖先的靈位一起請過來了，即使這樣，墨家祠堂的祖先牌位也不多。

陪著凌宇軒上完香，秦放道：「大人，據龍將軍說，您母親的身後事是由您父親託人處理的，他按照您母親生前遺願，將她葬在墨大將軍夫妻身邊。」未婚的女子死後是不能葬入祖墳的，牌位也不能進家族祠堂，墨家小姐未婚生子不名譽，只是凌丞相勢力大，京城墨家那時候已經絕後根本無人管，於是小姐便葬在了墨大將軍夫妻身邊。如果將來大人正式過繼墨府，他是家主，他如果想把生母的牌位放進家族祠堂，別人也不能反對。

「周總管，你等一下派人準備祭祀用品，明日我帶夫人和小公子去墨家祖墳，祭拜生母和外祖父一家。」凌宇軒吩咐。

隨著凌宇軒進來的周總管立刻躬身道：「是，大人。」他是凌宇軒和肖文卿在眾多內管事裡挑選出來的，負責協助他們夫妻倆管理墨府。

第二日清晨，凌宇軒和肖文卿用過早膳後，便帶著瀟瀟和一群僕人坐上馬車，出京城，去京城郊外的墨家祖墳。

從鳳凰山腳下往山坡上走了不短的時間，領路的秦放指著不遠處四座高大的石墓道：「大人、夫人請看，那就是墨家祖墳。那裡現在埋葬著大將軍夫妻、大少將軍夫妻、小少將軍，還有墨小姐。」墨大將軍當初購買土地當家族墓地時，兩位風水先生都說這裡風水好，子孫綿綿可官封王侯；結果卻是墨大將軍被冤殺，沈冤昭雪之後被皇上追封為侯，即將出繼墨家的丞相之子將承襲侯爵之位。

眾人來到近前，發現墨家已故者的墓修建得蹊蹺，準確地說，是墨家小姐的墓有蹊蹺。

墨家四座大墓全部建有大理石雕花圍欄和祭臺，墨大將軍的夫妻合葬墓居於祖墳最高處，墓前按照侯的品階擺放了石獅、天祿、麒麟、士兵等石像；右邊下面是長子、長媳合葬墓，左邊下面是次子獨墓，兩位少將軍生前也有戰功和官階，所以墓前都擺放了幾尊石像。

讓凌宇軒、肖文卿和一同前來的僕人們感覺疑惑不解的是，隔墨大少將軍夫妻墓一段距離外的墨家小姐墓，她的墓高度居然超過了兩位兄長，目測和墨大將軍夫妻墓差不多高；更讓肖文卿和凌宇軒面面相覷的是，未婚女子本來就不許葬入祖墳，這位小姐不僅葬在父母身邊，墓前有祭臺、石人（女性）、石獸，墓的規格還超過了兩位元兄長。

墨家小姐和凌丞相的關係可以說是露水夫妻，凌丞相怎麼可能在她死後給她修建如此超乎規格的墓？

「大人，夫人。」秦放介紹道：「大將軍父子被冤殺後，將軍夫人為他們收屍，草草埋葬在早些年買好的墓地。少夫人難產死去，將軍夫人將她葬在大少將軍邊上，等早產的小公子不幸夭折，將軍夫人便將他裝入盒子埋在少夫人邊上，最後她絕望自盡，後事由墨忠一手操辦。大將軍一家死後七年，皇上突然給他們父子翻案，承認錯殺，追封大將軍為定北侯，給墨家老小重新收殮入葬，修大墓。負責修墓的主管是禮部一名侍郎，那時候我等才知道大將軍還有一個女兒，這女兒死後便葬在墨家祖墳，墳墓規格超過兩位少將軍。這不合常理，負責此事的禮部侍郎也說是按照上面的意思辦的，具體是誰讓他這樣做的，他不說。」

凌宇軒聽了，搖頭道：「這應該是先父私下所為了。大將軍之女豈能做他人妾室辱沒父輩尊嚴？我生母必然是不肯的，先父對她有愧疚，雖然無法將她葬入凌家祖墳，還是給了她正妻死後可以享有的待遇。」這墓的規格差不多就是凌家正妻凌老夫人那一品貴夫人應該享有的墓葬規格。

管事指揮僕人擦洗欄杆、祭臺、墓碑，將所帶來的祭品分別擺在四座大墓的祭臺上。肖文卿緩緩走到凌宇軒生母的大墓前瞻仰。

墨女嫣然之墓。大墓的墓碑上除了這幾個字和生卒年月、立碑年月就沒有其他字了；不過肖文卿看得仔細，在墓碑邊雕刻的花紋中發現祥雲和牡丹花紋裡隱藏著鳳凰。是短脖子鳳凰，不是和鳳凰體形相似的長頸孔雀，雖然鳳凰被祥雲和牡丹遮擋了很多，很容易被人認為是孔雀，但仔細分辨這確實是鳳凰。

牡丹代表榮華富貴，有些身分的夫人都可以使用，鳳凰唯有皇室女性才允許用，果然，宇軒真正的生父是皇室中人。肖文卿暗忖，墨嫣然和某一位皇室很重要的男子——應該就是皇上，在一起並生下兒子，皇上才在她死後為墨大將軍翻案。因為某些原因，他不要這個男孩，所以就讓知情的凌丞相抱回去充當嫡子撫養，然後在幾十年後還給墨家。凌丞相至死都沒有將所有的真相告訴宇軒呀——為了皇族和皇上的面子。

武官丁憂只須百日，凌宇軒出了百日熱孝期後除去孝服，洗浴刮臉，換上平日穿的黑色勁裝去龍鱗衛所復職。龍鱗衛指揮使和指揮同知很高興他的回歸，說了良久的話才讓他去皇上面前報到。凌宇軒和他們不同，他因為父親和皇上有五、六十年的友情，深受皇上喜愛，皇上把他視為子姪，所以他進宮復職完，需要去皇上那邊露個臉、報個到。

忙碌的皇上難得清閒，今日下朝之後沒有去御書房辦公，而是到御花園賞景遊玩。見到被一名太監領過來的凌宇軒，坐在湖邊歇息的他立刻面露微笑；站在他們身邊的黃衫男子轉過身來，見是凌宇軒，也面露和善笑容；守衛在皇上身後的一群龍鱗衛看到凌宇軒，都露出笑意。

「微臣參見皇上。」凌宇軒抱拳躬身行禮。

皇上笑道：「平身。宇軒，朕知道你這兩日要來復職，心中正惦記著呢。嗯，剃了鬍子你人精神很多了，就是瘦了不少，想來在家丁憂你也沒有安生。」

「微臣叩謝皇上關心。」凌宇軒又對皇上身邊的三十五、六歲男子躬身道：「卑職見過睿王殿下。」

睿王微笑頷首，道：「宇軒，父皇這兩日還在念叨你呢，你回來，父皇心中很高興。」對於父皇晚年重視的大臣，所有的皇子都不敢小覷，原太子和秦王都想拉攏這位丞相之子、皇上寵臣，可惜這位油鹽不進，讓當時受秦王之命對他進行感情拉攏的他屢次觸礁。

凌宇軒朝睿王點點頭，走到皇上身邊關切道：「皇上，湖邊風大，您還是到附近的觀月軒裡面坐吧。」兩個月不見，皇上好像又瘦了些。他是一國之君，要是倒了，朝廷、後宮馬上會亂起來。

站在旁邊伺候的大太監尚明立刻道：「凌大人說得是，老奴和睿王殿下也是這樣勸皇上的，皇上就是不聽。」他四歲進宮淨身，十三歲伺候當時還是皇子的皇上，到如今已經有六十個年頭了，皇上的事情他比皇上所有的宮妃知道的還要多。

凌宇軒聞言，勸道：「皇上，五月初夏風景清雅，喝山泉春茶，吃御膳房新做糕點，瞭望湖中點點青萍、尖尖小荷，豈不美哉悠哉？皇上若有興致，還可叫人唱小曲。」

「喝茶不錯，聽曲就免了，宮裡陳腔濫調，聽了反而煩心。」皇上說著，朝凌宇軒一伸手。

睿王見狀，立刻彎腰攙扶他。凌宇軒會意，伸出一隻胳膊讓皇上搭著，另一隻手攙扶皇上的另一邊，兩人一左一右攙扶皇上去不遠處的觀月軒。

「宇軒啊，你兒子已經八個月了吧？朕還沒有看過。」皇上見到凌宇軒之後突然心血來潮，道：「尚明，你派人去定北侯府，把雲麟小公子抱來讓朕瞧瞧。」

「是，皇上。」尚明立刻躬身，然後轉身迅速吩咐一名小太監，那小太監聽了，馬上躬著身子快步離開。

皇上等人坐到觀月軒中，太監、宮女立刻上茶、上糕點。皇上撫著疏疏落落的白鬍鬚，道：「宇軒，既然你已經分家出來，那麼朕就讓欽天監給你挑個吉日，出繼墨家。一個月前禮部尚書已經派人去墨大將軍本家，尋找本家的族長和長老，讓他們來京城見證分家香火重續儀式。」墨天祥父子沈冤昭雪後，位於東饒河魚羊鎮的墨氏本家就多次請求過繼本家嫡子到墨天祥長子名下，繼承分家遺產和封爵，卻被朝廷置之不理。

這件事情睿王已經知道了，他一直很驚訝父皇和老丞相的這種決定。京城墨家斷香火斷了三十年，墨大將軍如流星閃過一樣早就成了過去，老丞相何必遵守墨家女兒臨終遺願，把自己苦心培養二十多年的繼承人白送給墨家？

「皇上既然已經決定好，微臣遵旨。」凌宇軒拱手道。他的命運早在出生之前就被某些人規劃好了，他沒有拒絕的權力。

「睿王，宇軒在家丁憂了三個月，對目前朝廷最新事務不瞭解，你和他坐下說說。」皇上說道，拿起白玉茶盞開始喝茶，品嚐宮女送上來的糕點。

睿王聞言，便頷首道：「是，父皇。」他拱手說完，便拉著凌宇軒一起坐下，邊喝茶邊說話。他覺得武將只需要聽從皇上和上司的指揮就行，不過父皇想讓凌宇軒朝政，他便挑一些告訴凌宇軒。

他們說著話，外面進來一太監稟報，凌家奶娘抱著小公子過來了。

皇上立刻道：「快把宇軒的兒子抱進來讓朕瞧瞧。」他枯瘦的臉上露出慈祥的微笑。

「是。」那太監快速走了出去。

凌宇軒見狀趕緊起身走到門前去接。

趙奶娘戰戰兢兢地抱著瀟瀟走到近前，看到凌宇軒在門前迎接，立刻鬆了一口氣，恭敬道：「大人。」

進宮經驗豐富，主動過來陪伴的水晶福身道：「大人。」夫人還在為老丞相守孝，不便出門，更不能進宮，所以只好讓她陪伴趙奶娘和小公子來。

凌宇軒頷首，伸手道：「瀟瀟。」

瀟瀟被抱出來後東張西望非常興奮，由於身邊有奶娘和熟悉的水晶，所以沒有哭喊著要娘；見到爹爹，他立刻張開手身子往爹爹那邊倒，開心地「咿啞」叫。

凌宇軒抱過精神顯得有些亢奮的瀟瀟，柔聲道：「瀟瀟乖，不可以哭鬧哦。」他說著，將瀟瀟抱了進去。

將瀟瀟抱到皇上面前，凌宇軒道：「皇上，這是微臣的兒子，乳名瀟瀟。皇上您賜他大名墨雲麟。」他伸出手指點點瀟瀟的紅潤小嘴。「瀟瀟，給爹爹笑一個。」在家中，大家都是這樣逗他的。

「啊，啊，啊哈哈……」瀟瀟立刻知道他爹要他笑，馬上咧嘴笑，還笑出聲音。

睿王頓時樂了。「宇軒，你在家丁憂沒有少陪你兒子玩耍。」

「哈哈哈哈。」皇上也被逗樂了，笑道：「你就是這樣逗兒子的？」說著，他伸手示意要抱。

凌宇軒猶豫了一下，將瀟瀟遞給皇上。

瀟瀟被陌生人抱住，立刻不笑了，好奇地仰著臉望抱自己的人。

「瀟瀟，這是皇上，你不可以吵鬧。來，笑一個，回家我讓你騎馬馬，讓你娘多親親你。」凌宇軒溫柔地哄道。

這麼長的話，八、九個月大的孩子聽得懂？

皇上和睿王心中好笑。

「啊，哈哈，啊啊。」瀟瀟仰臉望著皇上，小臉笑得天真歡快。

聽得懂？皇上頓時不信了，手指點點瀟瀟的嘴唇道：「雲麟，再笑一個。」

「啊，格格，格格……」瀟瀟不僅笑了，坐在皇上膝蓋上的他還快活地手舞足蹈起來。

「真是個聰明的孩子，看來和他小舅舅肖文聰一樣會是個小天才。」皇上驚喜道。

「來，叫爺爺。」

瀟瀟歪著頭疑惑地望著他，不叫。因為他懵懵懂懂記得，爺爺是塊木牌牌，看到木牌牌的人經常哭。

凌宇軒趕緊解釋道：「皇上恕罪，微臣夫妻帶他給先父祭拜過幾回，他知道爺爺這個稱呼是一塊靈牌。」

「哦，沒有關係。」皇上興致勃勃地指著自己對坐在膝蓋上的瀟瀟道：「爺爺，爺爺，皇爺爺。」多教導他幾回，他會記得吧？

睿王也湊上前逗弄道：「爺爺，叫爺爺。」皇上和已故老丞相是五十年的老朋友，讓老丞相的孫子稱呼皇上爺爺也沒有什麼。

瀟瀟小嘴張張合合，然後道：「啞，咿啞，啞……啞啞。」他已經可以模仿很簡單的單字發音了。

他啞啞的發音聽起來很像某些地方爺爺的發音，皇上頓時龍心大悅，抱著瀟瀟顛了幾下，道：「乖，叫爺爺，爺爺有賞。」

覺得抱著自己的黃衣白鬍子老頭很高興，瀟瀟又啞啞啞啞叫起來。皇上笑得樂不可支，道：「尚明，讓人去朕的庫房把那盒南海進貢的夜明珠拿來，朕賞給瀟瀟做彈子玩。」

凌宇軒聞言立刻推辭道：「皇上，夜明珠太貴重了，豈能賞給瀟瀟做彈子玩，您賞他兩顆金珠子做彈子就好了。」進貢到宮裡的東西都是尊貴之物，稀世之寶，皇上自己收藏的更是寶中之寶。

「那盒夜明珠一直都放在庫房裡生灰，能讓雲麟玩得高興也算派上用場了。」皇上毫不在意地說道：「雲麟能讓朕高興，就是立功了，朕要賞他。」

居然找這樣的理由賞賜呢！睿王親眼看到皇上對凌宇軒父子的寵愛，心中驚訝。當那一盒十二顆嬰兒拳頭那麼大、藍光盈盈的夜明珠擺放在鋪著紅毯的地板上，皇上紆尊降貴地將瀟瀟放在紅毯上，彎腰拿著夜明珠滾來滾去地誘哄瀟瀟努力爬，他眼中流露羨慕。

前太子的三個嫡子出生，皇上都沒有賞過這麼貴重的禮物，其他諸皇子的嫡出兒子好像也沒有幾個被皇爺爺親手抱過，更沒有這麼陪著玩耍過，父皇對凌宇軒太過寵愛了。

凌宇軒抱著兒子回來，身後是一溜捧著禮物的小太監。

看到他們父子滿載而歸，肖文卿驚訝道：「這全是皇上賞賜的？」

凌宇軒得意地狠狠親了瀟瀟臉頰兩口，道：「瀟瀟很討皇上喜歡，皇上賞賜了不少。我們在御花園中遊玩時，遇到了皇后、貴妃、淑妃，她們看皇上親自抱著瀟瀟玩，也紛紛誇讚瀟瀟可愛，然後每個人都賞賜了瀟瀟。」瀟瀟進宮一趟，給他自己攢了普通官員兩輩子也攢不到的財產，光變賣那一盒夜明珠，瀟瀟什麼都不用做就能享受一輩子富貴。

被父親親了兩口，原本軟軟地趴在他肩膀上昏昏欲睡的瀟瀟陡然睜開眼睛，看到母親，他立刻朝母親伸手。

「瀟瀟。」肖文卿憐惜地將瀟瀟抱到懷中，輕柔地拍打他、哄他繼續睡。躺在熟悉的懷中，瀟瀟吧咂著嘴哼了兩聲，繼續睡覺。他不餓，在宮裡時皇上特地吩咐御膳房蒸蛋羹米粉給他吃，回來時奶娘還在轎子裡餵了他一頓奶。

「皇上很喜歡瀟瀟？」肖文卿笑著問道：「他對瀟瀟是愛屋及烏吧？」

「皇上是因為我想要看瀟瀟，看到瀟瀟倒是非常喜歡，他逗弄瀟瀟，還讓瀟瀟喊他爺爺。」凌宇軒笑道。「瀟瀟最近開始模仿別人發音了，啞啞叫著倒好像真在叫爺爺，皇上聽得樂開了懷，把東海那邊進貢的一盒夜明珠賞賜給瀟瀟當彈珠玩。」

叫爺爺？肖文卿面容微變，心湖瞬間激盪起萬重水浪。

「瀟瀟真的很聰明，很給我長臉。」凌宇軒得意洋洋道：「皇上也說，他二十幾個皇孫，小時候沒有一個像瀟瀟這樣聰明的。瀟瀟腦子像小秀才肖文聰，其他地方像我，將來說不定會是文、武狀元；他還說希望我多生幾個這樣的兒子，將來好為朝廷效力。」

嘴角微微一翹，肖文卿秀美姣好的臉上露出溫婉的微笑。「文、武狀元？你打算這樣培養瀟瀟嗎？他會累壞的。」

「瀟瀟腦子像妳、像文聰，學起東西來一定不累。」凌宇軒笑道，伸手輕輕摸了一把兒子嫩嫩的小臉蛋，心中滿是得意。他這一個兒子勝過別人十個兒子，這樣的兒子他希望有越多越好。

五月二十六日，天氣晴好。凌府大門敞開，鎮國將軍、戶部尚書、禮部尚書和凌宇軒夫妻一同到來。凌宇樓父子身穿月白長袍迎接客人們上門，凌三少夫人崔氏也穿著月白色的對襟襦裙，領著兩個女兒到前院來招待肖文卿母子。

今日，凌宇軒奉旨、奉先父遺言出繼，現在過來祭拜凌家祖先，求祖先恕他不孝之罪。因為凌家還在三年守孝期間，禁喜慶，而自家男丁出繼別家絕對不是什麼值得高興的事情，凌家不放鞭炮、不張揚，凌宇樓和凌景泉領著凌宇軒父子進凌家祠堂做出繼儀式。三位大人也進入祠堂觀禮，凌府女眷全部站在祠堂外，跟祠堂裡面的男子跪拜起身。

凌景泉雖然因為年少，還有生父在，暫時做不得一家之主，但他身為嫡長孫、祖父生前指名的繼承人，卻是舉行家族所有祭祀活動的唯一人選。在給列祖列宗上香後，他開始向祖宗們述說今日前來祭拜的原因，然後讓管理祠堂的老僕取來家譜，將四房凌宇軒的名字劃去，注明此人出繼外姓，從此此一脈子弟都非凌家兒孫。這種複雜的事情家譜上無法寫詳細，執掌祭祀的人以後會寫家譜副本，讓後代知道其中原因。

「父親，兒子不孝，以後不能祭拜您老人家了。」凌宇軒最後跪在凌丞相的靈位前沈痛悲戚地說道，滿臉淚水地開始三叩九拜，叩謝父親養育之恩。他出繼之後，以墨大將軍嫡長子之遺腹子的名義認祖歸宗，在名義上、律法上，都和凌家沒有半點關係了，以後每逢忌日過來祭拜，只能以世姪或者客人的身分祭拜父親。

叩頭完後，凌宇軒起身對瀟瀟道：「瀟瀟，過來，給爺爺叩幾個頭。」說著，他把瀟瀟從抱著他的齊大管家手中接過來，教導他如何跪拜。

「啞啞，啞啞。」瀟瀟咿啞叫了兩聲，乖乖地任由父親擺弄他的身子跪拜叩頭。

等瀟瀟叩完頭，凌宇軒抱起他，一起向凌宇樓躬身行禮。「三哥，以後凌家的事情就全請你幫著景泉支撐了；不過即使小弟出繼了，心中依然把自己當作是凌家的人，把三哥你當兄長，三哥若有事儘管吩咐小弟，小弟赴湯蹈火在所不辭。」他說著話，聲音越來越哽咽。

「宇軒你的孝心，父親在天之靈都知道，你放心地去墨家吧，我會幫著景泉好好維持凌家的。」凌宇樓頷首道，眼圈通紅，眼角濕潤。

叮囑凌景泉一番勉勵話後，凌宇軒最後一次看凌家祠堂，然後毅然抱著兒子瀟瀟走出祠堂大門。

丞相遺孀凌老夫人現年七十，死了丈夫之後徹底衰老了，經常精神恍惚。自從得知凌宇軒要出繼其親外祖父家，替已經絕嗣的西北戰神墨大將軍延續香火，她一直以為這是夢，等凌宇軒抱著兒子從凌家祠堂裡走出來，身後是表情遺憾悵然的凌宇樓父子，她才知道這不是夢。

「母親，兒子從此要離開凌家，不能侍奉您老人家，請母親寬恕。」凌宇軒抱著瀟瀟走到嫡母面前跪下說道。

肖文卿見狀，立刻過來也跪下，低頭道：「母親，請恕兒媳不能再在您面前盡孝了。」

「我的兒啊，我的孫子……文卿，我的好兒媳。」凌老夫人憐惜地摸摸瀟瀟的頭，哽咽著對凌宇軒道：「你們都起來吧。宇軒，以後在外面有什麼難事，回來找你三哥；文卿，妳可以回來找為娘和妳三嫂。宇軒，雖然你出繼，不再是凌家的人，但我們母子、兄弟的二十多年感情不會消失。」

凌宇軒拜別凌府所有親人，領著妻子、兒子和鎮國將軍、戶部尚書、禮部尚書等人去墨府。那邊已經準備好了，墨家本家的族長和兩位長老都在，就等凌宇軒過去進行認祖歸宗儀式。

正午時分，嶄新的墨家祠堂中，戶部尚書宣讀皇上聖旨，禮部尚書親自主持簡單而隆重的認祖歸宗儀式。墨氏本家的族長按照朝廷說的，承認凌宇軒原本是墨家遺腹子，被恩人老丞相收養三十一年，現在認祖歸宗，然後取出墨家老僕翻找來的京城墨氏分家的家譜，顫抖著手將凌宇軒父子的名字寫在墨天祥長子墨子耿的名下。

墨宇軒，墨天祥嫡長孫，墨子耿遺腹子，母谷氏，生於康慶五年二月初九，娶妻肖氏。

墨雲麟，墨宇軒嫡長子，母肖氏，生於康慶三十六年九月二十一日。

認祖歸宗儀式完成，戶部尚書立刻取出皇上第二份聖旨宣讀。皇上命墨宇軒襲其祖父二等定北侯爵位，原封於國庫的墨家所有家產全部發還，另外賜贈京城外良田三百畝，莊子一個；賞其妻肖氏黃金、翡翠頭面各一套，各色彩緞一百疋；賞其子墨雲麟極品筆墨紙硯一套，長命百歲金鎖片兩個，黃金瓔珞兩個，富貴金手環兩副，金、銀錁子十對……

墨府一家叩謝皇恩。墨氏本家的族長、長老聽得氣都喘不過來，他們渴望了二十多年的榮華富貴，終究不屬於他們。

第五十二章　邀請

凌宇軒原本是老丞相收養的，他奉養父遺願認祖歸宗，改名墨宇軒，繼承西北戰神墨大將軍香火，皇上允他襲爵，他現在便是二等定北侯。

此事在朝廷正式宣佈之後，京城朝野十分震驚，很多人親自跑到墨家去看，發現定北侯簇新的黑底金字牌匾已經高高掛起，下面小一點的牌匾上則寫著墨府。墨府門前有年輕的青衣門房守著，門前兩尊石獅子紮著紅綢繡球，看著就比往日精神威風。

新的定北侯認祖歸宗，他應該要發帖邀請認識的官員和好友擺宴慶賀，不過墨府卻沒有；面對詢問的眾人或者來信，墨宇軒夫婦的回答是，雖然認祖歸宗了，但養父過世不久，他們沒有心思慶賀。

雖然一出生親人全死光了，但被老丞相秘密收養，深受皇上寵愛，享受近三十年的嫡子榮寵，養父死後認祖歸宗，繼承祖父和親父一家的所有，此人的運氣實在太好了，人們在無比羨慕墨宇軒好運的同時也認同他採取低調的作法。

暫時的，皇上沒有宣佈墨宇軒調任，墨宇軒便繼續擔任他的龍鱗衛指揮同知的任務，只是身上另一個秘密職位青龍暗使，他則和皇上派來的一默默無聞的黑衣暗使進行交接，然後經常抽時間去鎮國將軍那邊學習處理軍務，為正式調任軍中做準備。

六月一個傍晚，淩宇軒陪肖文卿散步完後拿著長劍出門練功。墨府很大，他在主院鴻雲居附近劃了一大片草坪，專供他和侍衛們練武用。

肖文卿去鴻雲居廂房瀟瀟的屋裡陪他玩了一會兒才回到房中，吃了一碗美容養神的銀耳羹，由春麗和丫鬟海棠伺候著洗漱更衣。

「妳們都下去歇息吧，我看一會兒書再睡。」換上絲質寢衣之後，肖文卿讓春麗和海棠下去歇息。

「是，夫人。」春麗和海棠躬身道，轉身退出寢室。

明亮的白蠟光芒下，肖文卿坐在床邊翻看書籍，打算等有睡意了就休息。良久，她聽到外面守夜的丫鬟叫道：「侯爺。」

這麼晚了，他怎麼過來了？肖文卿有些驚訝，放下書起身往外走，就看到墨宇軒穿著雪白的絲袍走了進來，進來後，他還很順手地將房門關上。

「宇軒，你有事？」肖文卿迎上去道。

「我今晚要搬過來歇息。」墨宇軒上前伸手摟住肖文卿，撫摸她的臉頰，感慨道：「好久沒有摸，妳居然比以前更細膩柔滑了。」雖然他為失去父親而傷心，但看到妻子嬌柔曼妙的身軀，他就熱血沸騰，身子蠢蠢欲動。

肖文卿展顏一笑。「你克制得住？你我現在還在守孝期。」

望見她嫵媚笑容，墨宇軒陡然低頭，如狼似虎地捉著她粉嫩菱唇狠狠吮吸啃咬。

就這般失控了？肖文卿螓首揚起熱情地迎合著他，雙手環住了他精瘦的健腰。

一時間，饑渴了很久的年輕夫婦激烈地擁在一起熱吻，六月的夜晚空氣逐漸變得如七月盛夏那樣熾熱了。

良久，他才將她放開，舔舐她被他吻得嬌豔欲滴的紅腫菱唇，微微喘息道：「我是武官，直系長輩故去也只需要丁憂百日；我們姓墨，所以……」

他又狠狠啄了她紅唇兩口。「我們該給瀟瀟添個弟弟、妹妹了。」說完，他舒展猿臂將她打橫抱起，朝那精雕細琢的彩漆梨花木千工拔步床走去。

「宇軒，你真會說。」肖文卿嬌聲道，雙手環住他的脖頸，溫柔似水地依偎在他隔著絲袍也能感受到熾熱的堅實胸膛。

沈重精美的雕花梨花木大床紋絲不動，床幃湖水般輕輕盪漾，床內嬌婉呻吟急速細碎，壓抑粗喘如猛獸低吼……

寢室裡狂風驟雨半個多時辰才慢慢散去，肖文卿如散了架似地趴在床上，連一根手指頭都沒有力氣動彈，饜足的墨宇軒意猶未盡地一點點吮吸她的肌膚。

「宇軒，如果我們很快就有孩子，督察院的御史們說不定會彈劾你不孝。」肖文卿聲音沙啞地說道，身體高潮餘韻還未褪去。久未雲雨，他凶猛如饑餓的猛獸，受不了的她昏厥過去又被他弄醒，然後繼續。

「我姓墨，不管是認祖歸宗還是出繼，都和現在的凌家沒有關係了。從家法、國法上來看，那些閒著沒事幹的御史無法彈劾我。」墨宇軒懶懶道：「形式都是做給別人看的，我為父親守孝百日孝心已到，我以後需要為墨家努力。」

翻身下來，他將癱軟如泥的肖文卿撈進懷中，道：「皇上、兵部尚書還有幾位將軍開始討論出征事宜，我肯定會出征。瓦罐不離井口破，將軍難免陣上亡，皇上今日和我說話時跟我說，該給瀟瀟添幾個弟弟了。」

「宇軒，別說讓我傷心的話，我不想聽。」肖文卿將臉貼在他的胸口聆聽他強而有力的心跳聲。「你是百戰不殆的戰神後裔，你一定會如你外祖父一樣每次都平安歸來。你要記住，我和孩子在家等你回來。」

「我只是預備著萬一。」墨宇軒柔聲道：「我相信，萬一我回不來，妳會如岳母那般把幼子撫養成才。」

「不許亂說話。」肖文卿嬌嗔道：「我累了，不許你打擾我歇息。」如果真有那麼一天，她自然會把墨家門庭撐起來，不過，她不相信會有那麼一天，因為紅雲道長和青河道長都說，他們會白頭偕老、子孫滿堂。

「嗯，睡吧。」墨宇軒柔聲道，將蓋在他們身上的蠶絲被拉好，閉上雙眼歇息。

八月十日，雖然在守孝期，但是肖文卿打算佈置一桌家宴，邀請大弟和弟妹過來聚一聚。宮裡突然派來一名太監，說是皇后娘娘派來的。

「墨夫人，八月中秋午時，皇后娘娘在宮中舉辦盛宴邀請一些夫人，宣您參加。」青衣小太監道：「凌老丞相已經過世半年有餘，您和墨侯爺已盡孝道，不要再在府中哀傷了，畢竟養子不是直系子孫，在養父母有親生兒子守孝的情況下，為養父母守孝百日即可脫孝。」

宮裡的人大概考慮到她很快會懷孕，給她製造了一個不需要給原來的公公守三年孝、可以夫妻同房、可以懷孕生子的理由吧。宮裡的某人為了不讓宇軒留下任何會被人指責的污點，不惜讓皇后娘娘出面干涉大臣妻子的家事。君君臣臣、父父子子，臣子需要丁憂時君王尚可以奪情呢。

肖文卿不敢遲疑，朝皇宮方向躬了躬身子，然後對小太監道：「請公公代我向皇后娘娘稟報，臣妾遵旨。」八月中秋的宴會一過，她便應該算正式和凌家脫離親屬關係，可以穿紅戴綠，可以和眾家夫人往來應酬，參加初一、十五的命婦朝謁了。

八月十五日上午時分，肖文卿吩咐奶娘和春麗照顧好瀟瀟，自己要出門，估計要到下午申時之後才能回到府中。

瀟瀟看到母親今日裝扮和往常大不一樣，她頭上戴著金光閃閃的華貴釵冠，身穿大紅大袖口錦緞衣裙，立刻甩掉奶娘的手，張開雙臂搖搖晃晃地往母親那邊走，然後撲上去，仰著臉叫道：「娘娘，抱。」

春麗立刻彎腰把他抱起來。「小侯爺，夫人盛裝不能抱你，姨姨抱抱。」夫人教導小侯爺認人時，獨獨讓小侯爺稱呼她「姨」。

「娘，抱。」瀟瀟不依道，身子扭來扭去，就是要往母親身上撲。

肖文卿微微一笑，柔聲道：「瀟瀟，娘可以抱抱你，不過你不許亂抓娘頭上的東西。」她頭上的珠翠慶雲冠精美閃亮，瀟瀟肯定會好奇去抓，要是抓壞了又一時半刻修復不好，她帶著會看出問題的翟冠進宮可能會御前失儀；況且翟冠不全是柔軟黃金珠花葉片，裡面還藏著其他堅硬的金屬，那些也許會把他的小手劃傷。

「嗯嗯。」瀟瀟高興道，朝肖文卿伸展雙臂。

肖文卿便伸手將他抱了過來，瀟瀟好奇地伸手抓肖文卿身上蹙金繡雲霞翟鳥紋朝服，嘴裡道：「紅，紅。」

「紅色。」肖文卿教導他後，便將他遞給走到近前的奶娘，溫和地說道：「瀟瀟，娘要出去，你要乖乖的哦。」時間差不多了，她不能再耽擱。

「啊，抱抱，娘，抱抱。」瀟瀟突然明白娘這是要出去，而且還不帶上自己，立刻鬧起來，叫道：「抱抱，娘，抱抱。」

「瀟瀟乖，等娘回來再帶你出去玩。」肖文卿哄他道。

「不，抱抱。」瀟瀟堅決不被誘惑，開始扯開嗓子叫號。

見狀，肖文卿只好狠心道：「瀟瀟，娘出門有正事，不能帶上你。你不聽話就是不乖，你不乖，娘就不喜歡你，爹知道你不乖，也不會再給你騎馬馬。」

瀟瀟能理解這麼長的一段話，聽了之後聲音立刻變小了。

「瀟瀟，乖，晚上娘讓爹趴下來給你騎馬駕駕好不好？」肖文卿繼續和兒子談條件。男人對自己的長子寄予厚愛，也特別寵愛，宇軒逗兒子的時候會趴下來讓兒子騎在他背上，馱著兒子在家中的地毯上爬，嘴裡還教導兒子喊駕駕。

瀟瀟被騎馬駕駕吸引住，立刻不哭鬧了，他喜歡騎在爹的背上，雙腿夾著駕駕。

說服了兒子，肖文卿又叮囑奶娘和春麗一回，帶著貼身丫鬟海棠出府，赴皇后宴會。

八月十五日，接受皇后娘娘邀請參加赴宴的外命婦們紛紛乘坐官轎進宮，肖文卿的三品女轎停在東華門前，一名正在下轎的二品夫人看到，下轎之後並沒有立刻進宮，而是等轎中人下來一起進宮。

等肖文卿越走越近，這位年過半百的二品夫人才驚訝地發現，過來的三品夫人是定北侯的夫人肖氏。今日皇宮中秋宴是皇后開的，客人都是被皇后娘娘邀請來的，侯夫人墨肖氏不是在替夫婿的養父守孝的嗎？她怎麼也被邀請了？

「秦夫人，好久不見了，妳可安好？」肖文卿風姿優雅地走到督察院右副督御史的夫人面前款款欠身施禮。

秦夫人微微彎腰還禮，道：「侯夫人，我沒有想到今日能見到妳。」自從老丞相過世，凌府的命婦們便紛紛閉門謝客在家守孝了，她上次見肖文卿還是在老丞相的喪禮上。

「皇后娘娘宣我進宮赴宴，鳳旨不可違。」肖文卿笑著委婉道：「我家侯爺如今姓墨。」

「這本該如此。」秦夫人頷首道，表示理解。朝廷的說辭是，墨宇軒其實是前定北侯墨大將軍的嫡長孫，因為家中落難，被仗義的凌老丞相抱回家當作嫡子撫養。墨宇軒為養父守孝百日、認祖歸宗，墨夫人自然要夫唱婦隨，守孝百日完了孝心。這個說辭其中有多少真實性，朝中上了年紀的高官和命婦都心中有數，不過皇上這樣宣佈，墨宇軒不是養子也變成養子了。

「秦夫人，我們一同進去吧。」肖文卿轉頭望望皇宮的東華門，道：「說起來，我進宮的次數不多，對皇后娘娘真是失禮。」

秦夫人立刻笑了，道：「妳有特殊情況，皇后娘娘不會在意妳失禮。皇后娘娘這次邀請妳赴宴，就表示希望妳可以參加朝謁，和貴婦們往來應酬。」墨夫人去年年初據說身子不舒服，斷了朝謁兩次；正常朝謁三個月之後懷孕害喜請假養胎，等生完孩子出了月子，朝謁幾次之後老丞相突然病故，她在府中守孝，直到現在才出來。

「皇后娘娘真是關心臣妾。」肖文卿說道，和秦夫人一起走進宮門，再坐上宮門後早就準備好的兩人轎椅，前往昭陽宮覲見皇后娘娘。

她們兩人到時，皇后娘娘已經坐在昭陽宮正殿的鳳椅上，和七、八名中老年命婦喝茶、嗑瓜子聊天。

殿前小太監唱名，皇后娘娘宣，肖文卿和秦夫人一起進入正殿，給皇后娘娘行大禮。

「皇后娘娘千歲千歲千千歲。」

皇后娘娘立刻和藹道：「兩位夫人免禮，來人，賜座。」今日被她邀請的外命婦，都是夫婿或者兒子在朝中擔任實權的大臣，或者是皇上比較信任的大臣。

肖文卿和秦夫人謝恩起身，向已經坐著的夫人們頷首致意，然後坐到殿中早就準備好的青鸞牡丹團刻紫檀大椅上。宮女訓練有素地端茶、上糕點水果，然後站到她們身後。

皇后娘娘笑著望向肖文卿，關切道：「文卿，大半年沒見，妳好像瘦了，是不是侯府內事太多，妳忙不過來？」

肖文卿起身躬了躬身，道：「臣妾叩謝娘娘關心，臣妾沒有變瘦，只能說臣妾春節時進宮覲見您，身子還沒有完全恢復。」今日到場的誥命夫人，她常來常往的有三位，兵部尚書之妻展老夫人、二品武官鎮國將軍之妻龍夫人、三品通政使之妻管夫人。

聽了肖文卿的回答，皇后娘娘和其他夫人頓時都莞爾笑了。貴婦人產後營養豐富，身子都會發胖。肖文卿那時候只能算豐腴，有些夫人產後體重暴增，整個身子都走樣了，之後還遲遲無法瘦下來，讓夫婿從此失去了興趣。

兵部尚書夫人笑道：「文卿，妳的身形恢復得不錯。」應該說是凹凸有致，有著少婦獨有的嫵媚風韻，難怪墨侯爺不想納妾，獨寵她一人呢。

「老夫人說笑了。」肖文卿微微含羞道。這位是她大弟肖文樺妻子的老祖母，也該算是她的長輩了。

兵部尚書之妻展老夫人道：「既然妳現在出門應酬了，不如過些時日帶著妳家小侯爺到我府中作客如何？我大兒媳可是敬佩妳的畫功和繡功，想讓妳幫她畫新鮮的繡花圖樣。」要不是肖文卿給肖文樺畫了肖像畫，然後湊巧讓她小孫女看到，她小孫女就不會看中肖文樺，執意要嫁肖文樺呢。

「長輩有請，文卿怎麼敢不從？」肖文卿拱手道。「過些時日，文卿便帶犬子過去拜訪老夫人。」

聽她們說到小侯爺，皇后娘娘便道：「小侯爺墨雲麟的名字還是皇上賜的呢，五月底的時候皇上宣召墨侯爺進宮，便讓他把小侯爺也抱進宮給他瞧瞧。」她笑道。「本宮看過那孩子，端是個聰明可愛的小傢伙。皇上寵愛侯爺愛屋及烏，對小侯爺也是喜歡至極。皇上庫房珍藏了十二顆東海夜明珠，是三十幾年前東海進獻上來，宮裡好幾位寵妃都渴望被賞賜一顆，皇上一顆都沒有賞出去，沒想到就賞給小侯爺當彈珠玩了。」她對肖文卿笑道：「皇上有二十二個孫子、六個曾孫子，他們一個都沒有得到皇上如此寵愛，皇上對墨侯爺真是與眾不同。」

「嗯，小侯爺小名叫瀟瀟吧？我記得他滿月時候的乖巧小模樣呢……」

進宮應酬的命婦們找到了新話題，熱烈地談論起小侯爺來，誇讚小侯爺如何地與眾不同，肯定和他小舅舅一樣是個天才。

肖文卿心中高興，嘴裡還要謙虛著。

「小侯爺可矜貴得很呢，他爹是京城四俊之一，他娘素有聰慧之說，他舅舅是皇上都看重的小天才，集兩家之長的他長大以後絕對是人中龍鳳，不知道哪家姑娘有福氣，能成為他的妻。」一名肖文卿不太熟悉的夫人說道。

「應該是一等世家，祖父或父親至少應該是三品以上大員，母親娘家也應該是一、二等世家才行，定北侯世襲罔替三代，小侯爺將來也是定北侯。」禮部尚書夫人笑道。

皇后娘娘輕咳一聲，將眾夫人的注意力引回，然後道：「本宮娘家大弟最近添了一個孫女，正巧是嫡出。」就算不是正妻生的，女嬰一生下來就放正妻名下就算是嫡出，拿來作為聯姻也僅次於真正的嫡出女。她頓了頓，笑道：「如果比較家世，本宮娘家這女孩和小侯爺挺般配的。文卿，妳若是有興趣，本宮可以做媒，讓兩個孩子訂下娃娃親。」

頓時，眾夫人都不說話了，眼神齊刷刷地望向肖文卿。肖文卿也愣了，她沒想到皇后會當著十幾名誥命夫人的面要說媒，這要如何拒絕？她稍一思索便想到了拒絕理由。

緩緩起身，肖文卿向皇后娘娘深深施禮，一臉歉意道：「皇后娘娘青睞犬子，願意居中牽紅線，臣妾心中感激不盡，只是臣妾沒有提前告訴娘娘我家侯爺給墨府定了一條家規，還請娘娘贖罪。」

「家規？和小侯爺訂娃娃親有何關係？」皇后娘娘微微一愣，眼中升起不悅。

墨侯爺給墨家定了家規？眾夫人都好奇地等待肖文卿的解說。

「皇后娘娘，兩個月前，我家侯爺剛認祖歸宗不久，他對臣妾說，他要給新的墨家定一條挑選媳婦的家規。」肖文卿頓了頓，道：「媳婦的家世不是首要的，也可以沒有嫁妝，卻一定要有才能、品性好。侯爺現在不在龍鱗衛所便是在皇宮裡，娘娘如果不信，可以派人找他問一下。」宇軒確實和她提到過，母親的優秀對孩子很重要，他希望墨家將來娶進門的媳婦都能像她這樣聰明賢淑。另外，他繼承定北侯之後，只要不很快地戰死沙場，只要活得夠久，遲早會位極人臣；定北侯墨家權勢過大，只會引起上位者的猜忌，所以最好不要在強盛的時候透過聯姻增加自家勢力。

看才能、看品性，那就要等姑娘長大才能看到，也就是說，墨家不會和任何一家訂娃娃親了。墨家男子娶妻娶賢，不考慮家世，眾夫人對此不置可否。墨侯爺擇媳人選範圍很廣呀，沒有嫁妝就說明平民家的姑娘也可以，只要那姑娘滿足有才能、品行好的條件就行。

「哦，墨侯爺既然給墨家定了這麼一條家規，家中有姑娘又希望和定北侯聯姻的母親們要辛苦了。」皇后娘娘一臉慈祥地說道，臉上充滿笑意，笑意卻不達眼底。墨宇軒還是凌宇軒的時候便當眾拒絕凌老夫人給他納妾，嬌豔美麗的朱二姑娘走出花轎跪下哭求他收留，他都心如鐵石，打發人家坐回頭轎，杜絕了別人家把庶女送與他作妾走裙帶關係的念頭；他如今這條家規一定，他兒子們的婚姻更不容易被世家聯姻影響了。他心思縝密，做事果斷狠絕，不愧是凌老丞相和皇上一起培養出來的。

「唉，可惜呀，是本宮娘家那小姑娘沒有福氣，不能搶先和小侯爺訂下親事。」皇后娘娘笑著搖頭，隨即又道：「文卿，墨侯爺今年已經三十有一，只有一個兒子是不是子嗣單薄了些？妳是墨府當家夫人，有責任繁榮墨家，讓墨家兒女成群。」

肖文卿頓時滿心不悅了，她好不容易脫離婆婆的壓制，皇后娘娘又閒著沒事關心起宇軒的後宅了。

皇后和眾夫人又聊了一些話題，時間很快便到了，交泰殿那邊的大太監過來稟報，宴席全部準備妥當，請皇后娘娘和眾夫人入席。

「今日中秋佳節，原本本宮是想邀請眾位夫人一起賞月的，只是想到妳們也要和家人團圓賞月，便將晚宴改成了午宴。諸位，跟本宮一起入席，品嚐御膳房美味佳餚，聽樂坊新編的歌舞吧。」皇后說完起身。

「多些娘娘賜宴。」眾夫人見狀紛紛起身躬身，等皇后娘娘走下御臺，然後跟著她往交泰殿走去。

兵部尚書夫人和肖文卿是親戚，她特地落後兩步等肖文卿走到近前，然後和她並肩同行。她低聲道：「文卿，皇后娘娘心裡不高興，妳等一下小心應付。」

肖文卿微微頷首，感激道：「伯母，謝謝您提醒我。」她知道皇后想拉攏她，自己偏偏給了皇后娘娘一個軟釘子碰，皇后娘娘心中記上了一筆，以後說不定會給她小鞋穿。不過她月事又遲了，可能又懷孕了，等熬到害喜，她又可以找理由長期不進宮朝謁，避開皇后娘娘的拉攏。

第五十三章　禮物

九月二十一日，瀟瀟一周歲生日。前一天，肖文卿吩咐周總管安排廚房為今日準備十桌宴席，上午時分，她派墨府小轎去接趙乾娘他們；至於肖府那邊，她前些日子帶著瀟瀟過去邀請過，到時候大弟肖文樺夫妻自己會過來。

凌府那邊，她也派人通知了一下，同時說明尊重先父，只是一家人在侯府自己小小慶祝。

肖文卿以為自己不發帖子、不邀請客人，瀟瀟的周歲宴就此低調辦過；沒想到，上午時分，兵部尚書夫人派人送來周歲賀禮，鎮國將軍夫人、禮部尚書夫人、戶部尚書夫人、通政使夫人……秦王、睿王、趙王等皇子的王妃們，京城四俊中其他三俊的夫人們、大姊蔡大夫人母女、六姊劉夫人和劉少夫人凌晴嵐，還有凌府的婆媳，紛紛派僕人送來了賀禮。

雖然墨府不發帖子，但還是有很多人記得墨府小侯爺的出生日子呢。

肖文卿趕緊吩咐周總管迎接替主人送禮的各府僕人，讓帳房清點記錄，又讓各府僕人給她傳話，感謝諸位夫人熱情，只是犬子的周歲宴肯定是來不及了，不過她打算之後辦一個賞菊宴或者品蟹宴，到時候懇請諸位夫人賞光。

臨近晌午，皇上派太監送來一份厚禮，肖文卿趕緊換上盛裝去前院，大開大門迎接。皇上的太監前腳離去，皇后娘娘身邊的太監領著一隊捧著禮物的小太監後腳就來了。侯爺深受皇寵，在朝廷中的人氣很旺呀！墨府的僕人們精神抖擻，對墨府主人和自己未來的美好生活充滿信心。

中午，墨宇軒沒有像往常那樣在龍麟衛所或者宮裡用午膳，而是請了假回來慶祝兒子周歲。「乾娘、文樺、弟妹，你們都來啦。瀟瀟，你猜猜，爹給你準備了什麼禮物？」他連身上的官服都不換，拎著一只藤編花籃到兒子面前獻寶，這花籃還用紅布蓋著，下面一動一動的，好像藏著一個活物。

坐在屋裡說話的眾人紛紛起身，迎接這一家之主回來。

「爹爹。」一身紅色刺繡錦衣的瀟瀟揚起天真燦爛的笑容，搖搖晃晃地走到父親身邊迅速去抓蓋住花籃的紅布。

紅布被掀開，花籃裡還蓋著一張小網，網下是一隻動來動去的毛茸茸小動物，毛色不純，是黑褐花斑色。肖文卿一看，笑道：「宇軒，你給瀟瀟弄來了一隻小狗崽。」這隻狗好小，看來才斷奶。

「狗狗，狗狗。」瀟瀟興奮地叫道，努力拉扯小網，想要抓花籃裡的小狗。

「嗚嗚。」雜毛小狗仰頭叫著，隔著網搖擺尾巴，顯得很活潑。

瀟瀟把手指從網眼裡伸進去，那小狗便舔舐他的手指頭。

「瀟瀟，這狗狗很凶，你要小心。」墨宇軒看了一會兒才取下那蓋著的小網，抓起小狗放到瀟瀟懷中。

「嗷嗚……」小狗在瀟瀟懷裡拱來拱去，瀟瀟用力抱住牠，不讓牠掉下去。小狗伸出舌頭舔瀟瀟，瀟瀟格格格格地直笑。

「姊夫，這隻狗是不是太好動了？」肖文樺之妻展氏擔心道：「咬著瀟瀟怎麼辦？」送小孩寵物應該送溫柔乖巧的呀！早知道瀟瀟喜歡小狗，她就從娘家抱一隻白色寵物犬過來了。

趙大娘端詳小狗，道：「短毛，耳朵直立，鼻梁平直，褐色背上的黑色斑紋像蝴蝶斑，看起來不是京城這邊的小草狗。」

肖文樺看著，遲疑道：「好像是大慶西北山區的獵犬幼崽。姊夫，你送這個給瀟瀟合適嗎？」書中記載，西北山區長得和狼差不多的獵犬非常凶猛，敢和體形比自己大兩、三倍的猛獸撕咬。

墨宇軒解釋道：「乾娘、文卿、文樺、弟妹，這是鎮國將軍屬下培養的雜交犬，有靈性，忠心護主，攻擊性強，擅長追蹤。剛斷奶的幼犬還沒有攻擊力，被主人養上一段時間就會依戀主人，瀟瀟要經常和這幼犬在一起玩，培養幼犬的忠心。鎮國將軍給我調了一個養犬兵，等幼犬長大一點後他會訓練幼犬。」

「你想得真周到。」肖文卿笑道，便任由瀟瀟抱著幼犬玩耍。

「瀟瀟，狗狗要有名字，你想叫他什麼？」墨宇軒柔聲問道。忙著和小狗玩耍的瀟瀟不理解地望望父親。墨宇軒道：「瀟瀟，別人叫你瀟瀟，叫你姊姊妞妞，叫妞妞的小狗小黑，你想叫你的小狗什麼？」

瀟瀟這回明白了，想了一會兒，艱難地表達自己的意思。「狗狗，將……軍。我，大，將……軍。」爹經常說將軍很威風，大將軍更威風，他的小狗要叫威風的將軍，他將來要做更威風的大將軍。

「哈哈。」非常年輕的展氏頓時笑出聲來，隨即連忙掩住嘴。

「哈哈，將軍，好名字。」趙大娘頓時大笑起來。

肖文卿也笑了，道：「這個名字很威風，如果你爹不反對就叫將軍。」宇軒是龍鱗衛的指揮同知，到現在還沒有將軍頭銜呢。

墨宇軒毫不在意，很得意地笑道：「那就叫將軍好了，瀟瀟以後當大將軍。」瀟瀟不負他的苦心呢，剛滿周歲就立下了人生志向。

瀟瀟得到一隻小狗非常寶貝，幾乎到哪裡都要帶上牠。墨宇軒說，為了培養幼犬的忠心，瀟瀟最好和小狗寸步不離，於是小狗將軍白天跟在瀟瀟左右，晚上關在狗籠裡放在瀟瀟的房中陪伴瀟瀟。

雖然剛剛斷奶的幼犬牙齒和爪子都不夠尖利，但對人的皮膚來說還是夠尖利的。瀟瀟不懂得保護自己，小狗將軍也還不知道自己的牙齒和利爪對小主人來說有多危險，主寵嬉鬧間瀟瀟好幾回都被小狗將軍弄傷了。

因為墨宇軒一開始就對瀟瀟說，小狗的牙齒和爪子可能會弄疼他，男孩子要勇敢，真被傷到了也不要哭，讓娘或者奶娘、姨姨看看傷口、上些藥。瀟瀟真的很懂事，第一次被小狗的爪子劃傷手臂鮮血直流，他只痛喊了一聲，然後拚命忍住眼淚。

一直在旁邊保護他的奶娘趕緊讓人通知肖文卿，迅速命小丫鬟打來乾淨的水給瀟瀟清洗傷口，取出早就備下的傷藥和布條替他上藥包紮。

「瀟瀟，痛不痛？」肖文卿聞訊趕來，看到兒子的手已經被裹好，厚厚的雪白布條下隱隱有血色，頓時心中大痛，不過這是宇軒教育兒子的方式，她不便插手。幼犬是幼小主人玩伴，訓練好了對主人忠心不二，瀟瀟需要牠。

「痛。不哭。」瀟瀟堅強地說道，眼淚卻從眼眶裡流了出來。

「瀟瀟，將軍抓傷你了，娘把牠送走好不好？」將瀟瀟抱起來坐在自己膝蓋上，肖文卿試探道。小狗將軍已經被下人關進狗籠子裡，正在籠子裡團團轉，朝著瀟瀟嗷嗚嗷嗚叫。

「不好，不好！」瀟瀟大叫道，白嫩的小臉滿是倔強。

「牠抓傷你了，你痛痛。」肖文卿道。

瀟瀟用力搖頭，道：「不痛，不痛。」他迅速將受傷的手藏到身後，不讓母親看到將軍傷害他的證據。

肖文卿憐惜地撫摸兒子的小臉，柔聲道：「瀟瀟，娘知道了，不送走將軍。」如果瀟瀟因為被抓傷一次就討厭、畏懼將軍，宇軒和她都會失望。瀟瀟不僅是他們的兒子，還是墨府的繼承人，要是有遇到挫折就氣餒的天性，將來難成大器。

墨宇軒回來，得知瀟瀟的表現，驚喜得將瀟瀟高舉起來拋接，這樣有毅力和堅持的兒子，他一定要好好培養。

被連續傷了好幾回後，瀟瀟知道在和小狗玩耍的時候如何保護自己，小狗也知道該如何控制自己的尖牙和利爪了。主寵每日都玩得很開心，瀟瀟的走路姿勢越來越穩，甚至開始跑步，他已經不再黏著母親和奶娘了。鴻雲居對他來說太小，他開始主動探索鴻雲居周圍的草坪和花園。

墨宇軒和侍衛們練武的草坪很柔軟，肖文卿便任由他在上面跑跳翻滾，只讓丫鬟和奶娘在邊上看著。男孩子呀，從小就要培養好奇熱情和堅強毅力。

十月中旬，肖文卿在墨府開了一個賞菊品蟹宴，把在瀟瀟周歲那天送禮的貴婦們一一邀請到墨府作客。

新的墨府第一次宴請客人，而且還都是貴客，全府上下緊張興奮。因為聚會主題是賞菊品蟹，而墨府花園的菊花品種和數量都不夠，於是周總管親自帶著兩名園丁去京城花市購買了一百多盆名貴菊花回來裝飾花園。前院、後宅六位大廚師擬定適合主題的菜單，讓夫人挑選，然後展示高超的廚藝。

秋風起，蟹腳癢，九月圓臍十月尖。十月雄蟹蟹臍尖，膏足肉堅，廚房的主廚們親自挑選雄蟹清洗捆紮，在夫人吩咐之後上籠蒸煮，將新鮮美味的紅亮大螃蟹送上。

花園東側花廳中擺放了三十幾張雙人桌椅，貴婦們和隨著各自母親一起前來的貴女們低聲交談，品嚐美酒佳餚。肖文卿坐在主位上招待貴客，努力調節場中歡樂氣氛，瀟瀟被當作玩偶帶到宴會上露臉，然後再被奶娘帶下去用午膳。當螃蟹上席之後，她熱情邀請客人們品嚐螃蟹，府中丫鬟給每一位客人都提供了蟹八件，如果客人想吃又不想自己動手，她們會再次洗淨手替客人剝蟹。

看到主座上的肖文卿不動手，站在她身後的貼身丫鬟也不伺候，管夫人好奇地問她是不是不喜歡吃螃蟹。

肖文卿猶豫了一下，不好意思道：「管夫人，我可能有身子了，螃蟹性寒，我不能吃。」現在距離老丞相去世剛剛九個月，她就懷孕，這些夫人們會如何看她和宇軒？

管夫人立刻笑道：「孕婦和近期想要懷孕的婦人確實不能吃螃蟹，妳還是吃別的吧。」

展大夫人聞言笑道：「文卿，當今朝中大臣只有墨侯爺子嗣單薄，妳如果又懷孕，真是可喜可賀。」她的婆婆兵部尚書夫人說自己年紀大了，就不參加年輕人的聚會了。

肖文卿環顧四周，吶吶道：「如果真有孩子了，我擔心這個孩子來得不是時候。」雖然別人家在守孝期間是不是嚴格遵守不同房規矩她不知道，但她知道守孝期間蹦出孩子是很嚴重的問題。

展大夫人知道她的顧慮，立刻勸解道：「文卿，妳別瞎想了，養子不是直系子孫，守孝百日即可脫孝，八月中秋皇后娘娘召妳進宮赴宴，便是依此為據。」

她這一說，其他夫人紛紛附和，勸肖文卿別想得太多。三十多年前的事情她們大多不知道，相信朝廷的說法，墨宇軒是已故凌丞相的養子。而在大慶朝，養子為養父母守孝沒有明確說法，在養父母有親生兒子的情況下大多守孝百日，只偶爾有人會守孝三年。

見大家都寬慰自己，沒有一個人臉上露出不屑鄙夷，肖文卿雖然知道她們部分是因為宇軒的權勢，但心中很是鬆了一口氣。她在賞菊的同時特地加上品蟹，就是為了測試一下別人對她懷孕的反應，現在的結果讓她滿意，過陣子她可以宣佈懷孕，正大光明地養胎生產了。

臉上帶著溫柔和善的微笑，肖文卿繼續招待客人們。宴席後休息一會兒，眾人去墨府最大的花園遊覽，欣賞開得正豔的菊花。午睡醒來的小侯爺帶著他的小狗將軍在他們最喜歡的草坪上撒歡打滾，引來眾多客人的圍觀和讚譽。

賓主盡歡，下午時分，客人們才陸續離去。

晚上回來，墨宇軒詢問今日宴會情況，肖文卿一五一十地告訴他。

墨宇軒頷首道，即使有人覺得他們夫妻孝心不夠，但他深受皇寵，誰也不敢多非議；在養父母有親生兒子繼承香火的時候，養子是否一定要給養父守孝三年，大慶沒有明文規定，民間各地風俗不同，督察院的御史有心找碴也無法可依。

十一月中旬，皇上頒布聖旨，墨宇軒卸去龍鱗衛指揮使司指揮同知一職，調入鳳凰軍任左軍副都統，封龍虎將軍，為正二品武官。墨宇軒正式進入軍隊，執掌京畿十萬士兵。

墨宇軒升遷，百官紛紛為他慶賀，肖文卿為他籌辦了慶賀宴後開始給他收拾行李。

鳳凰軍分布在京城周邊的，部分駐紮在鳳凰山腳下，部分駐紮在京城周邊的幾個城鎮中。墨宇軒接收的鳳凰左軍，軍營駐紮地在京城北邊八十里外的落雁縣城，他作為左軍之將領，不能天天離開軍營回家。八十里來回就是一百六十里，他真要是日夜趕路，不出半月身子就累垮了。

「看來皇上拖著不讓我調任，目的就是讓我在家播種。」墨宇軒面對眼神有些憂傷的肖文卿戲謔道：「這下可好，妳可以安心養胎了。」

肖文卿走到他身邊坐下，不捨地道：「軍營可不比府中，你要保重身子。」她溫柔的雙眸中閃爍著晶瑩的水光。

「我身子一向好，已經二十年沒有生病受傷了。」墨宇軒笑著安慰為自己擔憂的妻子。「倒是妳已經害喜了，讓我在軍營中也為妳牽掛。」

肖文卿心中一甜，右手輕輕覆住小腹，不知不覺，裡面的小生命快有三個月了。這個孩子很體貼母親，不像瀟瀟那樣鬧騰，她雖然在害喜期間，害喜症狀卻不重，有時候一整天都沒孕吐。

「文卿，妳諸事要小心為上。」墨宇軒認真叮囑道。這一回，文卿需要他的時候他不能陪她了。

「你要離開府中很久才能回來一趟，瀟瀟知道肯定很傷心。」肖文卿轉換話題道。宇軒在家丁憂時，除了讀書練武就是和瀟瀟在一起，可以說瀟瀟跟父親在一起的時間比和她這個母親在一起的時間多。瀟瀟黏他，要是知道很久都看不到他，肯定會吵鬧。

當肖文卿提到稚子，墨宇軒立刻不捨起來，不過還是道：「瀟瀟是男孩子，應該受得了離別之苦。他現在滿一歲了，再過六個月，妳讓他搬到松院去住，他現在住的屋子該空出來給弟弟、妹妹了。」瀟瀟現在就住在鴻雲居主屋邊上的廂房裡，他白天會在文卿主屋裡的羅漢床或者美人榻上睡覺，晚上會由奶娘帶著回那廂房睡。

「瀟瀟還這麼小，你就讓他一個人住？」肖文卿立刻拒絕道：「鴻雲居有好幾間空屋子，我們第二個孩子會有地方住，不需要瀟瀟騰地方。」她小時候都在母親院中住到五歲才搬出去。

「女子心腸太軟，且大多見識少，所以男孩不可長於婦人之手。」墨宇軒退一步道：「我當初兩歲時從父親院中搬進福壽院獨居，瀟瀟也這樣吧，在父母院子住到兩歲。」文卿說她兩歲啟蒙，瀟瀟智力承繼於她，也可以在兩歲啟蒙。

「好吧，瀟瀟兩歲之後，我讓他搬到松院去住。」肖文卿道，心中雖然還是捨不得，但為了培養兒子的獨立性，不得不這樣。

夫妻兩人說著話，肖文卿同時指揮丫鬟和小廝幫墨宇軒打包行李。墨宇軒看著肖文卿吩咐丫鬟、小廝，雖然覺得她準備的行李太多了，但不打算改正，他以後要把軍營當家，那邊還真少不了日常用品。

翌日清晨，定北侯府邸大門大開，一群以侍衛為主的親兵牽著馬匹魚貫而出，後面是滿滿八車行李，肖文卿帶著管家、丫鬟、小廝一眾人給墨宇軒送行。

戴著黃色虎頭帽、身穿紅色棉襖的瀟瀟由奶娘抱著，興奮地看著府門前的人群。「爹爹，帶我，爹爹，帶我。」他一個勁兒地叫道，雖然昨晚爹娘和他反覆說過，爹要去軍營當將軍，要很多天才能回來，他在家要聽娘的話，但今日看到爹爹和很多侍衛叔叔都要離開，他就想著跟他們一道。

墨宇軒將穿著厚厚棉襖宛如一顆球的瀟瀟從奶娘手中抱了過來，狠狠揉揉他的小腦袋，柔聲道：「瀟瀟，你忘記爹昨日跟你說的話了？爹要去軍營，你在家要聽娘的話。你是男孩子，要堅強，將來長大才能保護娘和弟弟、妹妹。」昨晚，他們夫妻兩個破例把瀟瀟留在他們的床上睡，和他說了很久的話。

「爹爹，帶我，帶我。我乖，帶我。」昨晚爹娘說了很多，瀟瀟記得爹要離家很久，他要在家乖乖聽娘的話，現在看到跟著爹進出的侍衛叔叔們都牽著高頭大馬，興奮得全忘了。

「乖，瀟瀟，過些日子爹就會回來，爹回來抱你騎大馬。」墨宇軒哄他道，又用力親親他白嫩的臉頰，然後毫不猶豫地將他塞到奶娘手中，戀戀不捨地望望肖文卿，接過親兵遞過來的馬韁繩，起身上馬，高聲道：「出發。」說完，他扭頭一帶韁繩，騎馬走到了親兵佇列的最前面，迎著十一月的風霜前進。

「爹，爹，帶我，我呀，爹。」瀟瀟陡然扯高喉嚨大叫，如被抓住的猴子一樣在奶娘懷中扭動踢腳地掙扎起來。

早就有所準備的奶娘牢牢抱住瀟瀟，哄道：「小侯爺，侯爺不是說了，過幾天就回來嗎？你要聽他的話，做個堅強的男孩子。」

肖文卿扭頭勸瀟瀟道：「瀟瀟，別哭鬧了，你爹過幾天就回來。」自從她月事遲了，宇軒就不許她再抱瀟瀟。自己的兒子怎麼可能不抱？她會在瀟瀟安靜乖巧的時候抱抱他，像現在這種情況，她絕對不能抱。

「娘，我要，爹。」瀟瀟很委屈地說道，望著隊伍的背影開始抽噎起來。

見他很懂事的低聲抽噎，心中充滿了離別傷感的肖文卿強忍眼淚道：「瀟瀟，爹不就是出去幾天嗎？別哭，爹爹最喜歡你了，回來時說不定會帶禮物給你。小狗將軍好不好？是爹爹送給你的哦。」

瀟瀟癟癟嘴、眨眨眼，兩顆豆大的眼珠就此滾落下來。爹爹不在家，他是男孩子，要堅強。

「夫人，外面冷，您快些進去吧。」春麗勸說道。十一月正是大冷天，夫人還在害喜，禁不得吹風。

遙望墨宇軒的隊伍直到消失在眼底，肖文卿才帶著兒子和一眾下人一起回府。十一月的天氣，諸家夫人都窩在溫暖的家中，不怎麼願意出門應酬，她可以在家中平穩地度過害喜階段。

屋裡燒著銀霜炭盆，正處於害喜階段的肖文卿，和挺著大肚子的水晶、瑪瑙，還有瀟瀟奶娘、幾個丫鬟一起坐在主屋的堂屋裡。女人們聊天做女紅，唯一的孩子和小狗在鋪著厚厚的地毯上玩耍。

「將軍，紅球球。」瀟瀟拿著不同顏色的木球在地毯上滾來滾去。皇上賜給他一盒夜明珠當彈子玩，可那樣的稀世之寶怎麼可能真的當他的玩具，肖文卿將夜明珠收進庫房，找木匠做了十二顆木球塗上不同顏色讓瀟瀟玩耍，順便讓他認識顏色。

「嗷嗚，嗚汪……」小狗將軍興奮地撲咬木球，然後啣到瀟瀟手中。

接過紅球，瀟瀟隨即又抓了一顆黃球往水晶那邊滾。黃球滾到水晶座椅下面，身形小巧靈活的將軍迅速鑽到座椅下面將球又啣了回來，朝著小主人搖尾巴邀功。

「瀟瀟，不許把球往水晶和瑪瑙那邊滾，她們肚子裡有小弟弟，不可以受驚嚇。」替瀟瀟做新年衣裳的肖文卿看到，連忙叮囑道，水晶和瑪瑙懷孕快八個月了，如果有什麼意外就會早產。

「哦。」瀟瀟馬上轉身，將球往門口方向扔，然後拔腿和將軍搶球。

「汪汪，汪汪。」將軍猛地衝過去率先搶到了球，興奮地不斷搖尾巴。四條腿的比兩條腿的跑得快，小主人現在雖然跑起來很穩很快，但從來就沒有跑贏過牠。

水晶笑咪咪地望著，道：「夫人，將軍在我們面前轉來轉去慣了，嚇不到我們。」她們就住在府中，家務事就是洗衣服、整理屋子、做女紅，沒事就過來陪夫人，自己的小家中從來都不用開伙。她們都不好意思了，說要繳納他們夫妻的伙食費，夫人不肯收，說這是她們陪她的薪酬。

瑪瑙停下手中正在做的小衣裳，道：「小侯爺長得真快，十四個月大的他和人家兩歲孩童差不多高了。」

肖文卿笑道：「他爹個子比較高嘛。宇軒說瀟瀟是天生習武的料子，現在先用狗訓練他的體力、智力、反應力，等他三歲就可以找武師訓練他基本功了。」宇軒甚至希望瀟瀟兩歲就找先生啟蒙呢，真是太急切了。

「說到侯爺，他已經有二十天沒有回來了。」水晶問道：「夫人，侯爺有沒有寫信給您？」侯爺和夫人鶼鰈情深，肯定會鴻雁傳書的。

肖文卿微微頷首，道：「他寫過兩封家信。他雖然在鳳凰軍營當過兵，平日有空還會去和那邊的將官、士兵一起操練，不過突然以左軍副都統的身分統領鳳凰軍左翼軍隊，很多參將和副將不服，他現在忙著收服他們，無暇回家。」她一早就預料到他會被軍中的刺兒頭們挑釁，在他坐穩他的副都統位置之前不指望他能經常回家。春節，他也許要和士兵們同甘共苦而不回來過了。

「侯爺真是辛苦。」水晶搖著頭道。

「軍隊的刺兒頭、老油條多，他們火氣上來可不管什麼侯爺不侯爺。」肖文卿抿嘴笑，道：「侯爺說，他最近天天比武，排兵布陣，已經和三波將領進行過小規模對陣演練。」

水晶立刻聞道：「是輸了還是贏？」

「兩勝一和。」肖文卿道：「侯爺少年時就學過兵法，懂得排兵布陣，在知道自己會調任軍中的時候更是把那些兵書翻出來研究，這一年沒有少請教過鎮國將軍。」宇軒做了大量準備工作，還有鎮國將軍提點，一開始小看他的將領們儘管操練士兵很有經驗，但未必能贏得了宇軒。鳳凰軍位於大慶腹地，已經三十多年沒有打仗了。

「太好了，侯爺不愧是西北戰神的後代。」水晶和瑪瑙齊聲道。

肖文卿微笑著，只有她知道，宇軒進入鳳凰軍只是第一步，他一定會帶領軍隊出征西北。

第五十四章　家規

轉眼到了年底，家家戶戶為春節而忙碌。肖文卿尤其忙，因為墨宇軒繼承墨家之後，皇上將封存在國庫裡的侯府家產全部發還給墨宇軒。

墨大將軍征戰西北戰場三十年，每場戰役分得的戰利品、先皇給予的賞賜，墨家婆媳帶過來的嫁妝，林林總總加起來，墨宇軒的個人資產瞬間就暴漲了十倍有餘。

墨宇軒充分信任妻子，將家產全部交由妻子管理。平日裡，肖文卿在外事大總管丁伯的輔佐下，輪流看墨宇軒和她名下的四十幾家商鋪、六處莊子、千頃田產、三個山頭的出產帳冊；到了年底商鋪交帳、莊子交租、庫房盤點，她慶幸自己孕吐害喜期過去了，有精神和體力處理裡外事務。

忙到臘月二十六，肖文卿還沒有來得及歇口氣，墨宇軒派人給她傳信，要她準備三百罈美酒和四千頭豬羊送往軍營，說他個人掏腰包邀請鳳凰軍營各級武官和左營士兵過新年。肖文卿趕緊派管事出去大量購買，清點之後送往軍營，為了友好部將和士兵，宇軒真是花了很多心思和手段。

「侯爺是不是不打算回來過新年了？」看護瀟瀟的春麗問道。她不認識字，有心幫夫人看幾本不重要的帳冊都不行。趙奶娘的婆婆生病，趙奶娘請假回家照顧婆婆了，雲三娘請假回家過年，她唯一能幫夫人做的事情就是帶好小侯爺。

「估計是不會了。」肖文卿揉揉眉心。「侯爺現在全部心思都放在軍中，士兵和絕大部分低級武官都不能離開軍營回家過年，他陪他們一起過年正好收攏他們的心。」

「唉，侯爺真辛苦。」春麗道。她曾經的姑爺公務很輕鬆，經常和同僚進出酒樓青樓，喝酒聽曲風流快活，有比較她才知道，姑爺是多麼的平庸無能，所謂的博學多才也就是哄哄她這種目不識丁的愚婦。她以前真是愚蠢啊，對那種繡花枕頭動心。

「他辛苦得開心呢，隨他去吧。」肖文卿笑道。宇軒是天生的武將，適合軍營和戰場，做安逸的龍鱗衛真是悶死他了，難怪他會經常易容跑出去做龍鱗衛職權之外的事情呢。

「娘，爹爹……回家？」和小狗將軍抱在一起在地毯上打滾的瀟瀟，聽到母親和姨姨提到侯爺，便想起了爹爹。

「瀟瀟，你爹在軍營做將軍很忙，新年可能也無法回家了。」肖文卿道：「你要耐心等待，爹爹一定會回來抱你騎大馬。」

「哦。」瀟瀟聽了，繼續和他的小狗將軍嬉鬧。爹爹剛離開那幾天他很思念爹爹，不過現在嘛，爹爹老是不回來，他每天和小狗將軍玩得很開心，不想念爹爹了。

大慶朝京畿有除夕燒紙祭祖的傳統，肖文卿現在是墨家婦，不便再過去凌府給凌家祖先燒紙。下午時分，她穿著青衣抱著同樣穿青衣的瀟瀟去凌府，讓三哥凌宇樓和大姪子凌景泉領著瀟瀟進去給祖父叩頭，然後又匆匆帶著瀟瀟趕回來準備墨家的祭祖儀式。

一家之主，墨家唯一成年的男子不在家中，祭祖儀式如何舉行？祠堂外，按照傳統不能進祠堂的肖文卿再一次蹲下身教導瀟瀟道：「瀟瀟，你跟忠爺爺、秦爺爺進去，他們叫你跪下叩頭你就跪下叩頭，他們叫你上香你就上香。你爹爹在軍營趕不回來，你是男孩子，要代替爹爹給祖宗上香叩頭燒紙。」

「嗯，我會。」十五個月的瀟瀟回答道，好奇地往祠堂裡面張望，他活動的範圍在後宅鴻雲居附近，前院不常來，祠堂這種偏僻的地方他更沒有什麼印象。

「小侯爺，請跟我們來。」一身黑衣的秦放彎腰柔聲說道。他們這幾個親兵、老僕現在就在墨府中養老，侯爺和夫人都尊重他們，派人照顧他們的生活日常，他們的晚年生活很是幸福。老親兵有興趣就調教府中的年輕護院家丁，兩個老僕沒事就打掃祠堂，回憶墨府的過去，祈禱墨府的將來。

瀟瀟聞言轉身，抬頭挺胸地跟著秦放進去了。墨忠等人望著，心中讚揚，小侯爺小小年紀就有大將之風，墨大將軍後繼有人。

「大將軍，兩位少將軍，今日是除夕祭祖，你們的後代給你們上香叩頭了。」秦放躬身說道，開始主持儀式，墨忠年紀大、眼睛又不好，只能站在一邊聽著。

裡面，瀟瀟聽著秦放的話，很乖巧地進行祭祖的每一個步驟；外面，肖文卿領著丫鬟站在祠堂大門前，面前擺放蒲團，隨著兒子的跪拜而跪拜。女子在家被視為別家的人，女子出嫁還是被夫家視為外人。

這邊瀟瀟還在祠堂裡磕頭，外面聲音突然吵雜起來，跪著的肖文卿扭頭去看，就看到墨宇軒風塵僕僕地趕了回來。

「宇軒，你沒說要回來。」她高興說道。

在祠堂裡的瀟瀟扭頭看到父親，立刻一骨碌地爬起來往外跑，叫道：「爹爹，爹爹。」他好久好久沒看到爹爹了，爹爹一回來他便好想爹爹。

祠堂不能有武器和殺氣，墨宇軒將身上的披風和佩劍全解下來遞給身邊的侍衛，道：「今日除夕，我能趕回來就趕回來。」明日一大早，他會趕回軍營和武官、士兵一起過新年。

看到肖文卿跪在外面，而幼小的瀟瀟從裡面跑出來，墨宇軒眉頭頓時皺了起來。

「爹爹，爹爹。」瀟瀟興奮地抱住墨宇軒的大腿，仰著頭叫道。爹爹是大騙子，說十來天就回來，結果很久很久都不回來，娘說爹爹軍務繁忙，他要體諒。

墨宇軒一把把瀟瀟抱起來，笑道：「瀟瀟，一個多月沒見你又長高了不少，想不想爹？」

「想！」瀟瀟大聲道。

拄著枴杖的墨忠從祠堂裡走出來，瞇著眼睛道：「侯爺您及時趕回來真是太好了，請洗漱更衣祭拜祖先。」大將軍在天之靈看到孫子、曾孫都來祭拜一定很高興。

墨宇軒抱著瀟瀟道：「我知道今日要祭祖，在軍營中提前洗漱了。來人，打盆水讓我洗洗臉，我好進去祭拜祖先。」知道時間緊，他離開軍營之前特地跑去山中小溪裡洗了個澡，刮了鬍子、修了臉。

墨宇軒這裡吩咐，很快便有人打來了熱水。洗過臉上、手上的灰塵，墨宇軒環顧四周，然後對肖文卿道：「文卿，妳和我們父子一道進祠堂祭拜祖先。」

肖文卿微微一驚，不敢置信地望著墨宇軒，旁人全都愣住了。女人不進祠堂是古代傳下來的規矩，女人只有在出嫁那日進自家祠堂祭拜祖先，成親那天進夫家祠堂祭拜夫家祖先。另外還有兩種情況女人是可以進祠堂的，一是發生和朝廷誥命或者敕命婦人有重要關係的事情，那婦人可以進祠堂，二是女人犯了嚴重家規要被處以家法，被拖到祠堂裡進行。

墨宇軒朗聲道：「我是墨家之主，我要制定新家規，妻子可以進祠堂和夫婿、兒子一起祭拜祖先。」自從出繼墨家之後，他把家事全部交給文卿處理，文卿沒有婆婆壓制後放開手腳，將墨府管理得井井有條，將來他上戰場，萬一戰死沙場，也不用擔心墨家失去頂梁柱立刻衰敗下去。娶妻娶賢，他娶了賢妻就應該給予尊重。

「……」肖文卿激動地凝望著自己的夫婿，指尖微微顫抖。

「以後我若不在家，所有家族祭祀儀式可由夫人代我帶領小侯爺進行，除非小侯爺滿二十歲，同時也已經娶妻成家。」墨宇軒說完，一手抱著兒子，一手牽著妻子走進祠堂。男子二十歲並成了家，才能算是成熟的男子。

這是不是說，墨家男主人不在家中的時候，嫡公子想要當家作主，必須年滿二十歲並成了家？眾人心中暗忖。墨忠趕緊跟上，秦放快速進去，在祭桌前擺好三個蒲團。

燒香叩拜，燒紙。完畢之後，墨宇軒突然道：「拿家譜、家規和筆墨來。」

另一名老僕迅速取來存放在祠堂裡的家譜、家規，秦放知道侯爺要增添家規，可不知道他還要家譜做什麼，還是快速倒水磨墨。墨宇軒拿起筆蘸了墨，先把自己臨時想出來的家規寫進家規書冊中，然後翻到家譜記載自己名字的那一頁，在「娶妻肖氏」後面添加了「文卿」兩個字，然後道：「以後墨氏男子的正妻之名允許寫全。」他也給予所有進墨家門的媳婦同等的禮待。

肖文卿一臉平靜，只有雙眸晶亮如黑夜中最璀璨的星星。她的夫呀……怎能叫她不深愛！

雖然眾人覺得這不合乎傳統，不過他是墨家之主，他有權制定家規。從此，墨家婦在夫家家譜中的記載不再是某某氏，而是保留了全名，可以進去祠堂和夫婿一起祭拜祖先。

祭拜完祖先，墨宇軒領著肖文卿母子回後院用晚膳。他去更換上常服，肖文卿便在外面吩咐丫鬟等人擺宴。

「爹爹，爹爹。」瀟瀟連父親進去裡間更換衣裳那點時間也不放過，追著他直叫。

「瀟瀟，你在家乖不乖？」墨宇軒一邊更換衣裳一邊問道。一個多月不見，瀟瀟走路姿勢很穩健，已經熟練掌控了自己的身子。

「乖。」瀟瀟大聲道。

墨宇軒親暱地摸摸兒子的小腦袋，讚道：「爹爹回來看到這樣的瀟瀟心裡很高興，爹爹在軍營給你做了一把小木劍，等一下拿給你玩。」

瀟瀟頓時非常開心。「謝謝爹爹。」

「瀟瀟現在真懂禮貌。」墨宇軒很滿意地說道，瀟瀟口齒伶俐，簡單的事情已經完全可以和大人進行交流了。

「瀟瀟，爹騎來的大馬跑了八十多里路，很累了，這一次爹爹就不帶你騎大馬了。」墨宇軒和兒子商量道：「下一次行不行？」他離家前承諾回家後帶兒子騎馬，兒子的記性很好，肯定不會忘了。

瀟瀟立刻面露失望，不過馬上道：「好。」娘說過，爹爹是真正的將軍，軍務很忙，他長大了，要體諒爹爹的辛苦。

對兒子的聰明懂事，墨宇軒很是欣慰，心中同時更敬佩生養出這樣兒子的妻子。

趙奶娘不在，春麗負責晚上陪伴瀟瀟。墨宇軒和肖文卿在瀟瀟房中哄他睡著之後返回他們的寢室。

肖文卿坐在梳妝檯前由貼身丫鬟幫著她卸妝準備洗漱，墨宇軒在小廝的伺候下在隔壁洗漱。半晌，他穿著寢衣回房了，手中拿了一封信進來。

「文卿，妳辛苦了，我不在府中，府中全賴妳操持。」墨宇軒對也洗漱完畢換上寢衣的肖文卿道，溫和深情的語氣中透著一點感激。

「我是你的妻，替你管理府邸讓你無後顧之憂是應該的。」肖文卿溫婉地說道，眼光落到他手中的信件上。

「文卿，我現在明裡有八個侍衛，親兵隊伍裡另外還藏著十九個侍衛，他們都是失去家人的孤兒，父親將他們挑選回來訓練成家族侍衛，這些年來，他們忠心耿耿陪在我身邊，功勞不小。」墨宇軒道。

肖文卿平靜地聽著他的話。

察覺他有話要和夫人說，正在整理梳妝檯和衣裳的丫鬟抬頭，和端著一碗銀耳羹進來的丫鬟面面相覷，不知道要不要快些離開，不過看大人的意思，她們聽沒聽到都無所謂。

「這些侍衛最大的已經三十二，最小的也有二十二歲，到目前只有南飛和南陽成了親。」墨宇軒道：「他們當中的絕大部分將來會和我上戰場，所以我希望妳給他們說親，早些娶妻生子。」戰場生死難料，是男人都渴望留個後代在世間。

「宇軒，侍衛們有穩定的薪金，要說親也不難。」肖文卿猶豫道：「只是他們大多會和你上戰場，將來萬一……世上會多幾個無依無靠的孤兒寡母。」

「我們家大業大，養幾百個人不是問題。」墨宇軒道：「如果出現妳說的萬一，墨府會贍養他們的遺孀和兒女，遺孀如果要改嫁，只要把孩子留在墨府就行。」他鐵了心要給和自己朝夕相處、效忠自己的侍衛們成家留後；至於會出現寡婦他不管，只要侍衛們有後就行，侯府養得起那些孤兒，那些孤兒將來和瀟瀟一起長大，大多也會成為瀟瀟最忠誠的侍衛。

「好，只要你的那些侍衛想成家，我就替他們找媒婆說親。」肖文卿道。

墨宇軒將手頭的信件往肖文卿面前的小桌上一放，道：「這是那二十五名侍衛的名字和年齡，還有我對他們的瞭解。我和他們說過，讓夫人給他們說親、籌備婚事，他們其中有一部分人向我說過他們對姑娘的要求。」

「我知道了，也許我可以私下給那些姑娘畫肖像畫再送到你軍營去，讓侍衛們自己挑選新娘。」肖文卿說道，心中暗自搖頭。京城的媒婆大概從來沒有接過一批男子同一時間說親的吧？

「夫人，今日廚房給您燉了銀耳紅棗羹，您趁熱吃吧。」丫鬟海棠端著紅木托盤走到肖文卿面前，溫婉地說道。

肖文卿望望海棠，再望望梳妝檯邊的丫鬟百合，道：「海棠、百合，我和侯爺說的話妳們都聽到了，我以前也問過妳們，妳們說在家的時候還沒有說人家，妳們如果有中意又想嫁的不妨說出來，我讓侯爺先替妳們和妳們看中的侍衛說，如果他們不反對，親事就可以訂下。妳們兩人簽的是五年僱傭契約，那契約可以提前結束，不過要繼續留在我身邊，我加發月錢。」

海棠和百合面面相覷，雙頰飛霞，欲言又止。她們還沒有對某個侍衛有特別好感，平常也很羨慕水晶和瑪瑙能嫁給平民中的大人、朝廷無品級的武官，不過侯爺說了，侍衛們可能會跟他上戰場，可能會永遠回不來，她們需要考慮。

「過了新年我就找媒婆挑選姑娘，妳們如果決定好了就告訴我。」肖文卿道，端起每晚臨睡前必吃的銀耳羹吃掉，然後漱口，揮手讓她們退出寢室，自己朝寢床走去。

「文卿，小寶寶現在情況怎麼樣？讓我聽聽他的聲音。」墨宇軒說著，尾隨在她身後。小生命的成長太神奇了，他有時候喜歡將耳朵貼在妻子的腹部聆聽孩子的心跳聲，感受孩子的存在。

「孩子很好，比瀟瀟乖多了，我都沒有怎麼害喜。」肖文卿笑道，走到床邊朝他嫵媚微笑。

「真的？說不定是個乖女兒。不過沒有關係，是女兒我也喜歡。」墨宇軒環住肖文卿變粗的腰，手掌覆住她那有些凸起的小腹，他們的孩子正在裡面成長呀……

夫妻一個多月沒見，自然有說不完的渴望。墨宇軒辛苦趕了大半天路，肖文卿又有四個月的身孕了，兩人之間溫柔繾綣，一次纏綿之後便偃旗息鼓相擁而眠。

清晨，休息了一夜的侍衛親兵們用過早膳整裝待發。春麗昨晚知道墨宇軒今早就要出發，等墨宇軒和肖文卿起身洗漱就立刻把瀟瀟叫起來，快速給他換上新年的紅衣紅褲，領到主屋給墨宇軒、肖文卿拜新年。

「爹、娘，新年好，祝你們身體健康，萬事如意。」剃了桃子頭的瀟瀟抱拳躬身，一本正經地背完這些天母親和旁人教導他、他學說了很多遍的新年祝詞。

「瀟瀟，爹娘願你健康成長，將來考文、武狀元。」已經換好外出衣袍的墨宇軒很滿意地頷首，拿起肖文卿早就準備好的紅色錦囊，他彎腰遞給瀟瀟，笑道：「這是爹娘給你的新年紅包，你收下。」

「謝謝爹，謝謝娘。」瀟瀟彬彬有禮地說道，雙手接過父親遞給自己的紅包。他收過很多禮物，對錦囊紅包已經不稀奇了，他現在對昨夜爹爹給他的木劍很感興趣，只是娘警告他，木劍打到人很疼，不許對準人或者小狗將軍亂揮亂戳。

「瀟瀟快些來，和爹娘一起用早膳。」肖文卿道，命人給小侯爺盛紅米粥、剝雞蛋，然後讓他自己慢慢吃。

丫鬟端來了瀟瀟專用的小凳子和小桌子，春麗迅速取來圍兜給瀟瀟圍起來，防止他吃東西時弄髒身上的衣服。等她們準備好後，瀟瀟坐下來，一手扶木碗一手抓木匙，開始吃放了紅糖的紅米粥和剝了殼、用小刀切成很小塊的雞蛋。京城大年初一要吃圓子，今早的紅米紅棗粥裡面就放著圓子，只是他年紀太小，別人怕他噎著，不敢給他吃，特別挑了出去。

「瀟瀟，爹馬上要回軍營了，你娘要進宮朝謁皇后娘娘，你獨自在家要聽春姨、周總管、忠爺爺和秦爺爺他們的話，知道嗎？」墨宇軒叮囑道。看到兒子能夠自己吃飯了，心裡很高興，文卿教子有方，兒子的成長經常超過他的預期。

「我知道，爹。」瀟瀟點頭道：「我有將軍。」他除了和將軍玩耍，還親自給將軍餵食。

「瀟瀟真是聰明乖巧的孩子。」墨宇軒讚道，道：「吃飽了你就去前院給忠爺爺和秦爺爺他們拜個年。」秦放和墨忠他們是墨府最忠誠的老人，他們夫妻把這兩位當作長輩奉養，他們夫妻因身分和有事情不適合過去，便讓瀟瀟過去。

「我知道了，爹。」瀟瀟道，拿著木匙慢慢地吃，盡可能不把湯湯水水弄在桌子上，弄到自己的身上。

墨宇軒吃完早膳迅速接過小廝遞上來的毛巾擦擦嘴起身，道：「文卿，我回軍營了，府中事情妳多辛苦，若有事情，妳派人去軍營通知我。」

「嗯，府中有我你儘管放心。」肖文卿安慰他道，冷靜的眼中流露惜別傷感。自從他調任軍中，他們夫妻就聚少離多，等他出征，他們也許會一、兩年甚至三、五年不能相見。

看到爹起身，娘也起身，瀟瀟立刻放下木碗、木匙站起來。這個娘早就教導他，長輩起身，他絕對不可以繼續坐著。

「瀟瀟，你要聽娘的話，娘教你做什麼就學什麼，等爹爹回來考你。」墨宇軒走到瀟瀟面前親切地撫摸瀟瀟的桃子頭。既然瀟瀟有文卿和文聰姊弟那樣的聰明頭腦，那就應該早些啟蒙，讀書認字。

「是，爹爹。」瀟瀟說道，不捨地望著父親，恨不得上前抱住他的腿不讓他走。娘說過爹是將軍，有很多事情要做，他要快快長大幫爹爹做事。

侍衛們全在前院等候著，肖文卿帶著瀟瀟和一眾僕人將墨宇軒送出垂華門便目送著他離開。她用完早膳之後需要補妝更衣，然後進宮朝謁，等朝謁結束回來才能接受全府僕人的慶賀。

墨府和還在丁憂的凌府沒有關係，新年期間她有客人上門拜年，她也需要去關係比較近的貴婦家拜年。

元春之後是上元節，她新年一月的往來應酬很多，為了訓練瀟瀟的社交能力，在拜訪別家的時候那家如果有年齡相近的男孩，她還要把瀟瀟帶上。

出嫁女為父母守孝一年，女婿只須給岳父、岳母服喪三個月，大姊夫和六姊夫早就脫孝，春節期間肖文卿便帶著瀟瀟去兩位姑爹府上拜年。

劉學士府瀟瀟第一次去，他收到了六姑母、六姑爹、大表哥、大表嫂豐厚的見面紅包；到了蔡府拜見大姑母、大姑爹，一群比他大好多歲的孩童還要叫他表舅舅，等他理解表舅舅是什麼稱呼後，笑得非常開心。

第五十五章　待產

新年過後，肖文卿立刻派人把京城幾個有名的媒婆找來，告訴她們，侯爺要給他的侍衛們娶妻成家，讓她們給她介紹二、三十名適齡的姑娘來。

「別以為侯府一次給那麼多侍衛娶妻就會馬虎，本夫人要求那些姑娘容貌中上，溫和善良，心靈手巧，孝敬長輩，友愛兄弟姊妹。侍衛們和侯爺一起在軍營，他們很久才會回府一次，所以，妳們必須將那些姑娘領到本夫人面前親自過目。等本夫人相中了，會給姑娘家裡豐厚聘禮，同樣妳們的謝媒紅包也會很豐厚；妳們若是隨便找個品行不端、好吃懶做的姑娘欺騙本夫人，小心本夫人砸掉妳的牌子！」

肖文卿坐在前院大廳上對那些媒婆說道，溫和的語氣中透著高傲威嚴。她是侯夫人，鳳凰軍左軍副都統之妻，朝廷二品命婦，小小媒婆豈敢違背她的話？媒婆們自是不敢違抗，紛紛說自己馬上走街串巷尋訪有適婚女孩的人家，先親眼看看那少女，挑好了再領到夫人面前給夫人挑，儘管這很不合常理。

「姑娘的名聲很重要，本夫人會以招收新丫鬟之名見她們，妳們不許到處張揚，悄悄把人領到侯府來。本夫人也不讓那些姑娘白跑，來了就賞賜銀花簪一根和銀手鐲一副。」肖文卿說道，很大方先賞給這些媒婆每人五兩銀子，再次強調，這事情辦好了，她還會重賞。

重賞之下必有勇夫，媒婆們紛紛去找有姑娘的人家，瞭解姑娘品行，然後悄悄領到侯府給侯夫人相看。肖文卿的超強記憶力和繪畫功夫再次得以發揮，她將自己看中的姑娘一個個畫下來，畫像邊再寫上姑娘的名字、年齡、大致品性，然後分批派人送往軍營墨宇軒處。

軍營那邊，墨宇軒接到肖文卿派人送過來的畫像，便把侍衛們找來自己的屋子，將畫像分給他們看，表示夫人的肖像畫水準還是不錯的，畫像和真人會有七、八分相像；這些姑娘夫人都過目了，容貌品性應該都不會太差。

男女婚事，父母之命，媒妁之言，新郎、新娘在入洞房之前能見面的不多，能見到姑娘畫像他們已經很滿意了。打算成親或者有從眾心理，又或者被「逼著」成家的侍衛們紛紛看著姑娘們的畫像，誇讚夫人的繪畫水準，同時對著畫像相親。

三月分，墨府連續辦了四場婚禮，每一場都熱鬧非凡，因為是五、六對新郎、新娘一起拜天地。

等忙完了墨宇軒拜託的事情，肖文卿懷孕已滿七個月。

「娘，請您指正。」瀟瀟將自己寫好的字雙手遞給母親看。

「瀟瀟，寫字不能心浮氣躁，才練了半個時辰你就注意力不集中了。這個『凡』橫折彎勾寫得很難看，娘差不多不認識這個字了，你必須重寫十遍；還有『墨』字，上下結構不夠嚴謹，這是我們的姓，你給我再寫十遍……」肖文卿接過瀟瀟寫的字認真檢查，一一指出其中寫得不好的字，讓他重寫。

瀟瀟一歲半的時候宇軒親自給他啟蒙，然後給她訂下功課，讓她按照他說的教導瀟瀟。瀟瀟現在練字用的字帖是宇軒小時候凌丞相親自寫給宇軒用的，宇軒一直都珍藏著，在分家的時候全部帶到了墨府。

「娘，我手好疼，歇一會兒好不好？」瀟瀟苦著小臉哀求道，右手舉起來甩動。母親為了讓他安心寫字，讓養犬兵把將軍帶到別處去訓練，讓他心癢癢得很。

「你如果練字累了，我讓人給你削梨子吃，吃完了娘教你認識新字，等你手不疼了再繼續練。」肖文卿溫柔又嚴厲地說道。瀟瀟現在玩心很重，可是他已經長大到需要學習了，她必須嚴厲管教。

「娘……」瀟瀟可憐兮兮地望著母親，漆黑靈動的雙眸隱隱凝聚水氣。

「不許裝可憐，去。」肖文卿不為所動地望著他。

瀟瀟無可奈何，只好垂頭喪氣地走回自己的小書桌，乖乖地拿起筆端正姿勢，對照著據說是爺爺親筆寫的字帖開始寫字。

「夫人，您是不是對小侯爺太嚴厲了些？」坐在肖文卿身旁小圓凳上的春麗柔聲詢問道。

春麗如今也是別人堂堂正正的妻子了，侍衛選親那陣子夫人非要給她也介紹一個，她雖然一開始堅定拒絕，但挨不住夫人的勸說，而夫人也稍微透露侍衛們會隨著侯爺上戰場，嫁給他們有做寡婦危險，於是就同意了。侯爺找了幾個知道她原本身分的侍衛，其中有人願意娶她，她看了一下便就此嫁了。現在的夫婿忠厚老實不愛說話，不過對她很體貼，至少在表面上她是看不到他對她過去的鄙夷，她現在心中有個擔憂，那就是她在何府做姑爺通房的時候經常喝避孕湯藥，身子可能受損了，無法受孕。

「春麗，不是我對他太嚴厲，而是他身為侯府繼承人，必須這樣被嚴厲教導。」肖文卿喝了一口茶。「玉不琢，不成器，侯爺嫡長子的未來幾乎已經被決定好，我不能給侯府培養出一個紈袴子弟來，讓新的墨府不到三代就垮了。妳親眼聽到看到侯爺每次回來對小侯爺說的話、教導的事情了，妳應該知道侯爺對小侯爺寄予了多大希望。」

兩人低聲說話，儘量不影響瀟瀟。瀟瀟很努力地練字，將母親指定的任務完成，經過母親的檢查通過之後，才給母親行禮離開。

四月中旬，蓮湖碧綠一片，大腹便便、走路蹣跚遲緩的肖文卿，帶著貼身僕婦和大小丫鬟們在花園中散步鍛鍊身子。

活潑好動的瀟瀟拿著他的小木劍和狗將軍在她前後左右亂跑，嘴裡喊著「出擊，衝呀，將軍，快跑」，已經長大到有半隻成年雄山羊那般大小的狗將軍興奮地汪汪直叫，圍著瀟瀟跑，聽從他的命令、隨著他小木劍指向的方向飛奔。

一名養犬兵和四名年輕家丁緊張地跑在小侯爺和狗將軍身旁，小侯爺摔跤摔慣了，在平坦的地方摔倒也就磕破頭擦傷點皮，他們不緊張，他們緊張的是狗將軍萬一衝撞到懷孕的夫人那就闖大禍了。

害怕小侯爺和狗將軍不小心衝撞到肖文卿身上，丫鬟、僕婦們一起圍在肖文卿身前身後，坐在柳樹下休息的肖文卿，看著兒子健康活潑地呼喚奔跑，茁壯成長，心裡很是高興。

一名丫鬟走過來，朝肖文卿躬身行禮道：「夫人，管家讓人通報，睿王妃駕到，他正引領她過來。」

「快快有請。」肖文卿吩咐道，臉上露出一絲驚訝。以前她和內命婦王妃們都是泛泛之交，自從前太子被貶成東海王後，諸位王妃紛紛和她主動往來起來，自家府中有什麼交際活動，大多都會邀請她，她這邊能去儘量去，不能去也會備一份豐厚禮物送過去表達歉意。瀟瀟沒有大肆做周歲宴，王妃們還是都送了禮物，她在去年的賞菊品蟹宴邀請了她們算是回禮。她現在在府中待產，除了大姊、六姊和弟妹會過來探望，別人都不過來打擾她了，只在想起她時送些禮過來。

肖文卿蹣跚著走到鴻雲居等候，不一會兒周管家恭敬地領著坐在轎椅中的睿王妃進後宅了。睿王妃沒有帶很多隨從，身後就跟著四名手中捧著禮物的丫鬟。

「妾身拜見王妃娘娘。不知王妃娘娘要來，妾身有失遠迎，還請見諒。」肖文卿走到院門前迎接，恭謹地向下轎椅的睿王妃行禮。

「文卿，快些免禮，是我突然過來，讓妳意外了。」睿王妃下了轎椅之後立刻上前兩步將懷了八個月身孕的肖文卿扶起來，一臉和氣地說道：「妳即將臨盆，別隨意地彎腰勞累。」她保養得很好，雖然年過三十五，容貌看起來才剛三十出頭；她和人說話語氣和藹親切，很容易讓人產生親近感。

「謝謝娘娘關心，娘娘請裡面坐。」肖文卿恭謹地說道，請這位平易近人的王妃進去鴻雲居。瀟瀟玩得渾身是汗，她讓奶娘帶他去洗澡了。

睿王妃頷首，和肖文卿一同進去。主賓坐下，丫鬟奉茶，睿王妃說明來意。「我家王爺做監軍，和侯爺一起去攻打三百里外一個叫黑風寨的土匪窩了，他臨行前再三叮囑妾身，要多多過來探望懷有身孕的妳。」睿王妃握著肖文卿的手關切道：「妳肚子這麼大，還是雙胞胎，一定要多加小心。」

宇軒領兵清剿土匪強盜肯定是在練兵，只是睿王殿下一直都是做文官，怎麼會去做宇軒軍隊的監軍？嗯，這一定是皇上希望他們哥倆好，好讓宇軒未來的榮華富貴有保障。肖文卿聽了臉上露出微笑，柔聲道：「謝謝王爺、王妃關懷。」

宇軒喜歡聽聽她腹部孩子的心跳，感受小生命的存在，他聽過很多次瀟瀟還在她肚子裡時的心跳聲，現在每次回府都要聽一聽新孩子的心跳。由於他是習武者，耳朵聽力超越常人，真的能聽到胎兒的各種聲音，他以前聽得多了，某次他聽著新孩子的聲音感覺不對，不放心便迅速找太醫給她把脈看診。太醫把脈，女太醫觸診，討論之後說她可能懷了雙胞胎，所以她一個人身上會出現一大兩小三個心跳聲。

一次懷雙胞，宇軒喜不自勝，又更擔心她的生產安全，吸取前一次經驗，他要求她進入孕期九個月後便把穩婆叫進府中等待，現在她才八個月，不急著把人叫進府中住下等待接生。

「妳畢竟生過一個孩子了，這一次也必然如上一次那樣順利平安。」睿王妃笑了一下，指著一名丫鬟手中捧著的雪白織布，介紹道：「文卿，這是蘇林布，宮裡今年進貢的新式織布，做成貼身內衣非常吸汗透氣。由於這種布料才剛剛出現，出產地蘇林那邊也是嘗試著進貢了五十疋。我想著妳這邊也許還沒有，就帶了一疋過來，妳可以給自己和侯爺、小侯爺做內衣，也可以給小寶寶們做尿布。」

肖文卿立刻欠欠身，道：「謝謝王妃娘娘賞賜。」她知道蘇林今年進貢的新式織布，因為皇上派小太監送了兩疋過來，說是賞給活潑好動、衣裳經常破掉的小侯爺做新衣。

睿王妃介紹了其他三名丫鬟手中的禮物，禮物有給肖文卿的也有給瀟瀟的，肖文卿笑著謝過，讓春麗將禮物接過來拿到裡屋去。

「文卿，妳的兩個孩子乖不乖呀？大概再過一個多月，他們就該出世了。」睿王妃和善地說道，溫和的雙眸中隱藏羨慕。現在京城貴婦人，尤其是年輕的、成親不久的，她們都在羨慕肖文卿得到夫婿真情，夫婿為了她不肯納妾；而肖文卿現在的情況是上無長輩壓制，下有一個兒子撐腰，腹中又懷著雙胞胎，別人沒有理由要求她一定要給夫婿納妾繁衍夫家。

幸福地撫摸自己高高挺起的腹部，肖文卿柔聲道：「這兩個孩子都很乖，妾身並不是特別辛苦。」由於宇軒的拜託，也可能是宮中某人的悄悄吩咐，女太醫每隔十天半月就主動過來給她檢查身子，及時調整她的膳食，她的情況一直很好，只是她懷孕月分越來越大，晚上翻身艱難時就特別思念宇軒，如果他在，他都會幫她翻身的。

「文卿啊，妳真是個幸福的人。」睿王妃道，開始和肖文卿嘮嗑。

肖文卿笑著和她應酬，兩人從今年貴婦圈子新消息聊到了孩子身上。睿王妃說小侯爺長得真快，轉眼就要兩歲了，她兒子兩歲時怎麼怎麼樣。

瀟瀟洗過澡之後便過來拜見母親，肖文卿把他教得很好，不等肖文卿要他給睿王妃行禮，他已主動躬身拱手作揖，伶俐地說道：「瀟瀟拜見王妃娘娘千歲。」

「瀟瀟你真懂禮貌。」睿王妃驚喜道：「不愧是你爹和你娘的兒子。」她把瀟瀟扶起來拉到近前仔細端詳。「好久不見，瀟瀟你又長高了，我聽說你已經開始讀書寫字了，是真的嗎？」

瀟瀟望望母親，乖巧地說道：「是母親教得好，瀟瀟才認識了字。」

「這小嘴，真是會說話。」睿王妃親暱地捏捏瀟瀟肥嫩的臉蛋，笑著問道：「瀟瀟，你現在認識多少字了？」

「九百零七個。」瀟瀟興奮道：「爹爹說，等我認識一千個字，他就帶我去軍營玩一天。」

「乖乖，你已經認識九百個字了呀。」睿王妃驚訝地把瀟瀟抱到膝蓋上坐好，誇讚道：「你比你小舅舅還要聰明，是個小天才。」

瀟瀟立刻謙虛道：「娘娘過獎了。」

「文卿，妳真會教孩子，小侯爺被妳教導得謙虛懂禮貌。」睿王妃感慨道，皇上喜歡墨侯爺父子不是沒有理由的。

肖文卿淺淺一笑，道：「王妃過獎了。」

睿王妃在墨府和肖文卿母子聊天，她看到肖文卿稍稍露出疲態便起身告辭，肖文卿帶著瀟瀟將她送出鴻雲居。

之後隔了七、八天，睿王妃又來了，還帶來了兩個御用穩婆。她說擔心肖文卿懷雙胞生產艱難，聯絡到宮中的兩名御用穩婆，宮中現在無妃嬪懷孕，御用穩婆都沒事做，就先過來伺候定北侯夫人。

後宮的御用穩婆豈是一個王妃可以隨意調動的？皇后娘娘是後宮之主，難道不知道她私下的行為，或許，這又是某人的暗中指使？

皇后也許也想到了這個可以讓宇軒和她感激的辦法，卻不能採取行動；睿王有皇上支持著拉攏執掌十萬士兵的宇軒，而讓他的王妃積極和她走動，秦王和皇后娘娘豈能看不出什麼來？他們豈能看著皇上選立睿王為新太子？

朝廷後宮潮流湧動，宇軒想置身事外都不行！肖文卿擔憂墨家被皇家內爭牽扯進去，可作為一名婦人，她只能旁觀，等待以後塵埃落定。

五月初二，清晨，懷孕還不足九個月的肖文卿起身時感覺腹部特別沈，往下的墜感很明顯，有過生產經驗的她先是告訴伺候自己的雲三娘，然後又把住在院中待命的兩個御用穩婆叫來給自己檢查身子。

「夫人，您可能要早產了。宮裡兩位太醫有您的檢查記錄，我們兩個都看過，您現在滿打滿算是九個月，比預產期早了近二十天。」經過皇宮特別訓練，接生經驗豐富的御用穩婆說道：「懷雙胞胎的孕婦常有早產情況出現，請別驚慌，先派人把產房佈置好。」

肖文卿鎮靜地頷首，道：「我明白了。春麗，妳馬上帶領幾個下人把預備做產房的屋子清理乾淨。」因為覺得還有二十幾天才生，她只讓人稍微清理了一下產房，產房裡還沒有完全佈置好。

「是，夫人。」春麗福了福身，快速離開。

雲三娘問肖文卿道：「夫人，您要不要派人通知一下趙老夫人和肖夫人？」趙老夫人是夫人的乾娘，上一次夫人生產的時候老夫人就在場；肖夫人就是夫人大弟肖編修的妻子，是娘家人，應該也通知一下。

「我才有生產跡象，就暫時別叫她們兩個了。」肖文卿扶著腰笑道。

「生產是大事，等夫人陣痛進產房之後，我讓人去請她們兩人過來。」雲三娘道。

「嗯，這事情就由妳辦吧。」肖文卿頷首道，讓人為她準備早膳。

「娘，早安，弟弟、妹妹們好嗎？」瀟瀟由趙奶娘領著過來給肖文卿請安。因為他懂事得早，所以知道母親大肚子是因為弟弟、妹妹在裡面，要等他們出來他才能做哥哥。

肖文卿笑道：「瀟瀟，坐下和娘一起用早膳。」

「謝謝娘。」丫鬟端來特製的高腳椅後，瀟瀟很規矩地坐到肖文卿的旁邊，他現在每天起床後先去給將軍餵食，然後才到母親這邊請安用早膳。

母子用完早膳後，肖文卿道：「瀟瀟，昨日娘教你的那首詩歌你可會背了？背給娘聽。」雖然她肚子有些墜得難受，但一點也不放鬆對瀟瀟的功課檢查。

「娘，我會背了。」瀟瀟自信地說道，開始背誦昨晚娘教給他的古代詩歌，娘教他的東西都好簡單，他絕大部分時間還是用來練字。

等瀟瀟背完，肖文卿立刻誇讚了他兩句，然後讓僕婦把她的筆墨紙硯拿來，開始將詩歌中沒有教過瀟瀟的十個生字寫出來教瀟瀟認識。瀟瀟的記憶力確實像她和文聰，簡單的東西只教一遍他就會了，他無法理解的，她只要講解清楚，他便也能馬上記住。瀟瀟的學習速度很快，正常按部就班的教育不適合他，再過三年，等他五歲的時候，她必須讓他專門拜到鴻儒門下學習才行。

「娘，我都會了，我是不是把這十個字每個寫上五十遍就可以玩了？」瀟瀟興沖沖地問道，只要他完成母親佈置的功課，就可以盡情地帶著將軍在府中玩了。

「瀟瀟，娘這邊有事，你回你屋子去練字。這十個字你都寫上五十遍，然後另外按照你爺爺留下的字帖寫一百張大字。」肖文卿道，她這邊要開始忙碌了，無暇管瀟瀟。

不敢置信地眨眨眼，瀟瀟驚叫起來。「娘，我以前每天練三十張大字的，今天您為什麼要我寫一百張？」

「因為……」肖文卿頓了頓，決定不瞞懂事的兒子。「瀟瀟，你今日可能就要做哥哥了，娘可能要好些天不能管你，所以提前把你的功課佈置給你。」

「真的，弟弟、妹妹今天出來陪我玩？」瀟瀟頓時瞪大眼睛望著肖文卿的肚子。水晶姨和瑪瑙姨大肚子的時候只生一個小寶寶，還是他娘厲害，一次就生兩個。

「也許晚上或者半夜吧，娘今日要讓你弟弟、妹妹出來。」肖文卿道：「你現在就回屋子去寫，寫完一些後就和將軍去花園玩一會兒，玩過之後再繼續寫。娘這邊等一下會有很多人，你別過來打擾。」

「娘，我一直都很乖呀，不會打擾別人的。」瀟瀟好奇地說道。

「瀟瀟，乖，聽話，回屋去。」肖文卿一直都知道兒子好奇這件事情，可這種事情還不適合他知道，便催促他離開。

「小侯爺，夫人讓您回屋練字。」趙奶娘笑著說道，雙手輕輕按住瀟瀟的肩膀，示意他該回去了。

「是，娘，我回屋了，弟弟、妹妹出來您一定要告訴我。」瀟瀟噘著嘴巴道，還是很有禮地給肖文卿拱手行禮，然後跟著奶娘走了。

肖文卿看他離開後，讓雲三娘攙扶自己起身，然後在鴻雲居裡散步。她生瀟瀟時是半夜突然陣痛，然後陣痛斷斷續續了四個多時辰就生出來了，生得很順利；現在腹中的兩個孩子，她害喜症狀不重，希望他們如哥哥那樣平安出生。

肖文卿從午休中突然醒來，立刻對守在身邊的春麗和雲三娘道：「我陣痛了。」她腹部突然痛起來，睡得警覺的她瞬間便醒來了。

春麗立刻道：「夫人，產房已經全部整理乾淨，請放心使用。」她迅速拿來肖文卿的外套，幫她穿上。

雲三娘很機靈地用力攙扶起肖文卿，道：「夫人，我扶您過去。」

春麗急切對站在一邊的小丫鬟道：「妳快些去衣箱把夫人預備要更換的衣服準備好。」說著，她和雲三娘一左一右將肖文卿往隔壁產房扶。走到門前，她又吩咐站在外面的一個小丫鬟。「夫人要生了，妳馬上去叫穩婆到產房。」夫人午休之前，兩名御用穩婆都替她檢查過，然後認為沒事，便沒有守在夫人身邊。

「是，春麗姊。」那丫鬟說道，趕緊去叫穩婆。

整個鴻雲居立刻忙碌起來，因為夫人事先吩咐，大家說話儘量壓低聲音，經過小侯爺的屋前時都不說話，快速走過。

在屋裡守著小侯爺的趙奶娘走出外面看看，又轉身進去，還把房門關好。小侯爺很好奇，問過她好幾回弟弟、妹妹是怎麼從母親肚子裡出來的，她支支吾吾無法回答。現在他正在午睡，她希望他多睡一會兒，最好一覺睡到夫人把孩子生下來。

「嗯，嗯……」產房裡的肖文卿低聲呻吟，忍著腹部傳來的一陣陣宛如要將下半身拆散的劇痛。

春麗和幾名有過生養經驗的僕婦都在屋裡照顧她，兩個御用穩婆反而老神在在地坐在一邊等候。穩婆們說了，雖然夫人是早產，但懷雙胞胎的孕婦早產是很正常的事情；她陣痛這才開始，等宮門開了才能生產呢。

肖文卿也是有經驗的，陣痛間隙努力保存體力，餓了便讓春麗餵她吃些糕點、喝口水，陣痛起來，她咬牙忍受。陣痛間歇時間越來越短，痛感越來越強烈，好像腹中的兩個孩子在裡面拳打腳踢，痛得她冷汗一股一股地往外冒，身上的汗水漸漸將衣服浸濕了。

陣痛好像永無止境，肖文卿竭力忍耐，還是不斷呻吟出聲。

宇軒，我們的孩子要出生了，你在哪裡？回來，回來呀……

她不斷張嘴呼吸，雙手緊緊揪住身下的雪白床褥。

「張穩婆，我家夫人疼得厲害……」春麗急切道：「還要等多久呀？」

「我剛檢查過，已經有少許羊水出來了，可是宮口才開了兩指，還需要等。」張穩婆道。她只是接生婆，孕婦宮口沒有打開，孩子下不來她也沒有辦法，生孩子這事情，急不來。

「夫人，您堅持，孩子很快會出來的。」春麗握住肖文卿的手顫聲安慰她道。

上。

「嗯。」肖文卿緊緊抓住春麗的手，那被汗水打濕的幾縷髮絲黏貼在她的額頭、臉頰

時間如蝸牛般一點點爬過，肖文卿先是聽到自己乾娘急切又大聲的嗓門，大嫂安慰她的聲音，不久後又聽到了弟妹展緋靈膽怯的聲音。她們都來了呢……

感覺到被關懷，肖文卿好似獲得了力量，有信心度過這一次生死難關。

第五十六章　包子

得知夫人陣痛將產，墨府眾人就在焦急等待。傍晚時分，不知道從何處得到消息的睿王妃親自過來了，還帶來了兩名太醫，其中一名就是給肖文卿摸胎的女太醫。

夫人羊水、血水越流越多，可是夫人產道宮門始終無法全開，兩名御用穩婆也著急了，太醫的到來讓她們喜出望外。

白髮太醫給肖文卿把脈開藥效更強的催生湯，女太醫捲起衣袖洗乾淨手，在肖文卿的腹腿間扎金針刺激穴位，肖文卿此時已經疼得下身除了陣痛什麼也感覺不到了。

外面天色逐漸暗了，產房裡昏暗一片。一名穩婆舉起蠟燭打光，另一名穩婆趴下來檢查宮口打開情況。這一看，她頓時倒抽一口冷氣，呆滯地抬頭對女太醫道：「我看到了胎兒的手臂，侯夫人胎位不正。」

「果然還是不正。」女太醫嘆氣道，臉色嚴肅凝重，摸胎位的準確率本身也不是特別高，要不然宮裡也不會有宮妃難產而死。

肖文卿雖然精疲力盡，但神志清楚，聽見穩婆和女太醫的話，頓時心中大震。宇軒是她命中的大貴人，難道他不在她身邊她就有生命危險嗎？

春麗顫聲道：「顏太醫、張穩婆、劉穩婆，侯爺視夫人如至寶，他不能失去夫人。」

這是要保大嗎？女太醫心中搖頭，僕婦沒有權力決定流淌侯爺血脈的孩子死活。

「我們盡力。」兩位穩婆異口同聲道，打起精神來準備接生。

「夫人，您別太緊張，宮口現在才開了三、四指，等開到五指，我們嘗試給您轉胎位。」張穩婆安慰肖文卿道。

「我知道。」肖文卿深吸一口氣，冷靜道：「顏太醫，張穩婆、劉穩婆，如果實在不行，請你們保我的孩子。」

「夫人，不，不能這樣。」春麗驚恐地說道。

「嗯……」肖文卿痛苦呻吟了一聲。宮裡的后妃身分尊貴，所懷的又是皇上龍裔，宮裡的太醫、穩婆當然是整個大慶最優秀的，她要相信她們。

「屋裡越來越黑了，妳們多點幾支蠟燭。」張穩婆道：「顏太醫，請關注夫人脈象。」她開始按摩推壓肖文卿高高挺起的腹部，努力先保證一個胎兒的頭能對準子宮口，這個外回轉術對單胎孕婦有效，對雙胞胎孕婦……

顏姓女太醫頷首，讓春麗走開，自己坐到肖文卿身邊，伸手抓住她的手。春麗六神無主，只能和雲三娘一起清洗染血的毛巾，再將乾淨的毛巾遞給穩婆。產房裡孕婦痛苦呻吟，女太醫臉色凝重嚴肅，兩個穩婆越來越焦急；產房外還不知道產房內的危險，因為孕婦陣痛時間長，她們都被邀請到堂屋裡坐下歇息。

月上樹梢，往常這時候墨府已經熄燈入眠了，此刻鴻雲居燈火通明宛如白晝。產房裡的人精疲力盡，肖文卿的呻吟聲都聽不見，在外等待的眾人都快急瘋了。

一臉疲憊的女太醫終於從產房中，沙啞著喉嚨問道：「侯夫人難產，羊水已經流得差不多了，胎兒始終下不來，請問貴府，保大人還是保孩子？」

眾人頓時全都傻眼了。

硬撐睡意不肯回房睡覺的瀟瀟，只聽明白女太醫問大家保護大人還是保護孩子，陡然喊叫道：「娘，我要娘，我不要弟弟、妹妹！」

事關墨府子嗣，別人不能隨便瞎說，肖文卿的乾娘趙大娘顫聲道：「太醫，真的不能保全大人和孩子？」

「侯夫人已經沒有力氣了，全憑意志在支撐。」女太醫無奈地說道。

「保大人！」站在眾婦人後面的一個男子陡然道：「孩子可以再有，大人沒了就沒了。」

眾人轉頭，就看到肖文樺那文雅俊秀的面容堅毅果斷。

兩位太醫都搖頭，白髮太醫道：「肖編修，你姊弟情深大家能理解，可這是墨家的事情，輪不到你作主。」

墨府沒有長輩，侯爺在外，小侯爺才兩歲，現在府中根本沒有作主的人！眾人急得如熱鍋上的螞蟻，可是越拖，大人和小孩就都越危險。睿王妃垂眸思忖了一下，毅然道：「兩位太醫，你們醫術高明，裡面的穩婆們也都是宮裡最好的穩婆，你們盡可能保住他們母子，實在不能，保大人。」

白髮太醫皺眉思索，猶豫不決，宮裡某人希望侯夫人的位置能騰出來，更希望目前侯府存活的孩子越少越好。

陡然，一個黑色身影從外面衝了進來，舉著手中的一封信，氣喘吁吁道：「侯爺有令，如果夫人難產，一定要保住夫人。」

「丁伯！」趙大娘驚喜道：「侯爺在外面都知道文卿難產了？」宇軒真是文卿的貴人！

外管事丁伯顧不得擦臉上的汗水，喘著氣地說道：「諸位，我家侯爺一個多月前特地給了我他的親筆信，說如果夫人生產遇到危險，而他又正巧不在府中，我就帶他的親筆信命令穩婆保夫人。」

侯爺兩歲的時候他就伺候侯爺了。近三十年，侯爺對他的信任到了無以復加的地步，因為他三兩天就要到夫人面前彙報一次外面事務，所以就把親筆信交給他。夫人的原定預產期沒到，他原本沒擔心，他今日在外面核帳，和客人喝了酒之後才回來，回到侯府才知道夫人突然早產，便急忙取來侯爺親筆信到後宅來。才踏進鴻雲居大門就聽到眾人在說保大保小，頓時嚇出一身冷汗，急忙先叫起來。

「我們明白了，一定儘量保住侯夫人。顏太醫，妳對侯夫人使用通天針、腦清針，再在合谷、三陰交、缺盆、昆侖扎長針……」白髮太醫沈聲吩咐道，和顏太醫眼神交流。如果是皇族，尤其是在宮裡，除非皇上特別吩咐保大人，否則太醫和穩婆總是優先保護胎兒，在胎兒危險的時候甚至破腹取胎；因為對皇族男人來說，妻妾隨時可以替換，孩子卻是繼承他們血脈的人。

顏太醫頷首，迅速進去，一炷香時間後「哇，哇……」當聽到嬰兒的哭聲，外面的人知道至少有一個孩子平安出生了，只是他們都不知道肖文卿情況，都高興不起來。一會兒工夫，另一個孩子的哭聲也傳出來了，兩個孩子都是活產，產婦情況又是怎樣？

裡面的太醫、穩婆、春麗和雲三娘都沒有空抱孩子出來，一刻鐘之後，顏太醫臉色蒼白地走了出來，宣佈道：「侯夫人有些血崩，不過已經大致止住了；兩個男孩目前都活著，後出生的有些羸弱，需要加倍照看。」

等待的眾人大喜，立刻開始按照醫囑照顧產婦和孩子起來。

半夜之後，客人們陸續離開，侯府眾人這才開始安歇。

鴻雲居的僕人們分成兩班看護侯夫人和兩個新生的小公子，只要侯夫人平安度過最初的七天，雙胞胎小公子們健康地活過滿月，侯府眾人才能真正放心。

肖文卿畢竟是成年人，又有太醫和僕婦的精心照料，很快就度過了太醫擔心的危險期。墨府眾人和墨府的親戚們最擔心的是三公子，因為他體質弱，有夭折危險。值得慶幸的是，他卻好像繼承了墨家武將的強健體魄，除了出生時窒息得差點救不回來，之後吃得多、長得快，到了二十多天的時候便和他雙胞胎哥哥一樣大了，兩個孩子放在一起，若不是身上衣服不同，別人也看不出誰是哥哥、誰是弟弟。

照料兩個新生兒的太醫看到三公子越來越健康，便笑著告辭回太醫院覆命了。

肖文卿得知小三沒有夭折之憂，心裡頗為高興；聽奶娘們說，三公子目前對外界的反應和二公子差不多，肖文卿覺得小三腦子沒有因為窒息時間太長受到損傷，心裡放心，便安心地坐月子了。只是她這一次真的傷了根本，月子坐到臨近孩子滿月，被人攙扶著下床走幾步還會頭暈氣喘。

定北侯府二公子和三公子滿月那天，侯府大門大開，上午時分客人就絡繹而來，雖然侯府男主人不在京城，但男賓們知道劉學士帶著肖編修代替昔日的小舅子招待客人，還是親自上門祝賀。

皇上給墨宇軒次子賜名墨雲龍、三子墨雲鳳，賞賜無數，旁人看著，有妒忌的、有羨慕的。

七月夏末，鳳凰軍營左軍部分士兵隨著副都統墨宇軒和監軍睿王剿匪，得勝歸來，勝利品很多，自身損失小得可以忽略，鳳凰山軍營都統和其他副都統諸多副將、參將終於承認墨宇軒的領軍能力，讚他不愧是流著定北戰神墨大將軍的血，由百官之首凌丞相精心培養的智將，鳳凰左軍十萬士兵交由他指揮他們放心。

士兵歸營之後天色已晚，睿王要回王府，和墨宇軒約定明日上朝向皇上彙報此次剿匪結果。墨宇軒將他送出軍營，然後返回軍營和將士們喝慶功酒。次日，墨宇軒和兩名副將帶著各自的侍衛親兵和三百名士兵全副武裝地進入京城，向京城的民眾宣佈他們回來了。

金鑾殿上，墨宇軒和睿王一起參拜皇上。皇上滿臉笑容地嘉獎了他們，派人去軍營犒勞這次出戰的士兵。

本來剿匪只是地方戰鬥，不過那盤踞在黑風嶺的強盜土匪特別難對付，那邊地理又複雜，官在明、匪在暗，官府剿匪幾次都損兵折將。這次墨宇軒帶兵過去三個月，就把土匪老巢和幾個秘密巢穴全部清剿了，八名匪首死了六個、重傷並活捉了兩個，算是給地方除了一大害。皇上有心要給墨宇軒和睿王增添政治資本，便讓這個剿匪成了大功一件。

下朝，皇上留下墨宇軒、睿王、兵部、戶部、工部、禮部尚書，幾位將軍……君臣眾人在御書房中討論增兵大慶西北邊關，出征北川的適當時機。

北川國自從新帝登基之後便對中原一直虎視眈眈，北川軍隊每年春季都要越過邊界燒殺搶掠。大慶皇上和重臣十年前就有了狠狠教訓強盜鄰居，最好是能把這個王朝徹底打殘打散的念想，只是大慶已經三、四十年沒有用兵，昔日作戰經驗豐富的將領大多衰老，所以邊關那邊一直是以防守為主。

大軍未動，糧草先行。一旦開戰，糧草、布疋、武器、戰馬……國家物資損耗巨大；皇上又因為自身年老，對外興兵極為慎重，所以雖然朝廷在訓練軍隊，給士兵更換槍械馬匹，工部積極製造各種武器裝備，但這個計劃一拖再拖。從前年開始，皇上才勒令戶部核查大慶幾個富庶地區的糧庫儲備，命令幾大軍營加強士兵訓練，為大型戰爭做最後準備。

因為討論軍務，所有參與者全部留在宮裡用膳，下午繼續討論。傍晚時分，年紀頗大的幾位大臣都面露疲憊，皇上也體力嚴重不支，不得不宣佈明日繼續。他對留下來和自己一同用晚膳的墨宇軒和睿王道：「歲月不饒人呀，朕老了。」說時，他那老年斑極為明顯的蒼白面容滿是歲月的滄桑。

「沐兒，朕精力有限，關於出兵北川一事，你替朕多和諸位尚書、將軍們聯繫，你年紀輕、經驗少，要聽他們的建議。」皇上意有所指道：「兼聽則明，偏信則暗，為君者應廣開言路，從諫如流。」

睿王雲沐立刻起身躬身作揖，顫聲道：「父皇身體安康，一定能親眼看到我大慶軍隊馬踏北川得勝還朝。」

皇上撫摸稀疏的鬍子。「沐兒，朕很看重你，你莫要讓朕失望。」他已經為繼承人鋪好一半的路了，以後就看繼承人能不能壓制諸位兄弟掌控諸位大臣了。青河道長對睿王面相的判詞是堅毅隱忍、心思縝密、勤勉較真，對睿王嫡長子、十皇孫的面相判詞是，睿智英明、公平公正、謙虛大度。青河道長說任何一個算命相士都不敢說自己算命相面一定準確，青河道長對皇族祖孫三代相面只寫簡單判詞，他就從諸位皇子、皇孫的判詞中挑出了睿王父子，作為他雲氏皇族的繼承人。

「父皇，孩兒絕不讓父皇您失望。」睿王立刻跪下，激動地向皇上表明自己有能力。

皇上親自把睿王扶了起來，讓他坐下，然後轉頭對墨宇軒笑呵呵道：「宇軒，說起來，朕到現在還沒有見過你的妻子和新生的雙胞胎兒子呢。等你妻子身子好了，朕讓淑妃找個理由把你妻兒全宣進宮來，朕要瞧瞧，是什麼樣的女子能生出雲麟這般聰明機靈的孩子。」青河道長對宇軒的相面判詞是剋母、命貴不可言、對君對家都忠心忠誠，將來要官封王侯，所以他用起來很是放心。男女有別，君無事不見臣妻，他想要見墨宇軒忠誠專情以待的妻子、肖天才的親姊姊、小侯爺的母親，還需要透過宮中后妃才行。

「是，皇上。」墨宇軒抱拳點頭。

睿王驚訝父皇為什麼要見臣子的妻子，有道是君無理由不見臣妻，父皇一直把宇軒當子姪寵愛，看看宇軒的兒子們就行了，沒必要看生出這些兒子的宇軒之妻。

因為墨宇軒另有軍務，皇上便讓他軍營、朝廷兩頭跑，於是他十天在軍營，十天在京城。在京城是每日上朝，進出兵部、工部，清晨出門傍晚回府，就和以前做龍鱗衛差不多，不同的是，他現在是軍中二品副都統，龍虎將軍，出行可以正大光明地帶上二十幾個穿甲佩劍的侍衛親兵。將軍威儀，讓那些出身世家，坐領虛職吃閒飯的小官無比羨慕妒忌。

九月十八日，四十出頭的睿王納第三名妾室。芳齡十七的妾室出身崔氏，為崔氏家長嫡次子所生的嫡女，皇上特敕封這名崔氏為側妃，地位僅次於睿王正妃。皇族不比普通官員，封了王的皇子側妃也是有品階的，納側妃之禮也非常正式隆重，雖然崔側妃和睿王不拜天地，乘坐的是桃紅色的豪華大花轎，但嫁妝十里紅妝運入睿王府，盛況遠勝過睿王妃嫁給睿王時。

前來觀禮吃喜宴的肖文卿冷眼旁觀，為面露微笑看不到真實情緒的睿王妃心疼。

九月二十一日，瀟瀟在府中做兩周歲，只有爹娘和一群侍衛叔叔、嬸嬸給他祝賀。十月初九，皇上冊立新太子，賜諸王封地，令太子冊立大典之後諸王離開京城前去封地。

十一月，只生了一名小公主的崔淑妃晉封貴妃，代生病休養的皇后娘娘執掌六宮。十一月十五日，朝廷命婦進宮朝謁，不去宮門緊閉的昭陽宮，而去崔貴妃的宸玥宮。

肖文卿身子康復，正常朝謁，崔貴妃對她頗為關切，留下她和親戚中的兩名命婦，景康公主嫡長媳慕容氏和景康公主之女雪怡郡主慕容如玉，這對姑嫂一起用御膳。

崔貴妃如尋常長輩一樣向很少進宮同用御膳的肖文卿介紹御廚的手藝，和善地嘮叨其中優缺點，並還勸肖文卿別拘束。崔貴妃聽說肖文卿還在藥補，叮囑肖文卿，如果這裡有她忌嘴的菜就提出來，她讓廚房另外做別的端上來。

肖文卿作為被賜宴的人，哪裡會失禮地挑剌，她現在身子康復了，宇軒要她冬令進補，讓府中廚師給她食補，她就算在宮裡吃了和食補有衝突的御膳，也不會有太大影響。

用完一頓豐盛的御膳，崔貴妃領著公主和三位命婦到朝南向的溫暖暖閣裡打馬吊。這個是有錢婦人必備的交際遊戲，肖文卿在還是何大少夫人丫鬟的時候就站在一邊看會了，只是沒有機會玩，後來到了劉夫人那邊磨練過技巧，出嫁後和夫人們應酬時經常玩。由於她記憶力超好，除非牌確實不好或者故意放水，她大半不會輸。別人都知道她記憶力好，每次打馬吊都笑呵呵道：「妳要放水呀，別讓我輸得私房錢都沒了。」

打了一會兒馬吊，崔貴妃突然想看三名年輕命婦的孩子，便要她們派人把孩子叫到宮中來，肖文卿雖然覺得天寒地凍孩子出行容易著涼，但是貴妃娘娘都已經開口，她們也只能遵命。

半個時辰後，墨家的三個孩子被奶娘們裹得嚴嚴實實地送到宸玥宮。肖文卿憐惜地上前一一看過他們，領著兩歲的瀟瀟來到崔貴妃面前，柔聲道：「瀟瀟，這位是貴妃娘娘。」

瀟瀟立刻抱拳，口齒清晰地說道：「定北侯墨宇軒之子墨雲麟參見貴妃娘娘，娘娘千歲千歲千千歲。」說著，他跪下叩頭。

崔貴妃嘴巴微張，驚訝道：「文卿，他就是小侯爺？一年多沒見他就長這麼大了，還這麼會說話。本宮記得去年皇上在御花園抱著他觀景，他還不會說話呢。」

「娘娘，犬子瀟瀟個子像他爹。」肖文卿笑道。

「瀟瀟，快些起來，跪著腳疼。」崔貴妃立刻抬手示意瀟瀟起身，讓大宮女拿了兩個烘得熱呼呼的貢桔給瀟瀟。

肖文卿讓兩個奶娘抱著雙胞胎兒子到貴妃娘娘面前，介紹道：「娘娘，這是臣妾的次子和三子。次子乳名朗朗，大名墨雲龍，三子乳名康康，大名墨雲鳳。」

崔貴妃饒有興趣地傾身端詳雙胞胎，道：「本宮還是三十年前看過一次雙胞胎呢，如今又看到了，像，簡直是一模一樣。文卿，從相貌上看，妳大兒子除了眼睛其他地方都像墨侯爺，二兒子和三兒子則一半像妳，一半像墨侯爺。」

「母妃，兒臣也是第一次看到，雙胞胎真是長得一模一樣。」一直跟隨在崔貴妃身邊的小公主也興致勃勃地上前兩步，伸出手指輪流戳戳雙胞胎的臉頰。

雙胞胎反應也異常一樣，轉眼望望她，小嘴吧咂了兩下開始噗噗地吐泡泡，他們的奶娘見了，連忙抽出手帕替他們擦掉。

「真好玩。」小公主忍不住又捏捏雙胞胎紅潤肥嫩的臉頰。她很少看到這麼小又這麼漂亮的孩子呢，可惜不能養在宸玥宮，否則她可以天天玩他們。

被奶娘們抱著的雙胞胎都不滿地噘起嘴來，舉起小手撥弄她的手。

「哈哈哈哈。」崔貴妃也樂不可支起來。

一會兒後，慕容夫人的孩子和慕容如玉的孩子也先後到了，崔貴妃看過之後也誇讚了他們幾句。三個不滿周歲的嬰孩就由他們的母親或者奶娘抱著，十二歲的小公主興致勃勃地和兩個大點的孩子一起玩耍。貴妃和婦人們圍繞著孩子繼續聊天，陡然外面有太監尖聲道：

「皇上駕到——」

第五十七章　祖孫

皇上怎麼來了！

三名年輕的命婦驚訝地站起身來望向貴妃娘娘。

崔貴妃迅速起身，和善地笑道：「妳們不用迴避了，和本宮一起接駕吧。這裡有五個活潑可愛的孩童呢，皇上沒準兒看了高興。」說著，她走到暖閣的門口等待接駕。小公主便跟在她的身後，肖文卿等人趕緊帶好自己的孩子，垂首跟在貴妃娘娘的身後。

藍色的擋風布簾被太監撩起，身形有些佝僂的白髮皇上緩緩走了進來。

「臣妾恭迎皇上。」崔貴妃福身恭敬地說道。

「景福拜見父皇，父皇萬安。」小公主端莊淑雅地行禮。

「臣妾拜見皇上，皇上萬歲萬歲萬萬歲。」肖文卿、慕容夫人和慕容如玉齊道，深深屈膝福身。

「愛妃妳這邊有客。」皇上說著，轉頭望向小公主，問道：「景福，妳今日身子可好？父皇政務繁忙，好些日子沒有看妳了。」

景福公主溫溫柔柔地說道：「多謝父皇關心，景福最近一直很好，連咳嗽都沒有。」

皇上安心地點點頭，叮囑崔貴妃道：「景福體弱，妳可要多費心思些，別為後宮事務疏忽了她。」說這話時，他將身上的黑貂大斗篷脫下遞給身後的太監。

「是，皇上。皇上，今日您怎麼有空過來臣妾這邊坐坐的？來人，快給皇上上茶。」崔貴妃笑著說道，吩咐宮女上茶。

皇上道：「朕在御書房坐得累了，出來走動走動，走到宸玥宮附近，便想起好些天沒過來看妳和朕的小景福了。」轉頭望向幾個孩童，他立刻大笑起來。「妳這裡有好幾個小乖乖呢，讓朕猜猜。」

他端詳慕容如玉身邊奶娘手中抱著的一歲多男孩，笑道：「如玉，這是朕的曾外孫子。小乖乖，來叫聲曾外公來聽聽。」慕容如玉是他大女兒唯一的女兒，他在她三歲那年恩封她為郡主。

慕容如玉立刻嬌聲道：「皇外公您真是好眼力。」她教導兒子道：「龍龍，他是你皇曾外公，你叫他，叫他……」這麼複雜的稱呼她兒子怕是叫不出來。

崔貴妃也知道這太為難剛學說話不久的孩子，馬上道：「叫曾外公。」簡化掉一個字應該好唸多了。

慕容如玉趕緊道：「對，龍龍，來，就曾、外、公。」抱在奶娘手中的龍龍很努力地學著叫道：「曾……外……公。」聲音很奶氣，又軟又糯。

「龍龍，真乖。」皇上笑著摸摸龍龍的頭。他坐下後望向慕容夫人身後奶娘手中的小女孩，滿臉笑容道：「這孩子是朕的曾外孫女。」

「是，皇上。」慕容夫人畢恭畢敬地說道。她雖然是皇上長女的嫡長媳婦，是皇上的外孫媳婦，但對皇上可不敢有任何親近語氣。

皇上就著奶娘的手望望和自己有那一點血脈聯繫的女嬰，滿臉笑容地誇讚了幾句，問崔貴妃是否給了賞賜，等一下他另外賞這孩子見面禮，別和貴妃賞的重複了。將目光落在瀟瀟身上，他精神一振，語氣慈祥地說道：「這張小臉朕看著像宇軒，他一定是宇軒的兒子雲麟；既然雲麟身邊的這位年輕婦人抱著一個孩子，旁邊還有奶娘抱著一個差不多的孩子，朕猜這兩個孩子是宇軒的雙胞胎兒子，雲龍、雲鳳。」

他藉機端詳了一下肖文卿，發現此婦容貌秀美嫻靜，氣質端莊淑雅，算得上是個不錯的賢妻良母。他之前還聽說她生雙胞胎傷了身子，人變得削瘦單薄，現在他看著她卻是珠圓玉潤，想來她被宇軒呵護調理得很好。

「皇上英明。」肖文卿躬身說道，雖然她螓首微微謙卑地低垂，但眼角餘光快速望了皇上兩眼。她這是第一次拜見當今皇上，望見了皇上她才了悟，難怪皇上敢讓宇軒在他身邊走動呢。皇上真如文樺、文聰說的身形衰老枯瘦、略微佝僂，臉上布滿皺紋，即使有她所見過的幾名皇孫肖似的內雙丹鳳眼，皇上也因為皮膚鬆弛，眼皮耷拉得厲害，看不太出來是內雙丹鳳眼了。

「雲麟過來，讓朕仔細瞧瞧，朕上次看你你還不滿周歲呢。」皇上慈愛地說著，笑咪咪地朝瀟瀟招手。

瀟瀟望望母親，從容鎮定地走上前幾步抱拳躬身道：「定北侯墨宇軒之子墨雲麟叩見皇上。」說著，他「撲通」跪下，朗聲道：「皇上萬歲萬歲萬萬歲。」

皇上頓時笑得前仰後合，白鬍子一翹一翹的。「雲麟，你現在真是會說話了，小孩子不用那麼多禮。」他笑著，紆尊降貴地伸手把墨雲麟扶了起來，拉到自己腿邊，低頭對他道：「朕和你爺爺是幾十年的好朋友，你爹小時候還光著屁股在朕面前轉悠過，你爹好比朕的兒子、姪子，你就好比朕的孫子。來，叫朕皇爺爺。」

瀟瀟猶豫地望向母親，看母親微微低著頭自己看不到她的表情，只好仰起頭甜甜地叫道：「皇爺爺。」

「哎。」皇上很高興地一手撫摸自己稀疏的白色山羊鬍子，一手撫摸瀟瀟的小腦袋。「皇上，臣妾恭喜您多了一個小孫孫。皇上，墨侯爺三個兒子各個都冰雪聰明、舉世罕見呢。」心中很是驚訝的崔貴妃笑著說道：「剛才臣妾和夫人們還在說，二十年後京城定有墨氏三傑、四傑、五傑。」前陣子皇上特別找她談話，說想要見見墨侯爺妻兒，只是他不好出面，讓她安排一下。她覺得奇怪，皇上想見誰不能見，非要她出面；不過既然皇上吩咐她安排，她便如此安排了。看來皇上對墨侯爺愛屋及烏，對他聰慧絕頂的兒子也無比寵溺起來，恨不得小侯爺就是自己的孫子。

「墨氏三傑、四傑，五傑？」皇上樂呵呵道：「那就墨氏三傑、四傑，五傑。」他慈祥地望著肖文卿道：「墨肖氏，妳把妳手中的孩子抱來給朕瞧瞧，還有另一個。」

肖文卿不敢遲疑，立刻緩緩走到皇上近前，福身，將手中的康康展示給皇上看；崔貴妃讓奶娘過來，自己接過孩子抱好，和肖文卿並排站在皇上跟前，讓他同時看這對雙胞胎。

「像、像，像，這兩個孩子長大了都是人中龍鳳。」皇上微微傾身認真端詳兩個嬰孩。他看過自己還記不得有多少的皇孫、皇曾孫，沒有一個像宇軒的三個兒子這樣討他喜歡。

皇上擺擺手，讓肖文卿和崔貴妃把孩子們都抱到一邊去，將瀟瀟抱起來坐到自己身邊，柔聲問道：「雲麟，前陣子你爹還在朕面前誇你聰明，已經認識上千個字，會做算數了。皇爺爺知道你記憶力好，就不考你背誦詩詞了，皇爺爺考你算數。」一般情況下只有嫡長子才能繼承父親的一切，他對宇軒的大兒子更重視喜歡些。

「皇爺爺請說，不過不可以太難哦，我做不出來。」瀟瀟大著膽子說道，有些緊張地望向母親。

肖文卿用眼神安撫住他，靜心屏氣聽皇上出題。

「皇爺爺的左口袋裡有九個金錁子，右邊口袋裡有七個金錁子，你說皇爺爺口袋裡一共有幾個金錁子？」皇上望著瀟瀟出題道，渾濁的雙眸中露出一絲殷切。

「十六。九加七等於十六。」瀟瀟立即回答道，在皇上說出數字和問題的時候便算出答數了。

皇上很是驚喜，道：「雲麟，皇爺爺還擔心答數超過十，你算不出來呢。」

「雲麟就是聰明啊！」崔貴妃搖著頭讚道：「你把別家人的孩子都比下去了。」

皇上對墨家三個男孩都非常慈祥，親切地叫他們雲麟、雲龍、雲鳳。肖文卿心中此時已經明白皇上給宇軒孩子賜名雲麟、雲龍、雲鳳名字的用意了。

皇上又問道：「雲麟，皇爺爺有五十一匹上等寶馬，今年多出了十一匹小馬駒，皇爺爺的御馬監裡有多少上等寶馬？」看瀟瀟皺起了眉頭，開始用上雙手十指了，皇上立刻道：「這個太難了，這個不算。」這是兩位數和兩位數相加，一般七、八歲孩童才會學到。

肖文卿只好低聲提醒道：「啟稟皇上，這個心算有些難，您稍微等一下。」如果是在家中，有筆墨和算籌伺候，瀟瀟很快便能得出答案。

她這邊才說，瀟瀟已經算出答案了，道：「六十二。」他還擔心出錯，連算了兩遍才報出答數。

皇上頓時大喜，又問道：「皇爺爺賞你一匹小馬駒，你說皇爺爺自己還剩幾匹？」這其實不是考他，是逗他玩。

瀟瀟立刻道：「六十一。」頓了頓，他驚喜道：「皇爺爺，您要賞賜我小馬？」

皇上笑呵呵地捏捏瀟瀟的翹鼻子，道：「你爹上次和鎮國將軍提到，打算等你十歲送你一匹小馬駒，皇爺爺這邊正巧有今年生的小馬駒，就先賞給你。」等這孩子十歲他肯定已經不在了。

「瀟瀟，快跪下謝恩。」肖文卿趕緊提醒道。瀟瀟趕緊跪下，大聲道：「雲麟謝謝皇爺爺。」皇上撫著鬍鬚，臉上的笑容真切慈祥。

皇上在崔貴妃這邊坐了好一會兒才離開，恭送走皇上後，肖文卿等人看天色已經不早了，便紛紛告辭。

崔貴妃也有些累了，先讓她們離開。她道：「皇上今日看見妳們的孩子心裡很高興呢，估計他已經吩咐人整理賞賜禮單了，妳們回府之後應該就能接到。」

皇上要看的是墨侯爺的妻兒，其他人純粹是陪襯。皇上為什麼繞了個彎見侯夫人母子？皇上對墨侯爺父子的寵愛已經超過了對自己親生的皇子和皇孫。在肖文卿等人離開後，崔貴妃斜靠在美人榻上思索著，不久就想到了皇后娘娘對侯夫人或是為了墨侯爺，做了一件很不符合她身分的事情——皇后要看侯夫人肖氏的落紅元帕，然後當著七、八位誥命夫人的面，用落紅元帕證明墨侯爺娶的妻子是清白的，防著侯爺以後被人拿這件事情說事。

皇后有皇后的尊嚴，沒有必要用這個方式討好墨侯爺，皇后這樣做也許是在討好皇上，也許是皇上暗中吩咐她這樣做的，就如皇上暗中吩咐她找機會和理由把侯夫人母子留在宮中，他再用巧遇的方式見見他們一樣。如果皇后做那事是受皇上之命，皇上為什麼要在意一個臣子妻子的聲譽？僅僅是寵愛這個臣子，不想讓他的英名遭到玷污嗎？

崔貴妃百思不得其解，便不再想了。墨侯爺忠心皇上，支持皇上新立的太子，他和崔氏家族的部分利益是一致的，皇上對他的寵愛有多重和崔氏家族沒有關係。

十一月下旬，肖文樺夫妻府中接到來自西陵的家信，得知母親和兩位弟弟要來，他們立刻把消息傳給大姊肖文卿，大家一起翹首盼望。

十二月二十日，十幾輛馬車風塵僕僕地駛進京城，最後停在京城肖編修的府門前。

肖文卿那邊得到弟媳的通知，馬上讓人替三個兒子全部穿好外出衣裳，自己也重新梳妝更衣。

瀟瀟幾天前就知道外祖母和二舅舅、三舅舅要來京城，得知他們馬上要到了，母親還帶他過去拜見他們，立刻興奮地催著趙奶娘給自己做準備。

肖府的大門還開著，就等肖文卿這位大姑奶奶過來了。轎子抬進前院後停下，穿著雪白狐裘斗篷的肖文卿，牽著瀟瀟的手從轎子裡走出來，問迎上來的一名小管事。「老夫人可到了？」

瀟瀟身上裹著褐色的紫貂斗篷，是皇上特地讓宮裡尚衣坊按照他的身材做的小斗篷。

見到定北侯夫人親自詢問，那小管事連忙躬身道：「大姑奶奶，老夫人和二爺、三爺已經到了，夫人將他們領到了長春院。夫人吩咐，您過來就去那邊。」

肖文卿頷首，轉頭望望抱著朗朗和康康下轎子的奶娘們，吩咐道：「妳們抱好小公子們，別讓他們著涼了。」說完，她牽著瀟瀟往長春院去。

肖府有些忙碌，田管家正指揮下人搬運老夫人和二爺、三爺帶過來的行李，安排下人們的住處，見到肖文卿一行人過來，連忙上前道：「大姑奶奶，老夫人和二爺、三爺都在長春院，夫人正陪著他們。」

「田管家，你辛苦了。」肖文卿朝他點點頭，牽著瀟瀟繼續朝後院長春院去。肖府前後進深不多，用不著搭府內轎椅。穿過分隔前後院的月亮門，肖文卿沿著迴廊向東走，不多久就來到了長春院。

長春院主屋門上懸掛著嶄新的擋風厚門簾，站在門邊的一名丫鬟一邊對裡面通報、一邊掀起門簾請肖文卿母子、主僕進去。

長春院主屋堂屋裡主僕很多，年過四十的肖母端坐在鋪著厚厚錦緞坐墊的羅漢椅上，展緋靈就坐在她的下面距離她最近的一張高背座椅上，肖文楓和肖文聰兄弟坐在展緋靈的對面，他們身後站著各自的下人。聽到丫鬟通報得知肖文卿過來，展緋靈和文楓、文聰兩兄弟趕緊起身迎接。

「母親。」肖文卿進屋後，激動地望向母親，自她出嫁後，她們母女已有三年多沒有見面了。

「大姑奶奶。」站在屋裡伺候的丫鬟上前給肖文卿行禮。肖文卿脫下她和瀟瀟身上的保暖斗篷遞給丫鬟，領著瀟瀟上前幾步，深深福身。「母親，女兒終於又見到您了，您讓女兒思念得好苦。」說著，她的聲音有些哽咽起來。

「文卿，為娘也想妳。好了，妳也是做娘的人了，別讓孩子們看著笑話。」肖母一臉笑容地讓肖文卿免禮，對好奇地望著自己的瀟瀟道：「你就是瀟瀟，外婆知道你哦。」

「瀟瀟，快給外祖母請安。」肖文卿趕緊說道。瀟瀟一抱拳，朗聲道：「外婆好，瀟瀟給外婆請安。」說著，他跪下叩頭行禮。

「果然很聰明大器呢。瀟瀟，快些起來，到外婆面前讓外婆好好看看。」肖母高興地伸出手道。這個孩子真機靈，文卿家信裡說他腦子像肖家的人，她看著也覺得很像。

「是，外婆。」瀟瀟彬彬有禮地站起身來走到肖母面前，揚起笑臉甜甜地望著外婆。外婆穿著棗紅色的錦袍好年輕，和母親很像呢，等母親到了外婆這個年紀，一定也像外婆一樣年輕漂亮。

肖母將瀟瀟摟在身邊，親暱地摸摸他嫩嫩的臉頰，笑道：「這小模樣不錯，和宇軒很像，就是眼睛像我們肖家人。」她凝視著瀟瀟的眼睛。「多像他外祖父呀，一雙大杏眼水汪汪的，看著就讓人喜歡。」

心中嘆息母親又思念起過世多年的父親，肖文卿連忙從一個奶娘手中抱過孩子，對母親道：「母親，這是小二，乳名朗朗，現在七個月，還不會叫人。」她逗朗朗道：「朗朗，給外婆笑笑，啊啊叫兩聲。」朗朗和康康都會用叫聲表達自己的情緒了。

「啊啊，啞啞……啊啊～～」朗朗朝著肖夫人揮舞小手起來，白嫩嫩的小臉笑得天真無邪。

這麼小就聽得懂大人的話了呢，很像文卿、文聰小時候。肖母頓時笑了，伸手道：「讓我抱抱。」

肖文卿將朗朗送入她懷中，肖母嫻熟地抱好孩子，端詳著道：「嗯，這個孩子一半像妳、一半像宇軒。雖然是雙胞胎，在母體裡沒有完全長好，不過現在倒是被養得很結實了。文卿，妳把康康也抱過來讓娘看看。」當初她收到女兒家信，說早產生了雙胞胎，兩孩子剛出生時都沒氣，是好不容易救回來的，小的還很羸弱，她就一直擔心小的會夭折，因為即使是在生活條件好的富貴人家，十歲前的孩子夭折率還是很高的，所以趁二兒子進京趕考小兒子要陪同，她也跟著進京探親了。

肖文卿趕緊從另一名奶娘手中抱過一個勁兒地朝外祖母啊啊叫的康康，對母親道：「母親您看，這是康康，和朗朗一模一樣，只有左耳朵那邊的青痣能區分他們。」

肖母左手抱著朗朗、右手抱著康康，端詳對比他們兩個，滿心歡喜地讚道：「他們兩個果然一模一樣呢，都很健康。文卿，妳福氣真好，為娘終於放心了。」女兒出嫁後給夫家連續生了三個兒子，現在上面又沒有婆婆管著，夫婿對她獨寵，生活很幸福。

等大姊和母親說完話，肖文楓和肖文聰過來拜見大姊，肖文卿便向他們介紹孩子們。

「二舅舅，三舅舅。」瀟瀟仰著頭開心地叫道。

肖文聰彎腰把瀟瀟抱起來顛了兩顛，笑道：「大姊，瀟瀟不愧是姊夫的兒子，長得健康結實。」他笑吟吟地打量瀟瀟，逗他道：「瀟瀟，你再叫我一聲三舅舅來聽聽。」他原本是家中最小的，這次到京城一下子有了三個外甥。

「三舅舅。」瀟瀟道：「您今年會考狀元嗎？」前些天劉家二表姊隨著六姑母到侯府作客，悄悄叮囑他一定別忘了問一下，然後派人告訴她。

「不會。」肖文聰回答道：「瀟瀟，我要到大慶各地去遊學。」

在白鹿學院的兩年中，他讀遍了學院裡的書，老師們能教他的已經不多。老師們都勸他不要急於追逐功利，走千里路勝過讀萬卷書，他應該瞭解現實社會，學以致用，這和他母親、大姊那「死讀書猶如紙上談兵」的意思是一樣的，所以他決定遊學，周遊大慶、拜訪散居在全國各地的鴻儒們。京城，是他的第一站。

「文聰，你要遊學了？」肖文卿高興地問道：「要不要找你姊夫索要兩個武藝高超的護衛？」普通人家請的護衛家丁只有三腳貓功夫，比不得侯府那些千裡挑一的侍衛親兵。

「如果姊夫有多餘人手的話，小弟很高興能聘用兩位。」肖文聰道。

「這個，等你姊夫從軍營回來我就和他說說。」肖文卿道，打量兩個弟弟，為他們的成長感到高興。文楓年後二十歲，文聰年後十六歲，正是青春少年，這兩兄弟的親事已經有幾位夫人惦記著了，等她和母親有時間私下交流一下。

肖文樺接到府中消息後，提前趕回家了，見到母親和弟弟們，他難以抑制激動。雖然京城有姊姊、姊夫和岳父家幫扶，但他感覺孤單，現在母親和弟弟們來了，他希望他們能長期住在京城。男孩子長大就要出來奮鬥事業，母親一個人留在家鄉大家也不放心。這次，他要聯合大姊和弟弟們一起勸母親在京城定居下來，由他和緋靈侍奉。

定北侯府男主人在軍營中，肖文卿便帶著孩子留在肖府用了晚膳之後才回去。定北侯夫人的母親和天才小弟到京城了，她的二弟還是來參加來年春闈科考的，這件事情第三天便有很多貴夫人知道了。

展大夫人對這位親家母十分欽佩，自己最心愛的小女兒在人家家裡當媳婦，她得到通知馬上讓人備禮，然後去肖府拜訪親家母。兩位親家第一次見面，對彼此的印象都很好，肖母第二日便備了禮物回訪，拜見展家老祖母，即兵部尚書夫人。因為肖母兒女都很優秀，自身也端莊高雅，展府女眷對她印象都不錯，在她臨走時要她常來常往。

幾天之後，墨宇軒從軍營回來，梳洗之後過來拜見岳母大人，邀請岳母大人和兩位小舅子到他府中作客，兩家人走動頻繁起來。

因為到京城不拜訪親家母是很失禮的行為，所以肖母還是派人去凌府下了帖子，約定時間去凌府探望凌老夫人。那一天，肖文卿帶上三個孩子一起陪同前去。

凌老夫人居住的主屋瀰漫著藥味，她身子枯瘦，說話顛三倒四，雖然還沒有臥床不起，但精神明顯不濟。

肖母看著心裡明白了，凌老夫人失去夫婿之後意志消沈，時日已經不多。肖母回來後叮囑肖文卿，雖然宇軒認祖歸宗，凌老夫人仍然是宇軒的養母，文卿作為媳婦，應該經常過去侍奉湯藥，伺候凌老夫人最後一段時光。肖文卿低頭領命。

很快到了除夕夜，肖母在肖府祭拜肖家祖先，墨宇軒和肖文卿帶著兒子們祭拜過墨家祖先之後，吩咐府中眾人自行用團圓飯，他們一家去肖府吃團圓飯了。年輕人當家就隨意，墨宇軒對必須在自己家中吃團圓飯的觀念不重，而肖府那邊岳母大人和三個小舅子全在，他索性帶上一家五口過去蹭團圓飯。他們過來，肖府眾人正求之不得，熱情地接待貴客，真正意義上的一家人圍坐在一張圓桌上吃團圓飯。

新年大拜年，墨宇軒要和官員們走動，肖文卿要和眾多貴婦應酬，瀟瀟有時候會被他們帶出去，有時候不會，只去了展府拜年的肖母便暫住進侯府幫他們兩個帶孩子，和外孫們培養祖孫情。

肖母是肖文卿之母，到侯府拜訪的貴夫人們知道她的存在，也邀請她出來和大家結識，坐在一起話家常。肖母知道自己出身低，也沒有和京城貴婦人們往來應酬的經驗，生怕自己禮儀不過關，在新年之前就請教過肖文卿，如今面對眾多貴婦人，她和肖文卿一樣淡定從容，禮儀得體，好像原本就是高貴世家千金出身。

「妳們母女容貌相像，氣質相像，如不是年齡有差距，別人還以為妳們是雙胞胎呢！」眾貴婦們對肖母的印象如展家婆媳對肖母一樣好，紛紛開始邀請肖母去她們府上作客。

厚臉皮的肖文聰拖著肖文楓天天去劉學士家讀書，劉夫人看著直樂，又因為自己兒子今年也要參加科考，索性把肖文聰居住過的小院子整理了一下，邀請肖家兄弟住下，別每天清早過來、傍晚回去了。

肖母過來道謝，劉夫人笑道：「大家都是親戚，有什麼好謝的？」孩子們年齡相近，興趣相投，將來可以在官場互幫互助。

第五十八章　聯姻

康慶三十九年一月二十一日，兵書尚書上奏皇上，北川國入侵邊境，大肆殺戮大慶邊民，搶奪財物，目前長期侵占金川、夏陽、涼州……等七座大慶城池，求皇上發兵收回失地。

皇上震怒，前所未有地宣佈派兵征討，清剿闖進大慶邊境的北川人。

寒冷的冬季百草枯黃，北川國普通百姓生存艱難，不僅北川國每年出動軍隊越過兩國邊境線搶奪財物，連普通百姓都會成群結隊地踏過邊境線掠奪財物。兵部尚書提到的以上七座城池，都是這二十年間被北川國蠶食鯨吞掉的小地方，因為距離太遠了，而且也不重要，朝廷就放任著；既然現在皇上需要出兵的理由，收復失地就是最好的理由。

皇上第一天宣佈出兵征討，第四日就在金鑾殿上宣佈出兵將領。鎮國將軍封大將軍，統領五十萬大軍，其次子、三子先去各地調集軍隊；龍虎將軍墨宇軒為先鋒，帶領所屬鳳凰軍左軍十萬人先行出發……

原本以為只須在後面籌劃等待的文官們，在得知皇上的調令之後紛紛愁眉苦臉起來。皇上在做什麼？武將出征很正常，可是皇上把很多世家官員精心培養的嫡子、庶子也弄進軍營做各類書記、文書官，還事先一點風聲都沒有。

「自古以來，文官和武官就相互看不起，私人的不和和矛盾甚至會擴大到公務上，皇上為了這次的出兵準備了近二十年，絕不允許任何人因私心貽誤戰機，更不許自己作為帝王最重要、最輝煌的政績出現偏差。他把一些家族的繼承人塞進軍隊做後勤文書，既能保證他們的安全，也能讓他們留在京城的父親、祖父關切前方軍情，竭盡所能保證軍需物資準時準點地運送到軍隊所在的地方。北川國肯定在大慶京城布有奸細，大軍出動北川國那邊一定知道，皇上想利用那些世家的陰影勢力滅殺奸細，盡可能不讓大軍動向被北川國提前知道。」

墨宇軒如此對肖文卿解釋道。

前方軍隊需要糧草、傷藥、軍械，如果後方主事的文官拖延個兩、三天，很可能導致前方失去一場戰役，影響整個戰局，這是皇上絕對不能容忍的，他必須把文官重要的兒子和孫子送到軍隊後方，保證京城管事的文官對這場戰爭全力以赴。

皇上也考慮到這個萬一，所以所調任的年輕文書官們全是有兒女的。劉學士的嫡長子劉紫書就在調令下達後，去了墨宇軒手下一名押糧官那邊報到，負責統計每日糧草的消耗和儲備。

肖文卿在得知部分從軍文官都是官宦世家的嫡子和重要庶子，便知道皇上的用意了，聽了墨宇軒的解釋後道：「其實皇上這樣做也給了那些子弟升遷的機會。」

「嗯，所以也不是每個大臣家被抽了壯丁就焦急，那些被點名的庶子更是摩拳擦掌，準備博取軍功。」墨宇軒道。庶子沒有繼承權，父親過世之後得到一筆遺產自謀生路，他們中的很多人只能成為官員的幕僚、師爺。富貴險中求，現在皇上給了他們機會，他們急不可待地接受調令上任。

墨宇軒要出征了，肖文卿忍著離別悲傷給他整理行裝。

墨宇軒在做最後的準備工作，並抓緊時間和三個兒子相處。大慶出征，不知幾年能回，將軍難免陣上傷亡，他不知道自己還能不能回來。瀟瀟雖然年紀小，但記憶力驚人，會牢記他的；朗朗和康康才九個月，只會咿咿啞啞地叫，他不知道他們是否會記住自己的父親。

「文卿，我娶妳是想給妳幸福，沒想到我讓妳連續承受懷孕生產之苦，還讓妳孤零零地支撐一個兩百來號人的大府邸。文卿，我對不住妳。」夜晚，夫妻纏綿相擁，墨宇軒深情地向肖文卿道歉，因為妻子的堅強獨立，他在外面毫不擔憂府中；因為知道妻子能幹，他把侍衛們的家也安在府中，讓她多負擔二十七個小家庭。

「你在說什麼傻話。我現在很幸福，我有瀟瀟、朗朗、康康，有你，我還有什麼不幸福的？」肖文卿溫柔地撫摸他英俊軒昂的臉龐。「一想到我獨占了京城四俊之首，我心中很驕傲，管人遠比被人管好，我做侯府的當家主母做得很開心。」她極力安慰他道：「宇軒，我和孩子都在等你，墨家的戰神祖先也會保佑你戰無不勝、攻無不克，最後得勝還朝。」他如果回不來，她會守著他們的孩子和府邸直到嚥下最後一口氣。

「文卿……」墨宇軒知道妻子是個外柔內剛，冷靜堅毅的人，孩子和侯府託付給她他很放心。這輩子，他最愧疚的就是她，他日他得勝還朝，必定要好好感謝她。

皇上聖旨下了以後，墨宇軒去鎮國大將軍那邊報到，然後領受他的軍令到鳳凰左軍駐紮地在京城北邊八十里外的落雁縣城，領兵先行出發，因為他是先行官，負責打頭陣。

二月初三清晨，定北侯府大門開了，一大群戴頭盔、穿鐵甲的侍衛親兵牽著戰馬從府中魚貫而出，身後尾隨著很多年輕少婦。送夫婿出征的少婦中有人懷孕、有人手中抱著襁褓，夫妻離別切切，淚水盈盈，有兩個嬰兒彷彿也感應到父親即將久別，也哇哇啼哭起來。

告別的話語已經在府中說過了，穿戴著亮銀頭盔和鐵甲的墨宇軒環顧侯府的婦人、孩童，對為首的肖文卿道：「文卿，府中的一切就拜託妳了。」侍衛們也望著肖文卿，默默地將自己的妻兒都託付給這位年輕的當家主母。

「你們大家放心，一切有我。」肖文卿昂然站立，一臉自信地說道，給予出征的人和留守家中的人安心鼓勵。

「如果有為難之事，妳可以進宮請崔貴妃和太子妃幫忙。」墨宇軒叮囑道，他已經和皇上、太子打好照面了，他們都承諾會關注侯府。

「爹爹，我等您回來教我騎馬。」瀟瀟仰著頭道，小臉激動得通紅。他還從來沒有看到父親和侍衛叔叔們這樣全副鎧甲、威風凜凜的樣子。

「嗯，爹爹一定會回來的。」墨宇軒彎腰將長子抱了起來，指著侯府道：「瀟瀟，爹不在府中，你就是墨家最重要的男丁，你雖然還小，但你要保護好母親、弟弟和諸位嬸嬸、弟弟、妹妹們，知道嗎？」

「知道。」瀟瀟大聲道。

「家裡如果有事，娘找不到人幫忙，三伯、六姑父、舅舅他們也沒辦法，你可以找誰去？」墨宇軒問道。肖文樺因為京城很多世家出身的文官被調任到軍隊，他升遷補了個空缺，現在是刑部的一名六品主事。

「找皇爺爺或者太子伯伯。」瀟瀟大聲道，一臉的驕傲。這是昨天父親特地告訴他的話，父親叮囑他在詢問他的時候要大聲地說出來，好讓周圍的人知道侯府男主人雖然不在家，但侯府有皇上和太子做靠山，誰也不能欺負。

「不錯，你真聰明。」墨宇軒欣慰地摸摸瀟瀟的頭，將他放了下來。

肖文卿和一名奶娘各自抱著孩子到墨宇軒面前，墨宇軒將雙胞胎兒子一起抱在臂彎裡，用力地親親他們胖嘟嘟的臉頰，柔聲道：「康康，朗朗，爹要出去打壞人了，你們在家要好好聽娘的話。」他承認自己過度重視長子，疏忽了兩個小兒子。

這對雙胞胎快十個月了，和瀟瀟一樣早慧，雖然還不能開口叫人，但明白父母是誰了，在被墨宇軒親親之後馬上就開心地手舞足蹈，咿咿啞啞叫起來。

「嗲，嗲，爹，爹……」被墨宇軒左手抱著的朗朗努力地叫著，叫爹爹的發音越來越清楚了。

「啊，啞啞，啞，啊啞……」康康也努力地學著，可惜始終叫不出雙胞胎哥哥那樣的發音，急得用力揮手拍打墨宇軒穿著鐵甲的肩膀。

肖文卿眼中含淚地微笑著，幸好孩子們都穿得厚實，袖口都很長，否則康康的小手就要拍疼了。

「你們都是小天才，乖孩子。」墨宇軒激動地說道，又左邊親親朗朗、右邊親親康康。戀戀不捨地將雙胞胎交給肖文卿和奶娘，墨宇軒最後看一眼侯府和侯府門前送別的親人，迅速翻身上馬，語氣威嚴道：「出發！」

他一聲令下，侍衛親兵紛紛上馬，轉頭看一眼妻子、兒女，開始策馬而行。定北侯府中的幾位老親兵恨自己生不逢時，無法和侯爺一起馳騁沙場。

一名白髮蒼蒼的路人經過此處時，看了良久，最後激動地叫道：「西北戰神，墨大將軍，老漢我又看到了！」少年時候的他就看過墨大將軍威武出征的場面，三十幾年了，現在大將軍的孫子繼承祖先威猛出征了。

「嗚嗚……」送別的年輕妻子們紛紛低聲哭泣起來。

自古征戰幾人回，她的夫婿能回來嗎？清晨經過侯府門前的路人一邊為大慶兵將軍容軍姿振奮，一邊為出征的男人和留守家中的女人、孩子憐惜。

「哇哇，哇哇～～」嬰兒的啼哭揪住了父親的心，有侍衛親兵忍不住回首張望，然後又毅然轉頭望向前方。

「哭什麼哭？他們又不是不回來了。」拄著枴杖、瞇著眼睛的墨忠大聲道：「我以前和大將軍夫人送大將軍出征，大將軍哪一次不是得勝歸來的？妳們應該安心在家裡撫養孩子，不讓自己的夫婿為妳們和孩子擔憂。」

「大家別哭了，定北侯和定北侯的軍隊受到西北戰神墨大將軍的英靈庇護，他們一定會平安歸來的，我們進府吧。」肖文卿冷靜地安慰眾人，指揮大家彼此攙扶著回府。

去年三、四月分墨宇軒的眾多侍衛成親，從去年十二月分開始府中就陸續有嬰兒出生，現在還有十多個懷孕月分不等的孕婦。哭泣容易傷身，侍衛們隨著宇軒出征，她必須保證他們的妻兒平安無事。

「夫人，他們一定會回來的。」一名少婦嗚咽道，手中還抱著一個裹得嚴嚴實實的襁褓。其他少婦也如找到了主心骨兒，都急切地望向肖文卿，祈求她的保證，她們的親事都是侯夫人做的主呀！

「會的，他們一定會回來的！」肖文卿語氣堅定地說道，給予這群年輕婦人信心。

「我們的夫婿不是普通士兵，他們是侯爺身邊的侍衛大人，個個武藝高強，妳們要相信他們。」水晶大聲說道，她如今手中抱著女兒，肚子裡還懷著一個。

「水晶說得對，我們只要待在家裡等他們凱旋歸來就行了。」手中抱著兒子的瑪瑙也大聲鼓勵大家道。

「夫人她們說得對。」雖然侍衛的妻子們都知道刀槍無眼，但面對神色自若的侯夫人，她們選擇相信，相互攙扶著走進侯府。

定北侯府大門隨後關上，給予滿府的老人、婦孺保護。

大慶軍隊有條不紊地調動著，二月七日，晚四天啟程的鎮國大將軍在金鑾殿上叩別皇上和太子，率領軍隊出征。

京畿附近的軍隊除了墨宇軒帶走的十萬鳳凰左軍，就是鎮國大將軍親自訓練的五萬黑衫軍。皇上發兵五十萬，除了這十五萬之外，其他的三十五萬士兵會從各地調集，一起朝北川國方向進發，途中會師。

三月初，本屆中榜貢生名單宣佈，諸多貴夫人關心的肖文卿二弟肖文楓排名八十九，劉學士次子排名九十六；三月初八，金鑾殿面試，皇上微感風寒，宣旨由太子主持。眾臣感覺，皇上正在不斷放權，朝廷的執政中心人物開始從皇上往太子那邊轉移了。

殿試其中一論題和當前大慶出兵北川有關。大慶已經出兵，京城部分世家子弟被皇上抽調進軍隊，劉紫丹的兄長被調去當糧草書記官，肖文楓是姊夫直接領兵，兩人都專門翻找了和戰爭有關的資料，看到論題之後迅速打好腹稿，洋洋灑灑寫了一通，最後心情愉悅地交卷了。

三日後，皇上在金鑾殿召集殿試貢生，宣佈本屆春闈進士名次。狀元、榜眼、探花分別由大慶河北、江南、西北三地比較有名氣的書香世家子奪得，肖文楓為進士第二十二名，劉紫丹為進士三十名。這個名次遠遠高於眾人期盼的，站在金鑾殿上的劉學士高興地撫著鬍鬚，站在他前後旁邊的官員紛紛向他道賀。

狀元、榜眼、探花帶領進士們和同進士們穿上嶄新的官服一起遊街慶賀，然後去杏林園舉行探花宴。

金鑾殿上的眾位大人紛紛議論今年的新貴們。因為劉紫丹是劉學士之子，肖文楓又在劉學士家苦讀了一個多月的書，眾大臣便圍著劉學士詢問新科進士劉紫丹和肖文楓的情況。

劉學士撫著鬍鬚很坦然地說道：「小兒紫丹今年二十，因為忙於讀書，所以我夫妻兩人還未替他考慮親事，現在既然他考中進士，我夫妻應該開始為他的終身大事忙碌了。據老夫觀察，肖二公子和他長兄肖文樺品性相似，可為佳婿。」

「嗯，是的，可為佳婿。」劉學士的幾位同僚齊聲附議道。剛才在大殿之上，很多大臣都注意到肖文楓了，發現他和乃兄容貌一樣五官端正英俊，氣質謙和儒雅，在今年的新晉進士中也算是上選，紛紛覺得，肖家大有前途，肖家二公子配得上他們家的嫡女——因為兵部尚書展大人將嫡孫女嫁給肖家老大肖文樺，所以他們覺得拿庶女出來配肖家老二有些不適合。

今年的春闈塵埃落定，諸家大人、夫人開始挑女婿，其中肖文楓成了炙手可熱的女婿人選。夫人們知道肖母對京城貴婦圈子不瞭解，也沒有特別想加入的意思，也知道肖文卿在弟弟們的親事上可以作主，紛紛邀請或者拜訪肖文卿。

劉學士和夫人商談兒女的親事，兒子不用擔心，之前劉夫人已經開始留意媳婦人選了，和某家夫人相談甚歡，老夫妻現在關心的是女兒紫苑的親事。紫苑十六歲，現在相好了人選就可以開始說親下聘，等待下半年或者明年開始便能出嫁。

劉學士看中肖家的家教和肖文楓的相貌性格，至於親戚和輩分關係，這個動動腦子就能改變掉。劉夫人去前院探望日夜攻讀的兒子時見過肖文楓一面，兒子紫丹在她面前也說過好幾回肖文楓如何如何，覺得此子和他兄長一樣會是個好丈夫，只是礙於人倫輩分不敢有這方面的想法。

「宇軒肯定不想和凌家斷掉親戚關係，所以只有我們這邊想辦法了，只要肖家那邊同意聯姻，我們可以把紫苑過繼到別人家。」劉學士果斷地說道。他如果不知變通，如何成為翰林院之首，皇上重要近臣？斷掉父女、母女關係名分改變不了血緣天性！

「你要把紫苑出繼掉？」劉夫人頓時心疼不已。「這是我們的女兒呀。」

劉學士想得非常開，勸說妻子道：「女兒的幸福更重要，肖家三兄弟都在我府中居住過，我也常指點他們，對他們的品性還算了解。肖家家教好，紫苑嫁到肖家會很幸福。」雖然女兒出繼之後再嫁入肖家，不是劉、肖聯姻，表面上無法給家族帶來利益，但實際上雙方親情還在，只是不能在公開場合表現出來。

劉夫人被劉學士說動了，再加上她見過幾回肖母，知道肖母是個很開明和善的婆婆，也就同意了，道：「我明日就去找文卿問問，看肖家是否願意娶我家紫苑，如果願意，我們這邊就替紫苑找個合適的過繼父母。」

這件事情要快，因為想和肖家聯姻的家族目前就有兩、三家，看到展家九姑娘幸福例子而想嫁入肖家的貴女更不止三、四、五、六個。

一日，劉夫人便過來定北侯府向肖文卿說紫苑和肖文聰的親事，並表明由劉家來處理他們兩個的親戚和輩分關係。

肖文卿心中疑惑，問道：「六姊，妳問過紫苑的意思沒？」文楓就和文樺，抑或是和天下年輕讀書人一樣，把自己的親事當作一種籌碼，不早早沾惹姑娘，想著金榜題名之後可以娶到一個對家族和自己都有利的妻子。他目前的態度也是，他的親事由母親和大姊作主。

「兒女婚事父母作主，媒妁之言，她的意思不重要。」劉夫人也是聰明之人，從肖文卿的話中察覺到一二了，笑道：「妳擔心紫苑喜歡的是文聰吧？我覺得那喜歡也就是兄妹姊弟之情罷了。文聰來我府中的時候還是個孩子，紫苑對他也是欽佩他的才華，就算是兒女之情也是懵懵懂懂的。紫苑是個聰明的女孩，一開始就知道她和文聰的親戚關係有輩分差，不可能有結果。」

既然劉夫人這樣說，肖文卿便叮囑她回去問問紫苑，願不願意嫁給她家文楓，如果願意，她這邊就婉拒其他說親的了。

二月中旬，劉學士嫡長女突然亡故，劉學士的一個方姓好友家多了一個嫡幼女。三月，定北侯夫人親自去方家替弟弟肖文楓說親，肖、方兩家聯姻，媒人是劉學士夫人。

方家老爺是一個飽讀詩書的學者，在青雲書院裡擔任山長，方夫人在家相夫教子很少和別家夫人往來應酬，方家女兒更是鮮為人知。

幾個月後，肖家迎親，年輕人鬧洞房，有人發現新娘子酷似劉家那個突然暴斃的女兒。消息一傳開，很多有經驗的大人、夫人都心中有數，劉家分明是將女兒出繼了，雖然表面上劉、肖兩家沒有聯姻，但實際上和私底下，劉學士和新的肖編修還是翁婿。

三月中旬，凌府那邊傳來不好的消息，凌老夫人病重，生命垂危。肖文卿得到三嫂的傳信，立刻去找母親，把三個孩子都託付給她，自己去凌府伺候曾經的婆婆。

儘管宇軒以「認祖歸宗」的方式出繼了墨家，在很多年長的大臣、夫人還有凌家兒女們看來，宇軒還是已故凌老丞相的親生兒子，凌老夫人是他的嫡母，即使他因為出繼和原來的家族沒有了關係，他還掛著養子的身分，他不在京城，妻子多少也要去養母病榻前盡一下孝道，免得落人口實。

肖文卿進入凌府，發現凌府的眾人情緒異常低落。想來也是，凌府主人為過世的老丞相守了兩年多孝，再過幾個月就要出孝期，已經成年的公子、小姐們的親事可以辦了，沒想到老夫人又快……再拖下去，大公子和二公子是男子，成親晚幾年沒有關係，三姑娘也能拖，唯有二小姐快被拖成老姑娘了。

肖文卿踏進自己曾經居住過一年半的福壽院，感覺這裡死氣沈沈，空氣裡充斥著很濃的中藥味道。

「文卿，妳來了。」在婆婆面前侍疾的凌夫人從堂屋裡走出來迎接肖文卿。如今，她正在守兩個孝，一個是公公的，一個是自己那中風好幾年、去年年底死去的母親，很快，她又要為婆婆守孝三年了。她是婦人無所謂，就是她的夫婿和兒女們全都被耽擱了。

「三嫂，母親的情況怎麼樣了？妳也別太焦急了，要保重自己的身子。」肖文卿關切地問道。她新年之後過來探望過婆婆，那時候婆婆也還是癡癡呆呆的，沒有什麼變化。

「文卿，母親昨天早上起來就有些不對勁，我們請太醫看了，太醫開了藥，說他已經盡力了，如果老夫人不能好轉那就要準備後事了。」凌夫人嘆氣道：「我們這邊已經派人通知母親娘家人，他們很快會過來。」凌老夫人是一品誥命夫人，她生病要請太醫院看，她的治療記錄太醫院也會備一份檔。

「母親年事已高，這也是我們意料中的事情。」肖文卿道：「三嫂，這幾天妳要大忙，妳且歇歇，婆婆這邊我伺候著。」三嫂的臉色不好，想來也是盡了做媳婦的孝心。

「大姊在婆婆床前呢，我先帶妳去看婆婆，然後去隔壁休息一下。」凌夫人道，領著肖文卿去凌老夫人的寢室。

凌老夫人的寢室裡有一個丫鬟和幾名僕婦，她的親生女兒蔡大夫人正坐在她的床前默默流淚。

「大姊。」肖文卿上前行禮。

蔡大夫人頷首還禮，欣慰道：「文卿，妳來了。」

「大姊，母親現在情況如何？」肖文卿快步走到凌老夫人床前，柔聲道：「母親，兒媳過來看您了。」

曾經雍容華貴的丞相夫人現在白髮稀疏、雙目塌陷，臉色蠟黃，靜靜地躺著，彷彿也就等嚥下最後一口氣了。

「文卿，母親連湯藥都灌不進去，好像也已經聽不見別人的說話了，我喊了她很久她都沒有反應，只偶爾會叫大哥的名字。」蔡大夫人悲傷地說道。她話音剛落，凌老夫人又虛弱地叫道：「宇堂，宇堂。」

唯一的親生兒子早逝是凌老夫人心中最大的、永遠的悲慟！媳婦和女兒們紛紛嘆息。

兩日後，已故凌丞相之妻，朝廷誥封的一品夫人病逝，享年七十三歲。凌府舉哀，將已經換上的青布燈籠再次換成白布燈籠，府前、府中到處懸掛白花、白幡。

朝廷派人弔唁，各家老爺、夫人得到消息也上門弔唁。肖文卿以養子媳婦的身分跪在三嫂凌夫人的身邊哭靈，接受眾家夫人的安慰。

停靈七七四十九天，凌家發喪，然後開始守孝。這次，凌宇樓夫妻要重新守孝三年，其他人按照和凌老夫人的親屬關係守孝百日、三月、一年不等。肖文卿按照事先和蔡大夫人、凌夫人說好的，守孝一年。

肖文卿在家守孝，肖母在兒媳展緋靈和親家母展大夫人的幫助下給次子肖文楓主持三媒六聘之禮，然後在六月分的某個吉日將新娘娶進了門。

新房裡，新郎揭開新娘的富貴牡丹紅蓋頭。新郎之前已經透過大姊給的肖像畫看過新娘，現在見到新娘本人發現人與畫像有八成相似，英俊的臉上頓時露出高興的笑容。

第五十九章　國喪

凌老夫人入土為安後，肖文卿緊閉侯府大門為夫婿養母守孝，這一年期間侯府不能有喜慶，她不能隨意和親友往來應酬；侯府三位小公子也要給祖母守孝，不過他們都還是幼童，反正會被關在家裡，就權當隨著母親一起為祖母守一年孝好了。

四月下旬，不能出門的肖文卿帶著一群少婦和孩童在花園中散步遊玩。定北侯府大門緊閉，別人看著清冷，其實府中每天都熱鬧非凡。

侍衛的妻子們有的剛生完孩子不久，有的已經懷了第二胎，孩子們除了蕭蕭外，其他的年齡都很小，不是在蹣跚學步就是在牙牙學語。侯府每日提供侍衛家眷三餐，換季時節還每家每戶發放一定數量的布料，侍衛的妻子們生活安定悠閒，除了自家的日常清掃就是帶孩子。她們帶著孩子聚在一起說話，交流養孩子經驗，每天都過得很開心。

府中的舊人墨忠和秦放看到府中如今有這麼多孩子，儘管只有三個男孩是侯爺的，還是異常高興，經常說定北侯府繁盛了，墨大將軍可以瞑目了。

初冬十月，肖文卿坐在屋裡檢查蕭蕭的功課，蕭蕭立在她面前聆聽教導，朗朗和康康坐在厚厚地毯上，開心地和自己的小狗玩耍。

陡然間，他們聽到外面傳來嘹亮的鐘聲。

肖文卿抬起頭朝外面望望，面露驚訝。京城大範圍響起鐘聲的話，要不是宮裡的巨鐘被敲響了，就是京城幾處大寺院在敲鐘。皇宮和大寺院的鐘聲都是按時敲的，只有宮裡發生大事或者寺廟做大型佛會才會在其他時間響起。

肖文卿起身走出屋子，側耳傾聽鐘聲，覺得很像是從皇宮方向傳過來的，頓時心中隱隱升起了不安。「來人，出去問問，外面發生什麼事情了？」她迅速吩咐身邊一名丫鬟道。皇上今年七十好幾了，三月初的殿試還是太子主持的……

那丫鬟躬身離開，一路小跑著去前院找周總管。

「瀟瀟，你的功課娘差不多看完了，你帶上將軍跑步去，然後回來蹲馬步。」肖文卿叮囑跟著自己出來的瀟瀟道，瀟瀟已經開始習武了。

「是，娘。」瀟瀟立刻道，跑進自己的屋子，開始脫外面的衣裳，然後帶上等待很久的將軍往鴻雲居外面跑。伺候小侯爺的兩名小廝已經準備好了，跟在瀟瀟身後跑。他們兩個有時候哀嘆自己運氣不好，被調來伺候小侯爺，不僅要陪小侯爺玩還要跟著小侯爺跑步；小侯爺還年紀小，等再過個三、五年，他的活動量會更大，沒有習武的他們肯定也能練出很不錯的跑步功夫。

肖文卿回屋裡陪兩個小兒子。良久，她派出去的丫鬟急匆匆地跑進來，氣喘吁吁道：「夫人，皇后娘娘薨了，宮裡已經派人過來，命您明日清晨素服進宮行大禮。」

肖文卿頓時一驚。「皇后娘娘薨了？」隨即，她重重地嘆了一口氣。

肖文卿和宮裡的人接觸不多，只知道皇后娘娘從去年十月分皇上立太子的時候便在昭陽宮養病，後宮一切內務由崔貴妃代為管理。皇后娘娘真病還是假病，肖文卿不在意，因為那是皇族之事，外人關注太多會惹禍上身。皇后娘娘養病一年現在薨了，這對期望落空、親兒子被勒令去封地的她來說也許是個解脫。

皇后是一國之母，按照大慶祖制，在京的一至三品文武官員的誥命夫人皆於聞喪之次日清晨素服入宮，穿喪服哭喪三日，以天代月，素服守孝二十七日。皇后出殯，所有誥命夫人們要以序沿途設祭，恭送皇后娘娘最後一程。

皇后娘娘大薨翌日，肖文卿早早起床，讓丫鬟給自己梳洗。皇族對喪禮有嚴格規定，哭靈和守孝期間，婦人不得塗脂抹粉，不得使用金、珠、銀、翠首飾。肖文卿今日便用白色髮繩和三支淺棕色木簪，然後裡外都穿白色，草草用過早膳後披上一件白綢斗篷，坐上特殊時期才會派上用場的青白雙色二品女官轎往京城西華門去。

她來得不算早，西華門外已經停了十幾乘青色、白色或者青白雙色的女轎，十幾名身穿白色衣袍的三品以上貴夫人各個素著臉，神態肅穆地站著。有新到的，她們也是按照品階彼此欠身施禮，然後走到自己相熟的夫人圈子裡。肖文卿自動走到兵部尚書夫人那邊，站在她的身邊。

穿著素服的誥命夫人陸續往西華門這邊來，在西華門開之前基本到齊。西華門開了，誥命夫人們按照品階排隊往裡走，在太監司儀的引導下去皇后娘娘梓宮停放的萬安殿，站在萬安殿之外等待安排。

大殿裡外白花處處、白幡垂掛，所有的人都面露哀傷。一排排宮女或空手或捧著麻製喪服從別處走來，一一站到誥命夫人們面前，替誥命夫人們戴麻布蓋頭，穿麻布衣、麻布裙、麻布鞋。

披麻帶孝的誥命夫人們聽從司儀指揮，走進萬安大殿，跪拜起身，俯首哀哭。這個儀式一品至三品的外命婦上午和下午都要做，連續做三天，然後除去喪服，再按照吩咐在宮中舉行小祥、大祥等各種儀式時過來素服哭喪。

外命婦和內命婦以及皇族男子祭奠皇后娘娘的時間是不同的，肖文卿並沒有看到皇上和太子等皇族男子，她聽說皇上要親自祭奠皇后娘娘，不過因為他身子也不太好，太子和眾大臣擔心他觸景傷情，阻攔他過來，只在別處憂思哀傷。其他皇子、皇孫，在皇上立太子之後都被皇上命令去封地了，他們得到通知到京城奔喪的話也需要很長的時間，皇上命令他們在封地為皇后娘娘祭奠，不用長途奔波到京城了。

皇后娘娘隆重的國喪之後，京城人的生活逐漸恢復了正常。今年的冬季很寒冷，朝廷還要關心在西北的將士，因為西北那邊比京城還要冷。西北邊關經常快馬飛報戰情，肖文卿極為關心，只是她還在為婆婆守孝，不能出門，只好央求出身高貴、自己大弟妹的母親展大夫人幫忙她打探消息。

兵部尚書嫡長媳展大夫人對戰況的關心不比肖文卿少，因為她的兒子展飛揚，京城四俊之一，也被皇上調到軍隊裡了。她透過婆婆，在兵部尚書夫人那裡瞭解的情況很多，只是有些都不敢外傳，知道肖文卿嘴巴緊，而且現在也不能出門應酬，她便悄悄告訴了肖文卿。

西北戰情有勝有輸，整體上大慶這邊的局勢還是很好的，就是西北那邊現在滴水成冰，大慶士兵都不習慣，不少人都凍傷了，鎮國大將軍命令全軍防禦，等待開春。

習慣西北寒冷氣候的北川國因為今年無法越境掠奪，更知道大慶將士在等待春暖花開的時候一舉大攻，調集大軍主動攻擊西北多座邊鎮，希望利用氣候大傷西北將士元氣，也好掠奪資源補充己方軍力。

大慶西北軍民萬眾一心，不僅打退來犯的北川軍，還兩次攻入北川國境，追殺潰逃的北川士兵。西北戰神墨大將軍孫子墨宇軒因為作戰勇猛，屢屢身先士卒，威名開始傳開。

肖文卿聽著展大夫人派親信傳過來的前方消息，心中稍稍有些安慰，期盼墨宇軒和他的侍衛們都能全身而退，那些侍衛的親事都是她作主操持的，她害怕自己讓原本無辜的女人當寡婦。

今年的春節年味很淡，因為皇后娘娘才大薨不久，雖然京城已經解除了禁令，但大臣和誥命夫人們也不敢四處訪親問友大拜年。聽說皇上身子越來越差了，最近連上朝都很勉強，很多政事都直接發到太子那邊處理，朝廷很是擔憂。大慶正對北川動兵，一國之君如果駕崩，這會大大影響前方將士的士氣。誰都知道一朝君主一朝臣的道理，皇上駕崩太子繼位，他是否會調整對外的國策，讓兩國談和歇兵？還是加強對戰爭的投入，好一勞永逸地解決北川這個時刻威脅大慶邊疆安穩的國家？他會如何嘉獎作戰有功的將士？是歇兵之後收回全部軍權，對高級將領明升暗降嗎？

為了國家和邊關將士的軍心，皇上最好能撐到大軍還朝，可是正所謂大家越擔心什麼、那事情就越是會發生。元宵節過後的第二天傍晚，京城重要大臣全都被緊急宣進宮，翰林院之首劉學士便是其中之一。

皇上寢宮內燈火通明，一群太醫全都跪在一邊束手低頭，太子跪在龍床前面雙目流淚、面露哀傷。被緊急宣召入宮的大臣們在路上已經猜到一些了，見狀紛紛跪下拜見皇上和太子，然後低頭聆聽皇上最後口諭。

皇上雖然此刻已經無法動彈，但神智還算清楚，他斷斷續續地一一交代身後事——傳位太子，叮囑太子和諸位大臣，大軍在西北作戰，絕不可鬆懈，如有必要立刻增兵，舉全國之力支持西北，永除大慶邊患。

當政事交代完，皇上命令大臣、太醫、太監、宮女全部出去，單獨留下太子和跟了他六十多年的貼身大太監尚明。別人知道皇上有話要和太子說，紛紛躬身退出，站在寢宮外，宮妃們此刻也不遵守男女之防了，紛紛站在寢宮外焦急等候。

大約一炷香時間，滿臉淚水的太子走出來，尚明大太監一甩手中拂塵，沈痛地宣佈道：「皇上……駕崩。」說著，他抽噎起來，臉上老淚縱橫。

皇上……大臣們立刻脫下頭上烏紗帽跪地叩頭，崔貴妃帶領宮妃跪地號哭，皇宮上空再一次響起喪鐘。在位四十年的康慶皇帝龍御賓天，全國舉哀。

誥命夫人們按制進宮祭奠皇上，太子妃，未來的皇后娘娘特別召見肖文卿，道：「太子有口諭，父皇在世時十分喜愛小侯爺墨雲麟，親口允許小侯爺稱呼他皇爺爺，所以，太子宣小侯爺進宮，對皇上執孫之禮祭拜，之後為皇上守喪一年。」

皇上在世時對墨宇軒的恩寵別人是看得見的，讓小侯爺對皇上行皇孫之禮也許是皇上交代給繼任皇帝的口諭，也許是繼任皇帝想繼續重用老皇舊臣墨宇軒，所以對墨宇軒留在京城的嫡長子特別些。總之，不管怎麼說，這是皇家對墨侯爺父子的恩寵，並代表這個恩寵不會隨著老皇故去而消失。

心中明白真相的肖文卿福身領命，讓人去侯府把瀟瀟接過來。在替他穿上只有皇孫們才穿的孝服，她嚴肅地叮囑他要聽太子妃娘娘和太子的吩咐做事。

瀟瀟很聰明，雖然不知道國喪這種複雜繁瑣的禮儀，也不明白他為什麼要被帶到宮裡來祭拜，但被太子妃派人送到皇族男子那邊後，認真跟隨身邊的眾皇孫們一起行禮，一步也沒有出差錯。

百日之後，先皇梓宮移入帝陵，帝陵永久封土。百官易服，新皇登基，等待明年改換年號。新皇登基即立嫡長子為皇太子，其他皇子等舉行過成年禮之後封王。

新皇追封先皇后為德安皇太后，追封生母為德順皇太后。先皇宮妃——崔貴妃晉封貴太妃，因為後宮沒有皇太后，她得以進慈甯宮安居；有兒子的妃嬪送去兒子那邊養老；沒有孩子或者只有公主的，分居在幾個較為偏僻的宮苑裡。太子妃封皇后，崔側妃封淑妃，東宮舊人一一晉為嬪或者昭儀。新皇新氣象，眾人期盼大慶越來越繁盛。

皇帝駕崩的訃告傳到西北邊境，大慶將士紛紛不安，他們在前方拚死戰鬥，後方的支持是否還能如老皇上在位那樣有力？

聽完訃告，西北所有將士繫上孝帶替皇上守孝，面對京城方向做祭奠儀式。

墨宇軒一臉沈默，時不時抬手抹去自己無法控制而流出來的淚水。他和這裡的任何一個人都不同，他小時候經常被父親帶進宮裡玩耍，皇上對他十分喜愛，他也喜歡皇上，把皇上視如另一個父親。皇上和他父親一樣希望他從軍，他勤練武功攻讀兵書；皇上渴望除掉北川國這個西北方的邊患，他勇猛殺敵，收復失地，準備今年開春後主動攻打北川腹地，打算將北川當朝攻得支離破碎，無力再入侵大慶。沒想到皇上看不到他繼承祖先遺志威震西北了。

「宇軒，你回房歇歇，這裡有別人幫你照應著。」最理解墨宇軒心情的鎮國大將軍開導墨宇軒道：「皇上年事已高，這都是我們預料中的事情；他老人家七十有二長壽而終，是喜喪，你就別太難過了，打起精神，為完成皇上遺願繼續戰鬥。」

墨宇軒抹抹臉，一臉沈默。

京城外的官員從接到京城訃告次日要素服三天，守孝二十七天，禁一切喜慶娛樂。西北這邊接到皇后訃告素服三天，守了二十七天孝，再接到京城八百里加急送來的皇上駕崩訃告已經是一月二十五日，大家又開始素服守孝了。

老皇駕崩、新皇登基，大慶以後會怎麼樣？普通民眾對此關心不多，官員們有些擔心。墨宇軒堅信，新皇是老皇從諸位皇子中挑選出來的，絕對比曾經的太子——現在的東海王強；新皇經過老皇苦心培養，還有青河道長的面相判詞做保證，至少不會是個昏君，大慶在未來二、三十年裡不會出現朝廷混亂、國力衰退的現象。

西北邊關全體將士還在守孝，得到大慶皇朝先死皇后又死皇帝情報的北川國迅速集合六十萬大軍，乘大慶國喪之際突襲。墨宇軒挺身請命出擊，雙方大軍在西北鹿鳴草原臨近大慶這邊進行正面大決戰。兩個月後，北川國節節敗退，墨宇軒乘勝追擊，在原來的功勞簿上又增加敵將首級十二顆——包括兩顆王爺首級、滅殺敵軍五萬的戰績，成就新戰神之名。

「宇軒，你小子比你爺爺還厲害，就是手段太凶殘，連俘虜都不要。」西北老將們聚在一起喝慶功酒，如此評價墨宇軒。墨大將軍的孫子在北川和大慶邊境遇到北川國人時，一個都不放過，統統殺掉。

「北川人留著做什麼？讓他們生養子孫、蓄積力量報復我們大慶？」墨宇軒冷冷道：「我們要斬草除根，打得大慶西北外的民族、國家五十年都緩不過氣來！」他說這話時，眼神異常冰冷決絕。他希望他的兒子們做將軍、大將軍，但他更希望他們能一生平平安安，不用冒險上戰場。

「墨大將軍當年就說慈不掌兵，這種時候還滯留在大慶邊境的北川人很可能是細作，宇軒就算冤殺幾個也沒有關係。」鎮國大將軍笑著維護墨宇軒道。

喝了一口慶功酒，墨宇軒很淡定地說道：「在北川國邊境長期定居的北川國游牧部落，哪一個沒有掠奪過我大慶財物的？那些男人手中都沾了大慶邊民的血，他們的家人穿著的衣物是從我大慶百姓手中搶去的，吃的糧食是從我大慶百姓家搶去的，他們的孩子奪走了我們大慶邊民孩子的生存機會！」大慶西北漢人和北川國人有世仇，只是之前老皇擔心大舉興兵會傷及國家根本，而他自己也已經年老不想背負戰爭失敗的恥辱，所以一直忍耐著。

「哈哈哈哈，說得好，為了我們的妻兒後代，我們必須守住西北所有的邊關，擊殺所有覬覦我大慶的北川國人。」眾將官紛紛哈哈大笑，舉杯邀酒。

鎮守西北的將軍都知道慈不掌兵的道理，必要時手段未必比墨宇軒溫和，他們也是拿墨宇軒這個年輕將軍說笑而已，心裡其實挺高興的。雖然他們並不是墨大將軍的舊部，但不少是那些舊部的兒孫或者曾經是那些舊部的屬下，所以一開始便對墨宇軒有好奇和好感，現在看他和傳說中的西北戰神墨大將軍一樣驍勇善戰，更智勇雙全，心中又多了欽佩。

「嗯，大將軍說得沒錯。」一名中年將軍頷首道：「不知道這次大捷，新皇是打算等北川國求和，還是讓我等大軍長驅直入，將北川現在的莫爾特王朝滅掉，破壞北川各部落之間的聯盟。」大慶是漢人農業國家，西北地廣人稀，多是荒原和草原，還沒有必須的商業通道，大慶皇朝對這邊的土地沒有興趣。

「希望新皇繼承先皇遺志，將北川徹底打敗，一勞永逸地解決西北邊患。」墨宇軒道，朝著京城方向舉杯。

先皇說過，新皇是他精心挑選的，他要信任新皇、要忠誠於新皇，等這場戰事結束，他會蟄伏下來，對新皇效忠，保證不犯祖父功高震主的事情來。父親說過，功臣，皇上封無可封便會舉起砍刀。這句話，他早就寫進家規中了，嚴防後代被抄家滅族。

西北草原青青，忍饑挨餓的西北牛馬羊又到了美餐的季節，只是今年很多草原部落都不敢往邊境遷移了，因為這邊正在進行大規模的戰爭。聽說，大慶新皇登基之後並沒有大赦天下，而是將五十歲以下的男女囚徒全部發配到西北充軍和戍邊。大慶的西北即將布滿漢人，再也不是北川人可以隨意打劫補充自己物資的地方了。

為了不輸掉這場戰爭，為了不讓大慶軍隊入侵本國，北川國一邊修整一邊募兵召集部落勇士，準備再戰。之後，戰爭持續兩年，北川國戰役屢屢失利，組成莫爾特王朝的八個大聯盟紛紛膽怯，不敢再抽壯丁了。他們部落的年輕勇士損失五、六成，再抽壯丁就只剩下老弱病殘婦孺了，很可能會被其他部落吞併掉。

求罪、求降、納幣、送美人和親，只要大慶軍隊離開北川人賴以生存的草原，北川國王城莫爾特，群臣紛紛建議求和。

登基已經二十多年的北川皇帝曾經意氣風發，登基之後大練兵馬，許諾臣下他年必定能在大慶國都放牧；沒想到大慶邊疆嚴防死守，北川在占了上風二十年都沒能攻下大慶重要邊城，現在大慶全面反擊，展現出強悍的軍事實力和龐大的後勤補充。大慶宛如一隻懶洋洋的獅子，而北川好像是一隻在獅子面前晃來晃去、騷擾獅子的老鼠。獅子以往看不上老鼠，而現在發火了，決意要給老鼠顏色看。

莫爾特王不甘心求和，因為北川並沒有完全傷筋動骨，還可以再戰，只是面對下面諸多不斷敘說自家損失慘重的大臣，他心有不甘也無可奈何，因為北川是個聯盟王國，由八個大部落和上百個小部落組成。莫爾特是最大的部落，其他部落聯合起來的勢力也不小，其他部落如果堅決不再派出勇士，他光靠莫爾特部落勇士是戰不過大慶的。

「求和吧，朕的五、六公主都有草原明珠之稱，就送往大慶和親；你們部落也各出一名美女，一併送入大慶。」莫爾特王如此說道，無力地揮手散朝。

第六十章　大結局

和親？讓北川國派來的使者退下去，鎮國大將軍撫著鬍鬚沈吟。如今出征大軍已經進入北川國內鹿鳴大草原西北部，國內後續援軍也已經趕到草原和大軍會合了，出征大軍七十萬，軍營分駐在五處，每一處帳篷連綿數里，旌旗獵獵。將士們個個精神抖擻，戰意盎然，巡邏的騎兵吆喝著，精湛的騎術一點也不遜色於馬背上長大的民族。

最近將領們紛紛討論，要不要直接把鹿鳴大草原吞併掉，讓這個水源充足，土地肥沃的草原成為大慶養馬、養牛羊的地方。

還是墨宇軒最冷靜，道：「西北冬季太漫長、太寒冷，生存艱難，相比較大慶氣候溫暖的南方更適合大慶去開拓；這裡距離京城太遠，大慶不可能長期派軍隊駐守這裡，更沒有那麼多人口到這邊來開拓；這裡是草原民族的生存地，大慶如果吞併這塊寶地，草原民族會和大慶拚老命。」

見過北川派來的求和使者，墨宇軒陰狠道：「和親歸和親，在皇上沒有同意受降之前，我們的目標是莫爾特王城。」先皇和兵部在制定出兵大計的時候就提到要把莫爾特家族滅掉，讓這個家族統治的莫爾特部落被其他部落吞併融合掉。

「你說得對。」鎮國大將軍道：「宇軒，我這邊大軍暫時按兵不動，你帶你所屬軍隊繼續朝莫爾特王城進發，記住，是恐嚇，不是真讓你攻打王城。那王城是石城，依山勢而建，易守難攻，我們要是能威逼北川各聯盟首領自己把莫爾特皇帝交出來，就儘量別犧牲自己的士兵。」

「我知道。」墨宇軒頷首道，大慶軍隊給朝廷創造更多談判籌碼，朝中那群最會算計的大臣會讓北川納幣納得幾十年恢復不了元氣。莫爾特部落男丁要是傷亡過大，莫爾特首領，即北川皇帝威嚴全無，這個部落就會被其他部落瓜分吞併掉。

點齊所屬十萬大軍，帶上足夠的糧草槍械，墨宇軒開拔了。沿途，面對普通牧民，他讓士兵搜查之後不管他們，冷漠威嚴地過去；遇到可疑人物便毫不猶豫地手起刀落，不留後患。他圍在莫爾特王城外，每日佯攻，不斷向死守王城的北川國人傳播他們假造的消息。

八大部落之一的西羅特族的冬季牧場被大慶軍隊攻占了；以八大部落中的馬赫族和鐵莫爾族為主組建的聖虎軍全軍覆沒，兩個部落只剩下孤兒寡母，周圍幾個部落的牧民已經指揮自己的牛羊進入他們兩族的傳統草場了；某某部落和另一個部落聯姻，因為部落首領的兒孫全部戰死，被親家公吞併了……

各種可能為真的消息讓困守王城的北川國貴族個個心急如焚，只是王城掌控在皇上和莫爾特族士兵手中，他們想出城投降都不行。

大慶乾安二年八月十五日，中秋節一過，鎮國大將軍親自帶領三十萬大軍和大慶後方運送來的攻城利器過來，大慶四十萬大軍圍攻莫爾特王城。兩天後，莫爾特王城投降，莫爾特皇帝和太子被城中反抗的大臣綁縛雙手推了出來，北川國莫爾特王朝滅亡。

十月，大慶皇帝的欽差大臣前來宣讀聖旨，鎮國大將軍率領大軍，押解莫爾特皇帝、皇后、太子、皇子，還有諸多皇孫、王爺進京。

三年多的戰爭裡，大慶一共動兵八十萬，戰死傷殘近二十萬，原本從哪兒調集的軍隊就回到哪兒去，為首的幾名將領隨著大軍回到京城，接受皇上犒賞。

大慶乾安二年十二月，金鑾殿上，皇上見到北川國的皇族，心中滿是得意，不過還是以禮相待，暫時將他們全部圈養在驛館中。對於戰功顯赫的將軍們，皇上大肆封賞。

皇上的御案上擺滿了一堆聖旨，禮部尚書、翰林院劉學士，以及其他幾位朝廷重臣輪流宣讀。

皇上封鎮國大將軍龍仲景為一等鎮國公，世襲罔替兩代，賞賜良田千頃，黃金千兩，各色綾羅綢緞百疋，金銀玉器若干。

皇上封鳳凰軍左軍副都統龍虎將軍墨宇軒為二等定國公，世襲罔替兩代，賞賜良田千頃，黃金千兩，各色綾羅綢緞百疋，金銀玉器若干。

皇上封……

皇上封……

今日到金鑾殿拜見皇上的都是高階將領，且個個都立有戰功，大家也知道墨宇軒功勞很大，覺得皇上肯定會重賞，只是沒有想到皇上封賞了大將軍之後便封賞墨宇軒，而且他的封爵居然和鎮國大將軍一樣，是「公」，還能世襲罔替兩代，這位皇上對墨宇軒的厚愛就如先皇對墨宇軒一樣呀……

畢竟是和兩代皇上走得很近的人，只要他對皇上們忠心耿耿，皇上們就不會吝嗇對他的嘉獎。新任鎮國公微笑著望向墨宇軒，為昔日的墨大將軍有如此後裔感到高興。

皇上等幾位大臣將所有的聖旨宣讀了一遍，然後另外派人將單獨封賞，不過其本人沒來的聖旨送往各處軍營宣讀。

保和殿上，皇上擺下慶功宴犒賞出征歸來的眾將官，太子和眾多文官們作陪。將軍們的任務已經完成了，剩下的事情是文官們要做的。

「各位，北川國進獻美女十名，朕不敢獨享，決定將九名美女送與諸位將軍。」酒過三巡，皇上笑道，朝身邊的近身太監微微抬手。那近身太監立刻道：「皇上有旨，宣美女上殿。」優美樂聲響起，九名身穿大慶華麗宮裝的異族美女魚貫而入，隨著樂聲翩翩起舞。分坐兩邊的官員們或含笑著欣賞歌舞，或交頭接耳指指點點。墨宇軒淡定地望了望，吃了一口菜，男人在外是少不了酒的，只是現在他回來了就必須儘量少喝。

樂聲停，美人們擺出一個優美的造型定住，然後再緩緩按照前四後五的列隊朝皇上跪下，默默等待吩咐。她們的命運從被選出來的時候就已經決定好了，她們只期盼自己能被年輕將領挑去，而不是被老將們挑去。

「大將軍，你是本朝近百年來最大的有功武將，你先挑挑兩個吧。」皇上笑吟吟道。進獻的美女也是戰利品，他只收了一名對自己可能有些用處的北川國公主，其他的就慷慨地分享給有功之臣。

鎮國大將軍立刻起身抱拳行禮，苦笑道：「皇上莫要戲弄老臣了，老臣已經這把年紀，還想多活幾年。」

皇上頓時哈哈大笑起來，坐在下面的眾臣也紛紛笑了起來。

「既然鎮國公不想要，宇軒，你是定國公，你挑兩個吧。」皇上頓了頓，道：「還是朕替你挑好了。莫爾特七公主，還有第一排最右邊的那個也不錯，妳們兩個起身過去伺候定國公。」

「是。」兩名身形曼妙的姑娘說著清楚的漢語，緩緩起身卑微地朝墨宇軒走去。

墨宇軒立刻起立躬身道：「皇上，微臣對她們沒有興趣。」

「哎，宇軒啊，你一直為先皇和朕忙碌，無暇分心家中，現在戰事已經結束，你該安定下來享福了。」皇上笑道：「這兩名姑娘美則美矣，可畢竟不是我大慶女子，不如我大慶女子溫柔端莊，等過些日子，朕讓皇后給你挑幾個年輕漂亮的世家女子作妾。」

「皇上！」墨宇軒離開席位朝皇上跪下，懇請道：「微臣不想納妾，請皇上收回成命。」因為墨宇軒的年輕英俊，心中都有些高興的莫爾特七公主和另一名美女聽他說這話頓時僵立住了，臉色蒼白地望向皇上不知道如何是好。

眾臣看他如此違逆皇上好意，不由得愣住了，大殿之上頓時鴉雀無聲。

「宇軒……」皇上的臉色頓時沈了下來，語氣也變冷了。

「皇上，先皇在世時就曾要賞賜微臣姬妾，微臣婉拒了，向他表示『願得一心人，白首不相離』，先皇成全了微臣。」墨宇軒抬頭對皇上道：「微臣還請皇上也成全微臣。」

「宇軒，你當面違逆了朕的好意，該當何罪？」皇上陡然厲聲道，語氣裡充滿危險。

「皇上，微臣認為微臣要不要女人是私事，還談不上有罪。」墨宇軒頓了頓，伸手從衣服裡拉出一條紅線，將繫著的一塊橢圓形金牌取下來雙手托舉呈給皇上，道：「皇上，微臣忤逆皇上好意有罪，願意用此物抵罪。」皇上大概是惦記著這個吧，給他就是。

皇上的目光落在墨宇軒的身上，抬手阻止太監過去拿，沈聲問道：「你想清楚了，你要用此物抵罪？」

「微臣想得很清楚。」墨宇軒朗聲道，凝視著御座上的皇上。

「哈哈哈哈……」皇上陡然大笑起來，道：「這是先皇賜予你的最後禮物，朕怎麼可以隨意收回，你還是留著吧，既然你不想納妾，那以後永遠都別納妾了。」

眾臣聽了頓時面面相覷。皇上金口玉言一開，墨夫人年老色衰後，墨宇軒再想納妾也不能納了。通房丫鬟是婢，就算生下兒子也算是家生子，天生的賤籍，除非墨夫人願意把婢生子放在自己名下，否則墨宇軒一旦嫡出的兒子們出意外全部夭折，墨家香火又斷了。

「謝皇上開恩。」墨宇軒立刻叩頭謝恩。

墨宇軒繫在脖子上的小金牌是什麼，先皇賞賜給他而皇上都還惦記著？眾臣的目光也落在墨宇軒的手上，看著他把小金牌又套到脖子上，塞進衣服裡。

皇上環顧眾臣，笑道：「先皇把宇軒視如子姪極為寵愛，在宇軒出征前賞賜了他一塊免死金牌。」

哦，原來先皇也擔心自己駕崩後新皇對宇軒不利，特地賜下一面免死金牌，給宇軒一條生路。先皇果然寵愛宇軒勝過寵愛自己的皇子呢，難怪皇上心裡糾結，找機會逼一逼宇軒。眾臣，尤其是武官們，心中又為墨宇軒有兩條命而高興。

皇上讓墨宇軒回座位，凝望著他的身影，想起父皇彌留之際告訴自己的秘密——

「沐兒，宇軒不是凌鈺之子，是朕的兒子，是朕當年微服出宮遊玩，以老友凌鈺的身分結識墨家小姐之後有的。曾經有一個相面非常靈驗的道長，給朕，給你們兄弟和孩子們面相。朕的前半生和後半生他算得幾乎沒有錯，所以朕從他給諸位皇子、皇孫的判詞裡確定了你和勤兒可傳承我雲家基業，才會廢掉你二哥，改立你為太子。以後，你要好好培養勤兒，不許受前朝大臣和後宮寵妃的挑唆疏遠他、毀掉他。

「道長對宇軒的判詞是，剋母，命貴不可言，對君忠心耿耿，對妻專一相守，所以，你可以放心用他。沐兒，宇軒是你皇弟，朕愧疚於他，你以後要替朕多多照顧他。」

父皇臨終前的遺言他牢牢記著，既然一直忠君這件事暫時無法測出來，他就測試墨宇軒的忠妻之心。

宇軒果然如面相判詞所說，極為寵愛妻子，寧可違抗皇命也不願背叛妻子納妾。皇兄、皇弟都去了封地，估計他今生都不會再見到他們了，他現在有這麼一個不用擔心會篡位奪權的皇弟，感覺甚好。

保和殿酒宴散去，皇上回後宮，大臣們各自散去。墨宇軒和眾位將軍一起離開皇宮，然後陸續散開回府。兩年半的戰爭中他分到了不少戰利品，他需要上金鑾殿，便讓部分侍衛親兵將那些戰利品押送回府，想來文卿現在已經在盤點戰利品入庫了，那裡面有不少他特地為她和孩子們準備的禮物，希望他們母子能喜歡。

將軍！侯爺！定國公！

沿途，行人們紛紛朝墨宇軒躬身行禮，臉上充滿欽慕敬仰。

墨宇軒威嚴地頷首，臉上帶著淡淡的笑容，不過面對一些少女投過來的愛慕眼神，他就選擇無視了。

領著部分侍衛親兵朝墨府前進，遠遠的，墨宇軒看到自己府門前站著一大群人，居中的身影讓他無比熟悉，那三個小豆丁都規規矩矩地站在她身邊。三年多了，他的妻子身形依舊，他的三個兒子卻已經長高了。

雙腳輕輕踢了一下馬腹，墨宇軒駕馭愛馬飛雪小跑起來，他身後的侍衛也急不可待地要和妻兒團聚，也策馬跟在他身後。幾個呼吸工夫，他們一群人來到了定北侯府，不，應該是定國公府門前了，過幾天，工部那邊就會把新做好的「定國公府」門匾送過來。

不等墨宇軒下馬，肖文卿領著闔府眾人走下府門前石階，屈身道萬福。「妾身恭迎國公得勝還朝。」在外人面前，她永遠都是溫柔端莊、進退有度的當家主母。

「恭迎國公得勝還朝。」一大群婦人和家丁齊聲說道，朝墨宇軒行禮。侍衛之妻的孩子們，大的如小公子他們一樣站在母親身邊，小的就由母親抱在懷中。

墨宇軒飛身下馬，朗聲道：「夫人免禮。各位都起來吧。」現在墨府的人口比他離開時增加了不少，等府中這批孩子們都長大，墨府才算真正的興盛起來。

「爹爹。」六歲的瀟瀟抱拳叫道，小臉充滿興奮。

「爹爹。」快四周歲的朗朗和康康齊聲道，臉上更多的是好奇。

「你們都長這麼大了？」墨宇軒驚喜道：「快讓爹爹好好看看。」

他激動地打量自己的嫡長子，瀟瀟的個子已經有他齊腰高了，濃密的頭髮用紅帶子紮成雙丫；一雙杏眼清靈水潤，和文卿的眼睛幾乎一模一樣；臉蛋沒有小時候圓，皮膚是健康的小麥色。

朗朗和康康身高還不到他的臀部，容貌依然相似得別人無法分辨，他們都留著桃子頭，眼睛、鼻子和他一模一樣。

捏捏瀟瀟的臉頰，墨宇軒笑著明知故問道：「瀟瀟，你怎麼變成黑炭頭了？」瀟瀟小時候皮膚隨文卿一樣很白，現在變黑肯定是經常在太陽下練功的原因。他墨家的孩子，絕對不能重文輕武，最後變成手無縛雞之力的書生。

「爹，我現在有兩個師父，每天都要練功，所以變黑了。」瀟瀟驕傲地說道：「娘還說明年再給我找一個師父。」

他現在已經有兩位武技師父了，羅師父是皇上派給他的大內高手，方師父是凌伯伯介紹給他的從軍中退下的武將，他們一個教他吐息納氣、飛簷走壁、單打獨鬥武功，一個教他排兵布陣、領兵打仗知識。師父們都說，他比他爹當年還要聰明，將來的武功能力一定不會比他爹差。羅師父告訴娘說他武技基礎已經打好，可以分心學習其他了，所以娘決定明年讓他拜到一個文學大家門下學文。

「不錯，明日你練幾招給爹瞧瞧。」墨宇軒高興地說道，親暱地揉揉兒子的腦袋。文卿把孩子們管教得都很不錯，他就算在京城估計也未必能教得比她好。

「爹，您的鬍子呢？」瀟瀟噘嘴道。他以為爹爹帶軍趕路，一定滿臉大鬍子，沒想到爹爹臉上乾乾淨淨的。

「嗯，爹要上殿叩見皇上，鬍子亂蓬蓬的不雅，爹又沒時間蓄鬚，也不知道蓄什麼形狀的鬍鬚好，索性剃光了。瀟瀟喜歡爹爹的鬍子？那爹爹下次不剃鬍子了。」墨宇軒摸摸自己光溜溜的下巴，有些好奇兒子對自己鬍子的興趣。世人大多三十蓄鬚，他今年真實年齡三十二歲，應該蓄鬚了。

看他們父子好像要在府門口聊開，肖文卿笑道：「瀟瀟，你爹和侍衛叔叔們都累了，你還不請他們進府坐下喝水歇息，換下身上沈重的鎧甲？」侍衛們看著自己的妻兒一臉激動，只是苦於規矩不敢上前說話。

瀟瀟立刻抱拳作揖道：「瀟瀟歡迎爹爹和諸位叔叔回府，你們辛苦了，請快些進去歇息。」

「瀟瀟，你越來越有小主人的風範了。兄弟們，我們回家。」墨宇軒大笑著彎腰伸手，將兩個小不點一左一右地抱起，道：「朗朗，康康，你們是不是不認識爹了？讓爹爹抱你們進去。」

「爹。」朗朗和康康又異口同聲地叫了墨宇軒一聲。

「哎。」墨宇軒歡喜地應聲道，抱著他的兩個小兒子領著文卿和瀟瀟一起進府。瀟瀟望了望，很大度地跟著母親一起走。

進入府中之後，墨宇軒轉身豪邁地道：「兄弟們，你們也辛苦了，現在各自回去和妻兒團聚吧，明日，我們府中自己開個慶功宴，我和兄弟們一起慶賀我們一個不少地得勝回來。」他帶出去二十七名侍衛，經歷兩年多的殘酷戰爭，一個不少的都帶回來了，這是他最自豪的事情。

肖文卿在墨宇軒的家信中已經知道這事情了，也很高興地通知了府中諸位侍衛之妻，她們的夫婿完好無損。

「多謝將軍，多謝夫人。」侍衛們抱拳躬身，然後紛紛散開，向跟著他們進來的妻兒走去。

「寶寶，來，叫爹呀，他是爹爹。」

「歡歡，爹爹回來了，你，你快叫爹。」

侍衛之妻們激動地抱著自己的孩子認父親，忍不住淚水盈眶。她們擔驚受怕地守在墨府中，日夜向老天爺祈禱夫婿可以平安歸來，現在夫婿回來了，他們一家團聚了。

「水晶、瑪瑙、春麗，還有各家娘子，妳們快些領著夫婿回家沐浴更衣，讓他們好好歇息。他們浴血奮戰三年多，辛苦了。」肖文卿笑著吩咐道，女人們在家等待，雖然衣食無憂，但日夜牽掛著西北。

「是，夫人。」

「夫人，說得是。」侍衛之妻們紛紛道，向肖文卿和墨宇軒行禮，然後拖著夫婿和孩子回他們居住的小院。

又吩咐周總管一些事務後，肖文卿伸手牽著瀟瀟的手，對墨宇軒柔聲道：「宇軒，我已經讓人準備好了熱水，你快些回後面洗漱一下。」宇軒自幼家教就好，很在意儀表，在回府之前只要有時間就會先把自己打理一番。她在府中得到他要回來的消息後便和瀟瀟打賭，她說爹爹回來後肯定不會鬍子拉雜，瀟瀟卻說爹爹肯定滿臉鬍子。現在，瀟瀟輸了，他要連續三天圍繞墨府跑十圈。

「嗯，我們回後院。」墨宇軒頷首道，抱著雙胞胎兒子和肖文卿一起往後院走。他方才快速看過了，府中添了一些新下人，新、老下人都很規矩，所站位置也很恰當，知道肖文卿將墨府打理得井井有條。

鴻雲居中，穿著居家常服的墨宇軒坐在堂屋羅漢床上笑呵呵地陪著兒子們說話，告訴他們一些自己打仗的事情。

肖文卿去了庫房，因為宮裡的太監將墨宇軒的賞賜全都送過來了，她要親自過目入庫。墨宇軒這次帶回了很多戰利品，他要求她把戰利品清點好，分出一半給那二十七名侍衛，他們跟著他出生入死，他不能虧待他們，雖然他們也分到了一些戰利品，但和他一領軍大將相比就顯得非常少了。

父子四人談了一會兒，幾年不見的生疏就徹底消散，康康和朗朗敢在他身上爬來爬去了。墨宇軒很欣慰地發現，朗朗和康康說話口齒伶俐、條理清楚，認識一千多個字，詩詞背誦很流利，會做一位數和兩位數的乘法。

母親的才能決定孩子的智慧，文卿聰明絕頂，為他生下了三個同樣聰明絕頂的兒子！

一家人吃了一頓團圓飯後，三個小豆丁被奶娘們帶回去歇息，夫妻兩人各自洗漱後也回房歇息。

「瀟瀟六歲了，妳還沒有讓他搬出去住？」墨宇軒在趙奶娘過來領瀟瀟時才知道，瀟瀟現在大半天時間在前院和師父們練功，小半天時間在鴻雲居中讀書練字，晚上就歇在主屋裡。

「瀟瀟還小，我不放心他搬出鴻雲居獨居。」肖文卿道，雖然瀟瀟身邊已經有一堆伺候的下人了，但她還是不想讓他搬出去獨居。

「文卿，瀟瀟六歲了。」墨宇軒道：「京城絕大多數大戶人家的男孩都在五歲之前搬出父母的院子。」女孩一般會在母親院子裡住到八到十歲，然後分院獨居。

「好吧，等過了這段忙碌時間，我就安排瀟瀟搬出去的事情。」肖文卿不捨地說道，像他們這等人家，男孩子長到四、五歲就紛紛搬出母親院子了。

「捨不得瀟瀟？瀟瀟還在府中呀，他每天都會到妳面前請安。」墨宇軒笑道。男孩和母親感情深是好事，可是太過依戀母親的懷抱就不好了。瀟瀟已經六歲，該搬出去了，朗朗和康康等瀟瀟搬出去之後，也要開始搬。

「哪一個母親捨得孩子離開自己？」肖文卿搖頭道。只是為了培養瀟瀟的獨立性，她不能捨不得。宇軒已經回來，而且大慶長期不會有戰爭，兒子們的教育方式要以他的為主了。

墨宇軒摟著肖文卿和少女時代差不多的纖細柳腰，柔聲問道：「文卿，妳還記得我出征前說的話嗎？」

肖文卿頓時嘴角勾起嫵媚的微笑，懶洋洋道：「宇軒，你走之前吩咐了我一大堆事情，我哪裡記得你的每一句話？」她靈動雙眸流轉異樣輝光，宛如夜空最璀璨的星辰。

墨宇軒知道她記憶力有多好，更知道她這是在調情，立刻湊到她耳邊，深情地說道：「文卿，我們生個乖巧可愛的女兒怎麼樣？妳可以一直把女兒放在面前養。」說著，他靈活的舌尖舔舐起她粉嫩的耳垂起來。夫妻三年多不在一起，他渴望她渴望得心痛、身痛，經過三年的調養，她的身子已經完全可以再承受一次孕育了。

「宇軒，別人是兒子多多益善，你怎麼就想要女兒了？萬一我這一次依然還是生兒子呢？」肖文卿嬌笑道，螓首左右搖晃起來，他的熱氣噴在她敏感的耳朵和頸脖上，讓她好癢。

「我們已經有三個兒子，足夠了，再生一個女兒，兒女雙全我就滿足了。妳懷孕生產很辛苦，這一次，如果妳還是生兒子，我只好承認我和女兒無緣。」墨宇軒輕輕說道，緩緩地將她往床上推倒，他再讓她懷孕一次，然後找太醫開不傷身的避子湯，不讓她再承受辛苦。

「宇軒……」她深情地凝望著他映照自己面容的雙眸，臉上綻放幸福的笑容。

湖綠色的床幃被放下，遮去了似火激情……

大慶乾安二年十二月，墨宇軒受封二等定國公，同時，其妻肖氏文卿受封國公夫人。這場大慶和北川的戰爭中，肖文卿的乾哥哥趙明堂屢建戰功，晉升六品武官，乾娘和大嫂皆敕封六品安人；昔日和假扮趙明堂的墨宇軒稱兄道弟的許淺也晉升六品武官，妻母皆敕封六品安人。

七年後，大慶乾安九年，肖文聰二十五歲，已經是大慶赫赫有名學者的他攜妻子柳氏進京趕考，毫無疑問成為春闈榜首，殿試後被皇上御筆欽點為狀元。他的妻子柳氏初次隨他拜訪劉學士夫婦，和劉夫人十分投緣，相談甚歡。

等肖文聰夫妻離開，劉夫人對劉學士嘆氣道：「明明都是我的女兒、女婿，偏偏一個也不能相認。」因為她的嫡長女劉紫苑和她弟妹肖文卿的二弟肖文楓有輩分差，她的嫡長女不得不「暴斃」，認方家兩老為父母，以方家女兒的身分嫁給肖文楓。她嫡次女紫綾因為同樣的原因「暴斃」，以柳家女兒的身分嫁給肖文聰，世上有她這麼憋屈的母親嗎？明明生有兩個女兒，她卻沒有做岳母的機會。

「夫人，世上有幾個女人能如我們的紫苑和紫綾幸福？」劉學士樂呵呵地開導老妻。他對兩個沒有名分的女婿非常滿意，尤其是對隱隱成為年輕文士領軍人物的肖文聰。對於書香世家的劉氏來說，文聰這樣的女婿才是最符合他們心意的，劉氏可以失去一些物質利益，得到文聰的親近往來。

「要不是為了她們的幸福，我捨得嗎？」劉夫人嘆著氣道。

紫苑嫁給文楓，文楓從不拈花惹草，夫妻和和美美，目前生有兩女一子；紫綾在家苦讀詩書，好不容易才嫁給了文聰，之後她跟著文聰到處跑，小夫妻遊山玩水拜訪名家，小日子過得悠哉自在，暫時連孩子都不急著要。

是啊，只要女兒能嫁給喜歡的人，女婿又能對女兒專一鍾情，做父母的還能捨不得俗世的利益嗎？

——全書完

番外篇　少國公追妻

誰是京城最有名的年輕人？京畿人會告訴你，不是當今大皇孫，不是太子少師肖文聰大人，是定國公之子墨雲麟。

少國公墨雲麟今年二十二歲，生得芝蘭玉樹，風度翩翩。他文武雙全，溫和儒雅，被當今皇上戲封為當朝第一貴公子。他父親是皇上第一重臣，是一品定國公，鳳凰軍都統，手握京畿大軍五十萬；他母親是國公夫人，是皇后娘娘最信任的外命婦。他在京城要風得風、要雨得雨，他卻有個大遺憾，那就是現在大慶朝國泰民安、歌舞昇平，他學了一身武藝無所用之處，只能偶爾在軍營裡調兵遣將，和父親進行軍事對練過過乾癮。

別家少爺養寵物，少國公大人也養，別人養鳥、養蛐蛐兒，他養混血大狼犬，他和他弟弟們每人都養這種據說是西北獵犬和山中野狼混血生的狼犬。

當他十八歲的時候有人上門說親，他對外宣佈，除了他家挑媳婦的條件，他自己還要加一條，那就是要不害怕他的將軍們。

這種混血狼犬的壽命是十年，最初陪伴他的狼犬「將軍」已經壽終正寢了，他目前飼養了兩條狼犬，六歲的左將軍是將軍的第四代，凶猛的同時溫順近人，不僅會向他撒嬌，還會向他認可的人撒嬌；兩歲的右將軍是西北母獵犬和山中野狼雜交後的第一代，靈通卻野性十足，目前除了他只有父親定國公可以撫摸牠。

國公夫人從前曾經對先皇的皇后說過，墨家不在意媳婦的家世，媳婦嫁妝都可以沒有，但一定要有才能、品性好，為此，有條件的人家努力教導女兒琴棋書畫之外，還培養女兒品性。什麼樣的品性最符合墨家要求？大家不約而同地教導女兒們向國公夫人學習，只是等少國公添加要不怕他寵物的要求，眾家夫人頓時都傻眼了。

有人在和皇上閒聊時抱怨少國公分明是刁難人家姑娘，照他這種要求，他這輩子也娶不到妻子。

皇上興致勃勃地把自己寵愛的少國公叫到面前，笑道：「雲麟，不少大臣對朕說，你看不上他們的姑娘，故意提出姑娘家不可能達到的條件；很多夫人也在皇后面前抱怨，少國公你這是故意出難題，你還是換個挑妻子的標準吧，朕還想看到小小國公出世呢。」

大慶的官員一直都羨慕定國公父子。先皇在位的時候，定國公深受先皇寵愛，現在皇上對定國公父子也極為寵愛，只是定國公也快五十了，只能重用不便寵愛，皇上把寵愛都給了少國公墨雲麟，好像太子殿下和大皇孫都不如少國公這般得到他的寵愛。

「皇上，只要微臣真心看中了某個姑娘，這個條件自然就無效了。」少國公墨雲麟笑呵呵道，因為每次見皇上，皇上都對他比自家子姪還隨和，他便也沒有了拘束。

「你都不怕被人說言而無信、出爾反爾？你喜歡什麼樣的姑娘？」如今頭髮也開始花白的皇上好奇地問道。當年他曾經妒忌父皇對宇軒的寵愛，當他做了皇上之後才瞭解做皇上的難處。他有很多皇子，可是他不能對太子以外的皇子有過多寵愛的表現，因為那會讓某人、某些人產生某種企圖，抑或使那個皇子處於風尖浪口而夭折掉。太子早就成年涉入朝堂，作為還不想被太子分去皇權的他，只能一邊培養太子一邊壓制太子，他的父愛無處傾洩，只好找個和皇權無關，又可信任的小孩寵愛了。宇軒的兒子雲麟，正適合被他用來傾洩父愛。

「不確定。」墨雲麟道：「大概是像我母親那樣的人吧。」溫柔冷靜、堅強獨立，出得廳堂、入得廚房，善於相夫教子、操持家務。

「像國公夫人的姑娘不少。」皇上提醒道：「崔家的幾位嫡姑娘，你凌三伯伯家的小表妹、展夫人的兩個孫女……她們每一個都是他們家族按照你母親標準培養的。」宮裡的幾位公主也喜歡雲麟，紛紛向她們母妃和他祈求成全。宇軒和他是異姓的血親兄弟，他們兩家至少在五服之內是不能聯姻的。

「我知道，多多少少見過一、兩次面。」墨雲麟道：「皇上，我父親和母親都說過，我應該儘量找和自己門當戶對的，免得夫妻婚後整日無話可說；不過要是我看中的人身分不太般配，但只要那姑娘確實心性好，他們也會成全我。」對此，他非常感謝父母的寬容。

「朕聽你父親說過。」皇上頷首道。想當年，宇軒養父凌丞相不敢擅自給宇軒作主親事，先皇對宇軒有著深深愧疚，縱容宇軒做他喜歡的事情，所以宇軒拖到二十五、六歲才挑中妻子，然後又因為妻子身分太卑微花了不少心思，最後才順順當當地將妻子娶進門。因為妻子是自己挑選的，所以他對妻子幾十年如一日的寵愛，府中沒有第二個女人；連渴望抱女兒，結果妻子又生下一個兒子，只苦嘆生平沒有女兒緣，卻不去找其他女人生女兒。

「微臣的父親到二十五歲才遇上微臣的母親，微臣今年才二十二，不急。」墨雲麟微笑道。那些個貴女他都悄悄看了一遍，她們都很溫柔冷靜，看起來也很堅強獨立，但他覺得她們本性還是菟絲花，他喜歡不起來。到底什麼樣的女人才能讓他產生娶回家一生相守的念頭呢？

墨雲麟和他父親一樣十六歲進軍營磨練，二十歲後被皇上從軍營裡提到龍鱗衛做事，正式官職是龍鱗衛鎮撫，從五品官。他除了守護皇上和皇宮，還經常被皇上調派到外地做事。

在南疆花了兩個月時間完成了一項皇上秘密指派的任務後，他將報告交給隨行的侍衛，便獨自一人在這個漢人和蠻夷人混居的百林鎮遊玩。難得到南方，他要多看看三舅舅口中的南方水鄉、魚米之地。

這裡民風淳樸，生活在森林的少數民族民風剽悍但也善良淳厚，要不是管轄這裡的知府、知縣壓榨百姓們太多，這裡也不會亂烘烘的，等他收集的情報送上去，他相信皇上很快會派人過來處置知府、知縣，清理這些危害一方的諸多官員。大慶從先皇在位的時候就已經逐步繁盛，當今皇上在位二十年，大慶繁花似錦，人口相較於先皇剛登基時暴漲了三倍還多。南方，大慶很重視這片溫暖豐饒的土地，打算等中原地區人口膨脹時把百姓逐漸往南方遷徙。

腰佩寶劍的墨雲麟悠閒地在簡陋的街道上遊覽，打算購買一些當地的特色小玩意兒帶回去送給爹娘和弟弟們。

陡然間，他聽到一聲鞭子揮舞的清脆聲響，然後聽到一名清亮的女聲。「你敢阻攔我？」

有人鬧事？墨雲麟樂呵呵地隨著人流朝那邊聚集，然後擠進人群中。

一家藥材收購鋪子前，一名青衣漢家少女手持一條黑色皮鞭，對身前一名身穿藍綢的紈袴子弟道：「讓開！」

那紈袴子弟旁邊還有幾名同夥，身後是七、八個年輕家丁。

「江姑娘，妳爺爺已經答應送妳做我的小妾了，妳敢打我？」藍綢紈袴子弟色厲內荏道，他迷上的就是她的潑辣。

「那老頭子早就把我爹趕出家了，他有什麼權力處置我的婚事？」背上揹著一個包袱的青衣少女冷哼道，手腕一抖，手中黑色長鞭頓時化作一道黑影，「啪」地一下打在地上的青石板上，那青石板立刻悶響一聲，出現一道深深的裂縫。

藍綢紈袴子弟和他的同伴、家丁立刻面露驚慌，紛紛向後退縮。他們以為她只是花架子，沒想到有真功夫，這一鞭要是打在人身上，人豈不被劈成兩半？

好功夫！墨雲麟心中立刻讚道，這可不是兩、三年時間能練出來的。這少女不僅是練家子，內功還很深。從側面看過去，那少女面容手背膚色凝白，身形凹凸有致，氣勢卻比男人高。

這位姑娘性格很強悍，和京城那些將門養得嬌蠻的貴女相比多了幾分獨立。墨雲麟看著，心中忍不住生出了幾分欣賞。

用鞭子嚇退藍綢紈袴子弟，青衣少女道：「姓喬的，我可不是江家養大的，我爹早已被江家老爺趕出家門，江家老爺無權替我作主，他對我做的任何決定，我都不會接受。」

「江、江姑娘，妳跟了我吃香喝辣，從此再也不用鑽林子打獵、採藥賣錢，難道不好嗎？」藍綢紈袴子弟顫聲道。

「我娘可是山裡的尼亞族女人，尼亞族的女人從來不許自己的男人拈花惹草。」青衣少女冷冷道：「我怎麼可能當你的妾？你，拈花惹草，髒死了。」

說男人拈花惹草是髒？墨雲麟差點笑出聲來，這個漢族男子和尼亞族女人生的姑娘認知真是好特別。不過山裡的尼亞族確實和山外的漢人不同，那裡的女人不像漢家女子對男人恭順，一直由女人擔任祭司，有時候女人還能當山寨頭領。

當眾被年輕姑娘這樣說，圍觀的很多漢人男子紛紛搖頭。到底是混了落後的蠻夷人的血，這姑娘好沒有羞恥心。

「妳，妳……」藍綢紈袴子弟顫抖著手指指向青衣少女。「妳居然當眾羞辱我，妳休想在百林鎮立足。」

青衣少女冷冷地瞥他一眼，道：「要不是你當眾阻攔我，我已經離開百林鎮了。」說著，她托了托背上的包袱離開。她到集鎮官府領了路引，又將手中最後一批珍貴藥材賣掉，準備出遠門。

走向不遠處的繫馬樁，她對在那邊等待的一名老者道：「趙大爺，謝謝您幫我看管我的騾子。」她的坐騎是一頭健壯的黑色騾子，騾子的身上還掛著一把短劍、一張弓、一桶羽箭，還有兩個大包裹。

「江姑娘，妳真要離開百林？妳想擺脫這人的糾纏可以去妳娘的族裡。」那粗布衣老者憐惜道，可憐小姑娘被當地惡霸逼得背井離鄉。

「趙大爺，天下很大，我想出去看看。」青衣少女笑吟吟地一拍已經捲在腰間做腰帶的黑色長鞭，道：「您放心，我有武技防身，在外面不會吃虧的。」一鞭一騾兩隻手，她可以遨遊天下。

「外面的世道複雜，妳一小姑娘獨自出門總不方便。」趙大爺搖著頭道。

解開繫繩，青衣少女輕盈地騎上騾子，笑道：「這個我會有辦法的，趙大爺，我走了，謝謝您往日對我一家的照顧，我們後會有期。」說完，她一催騾子，朝百林鎮外去。

這個姑娘很勇敢，不過還是單純了一些，外面很多事情不是有不錯的武力就能解決的。這裡已經是比較偏僻的南方了，這姑娘要出門看世界，應該會北上。墨雲麟想著，轉身繼續尋找給家人的禮物，他們若是有緣，一定能再見面。

有緣，果然是很有緣。墨雲麟晚兩個時辰離開百林鎮，沿著北上的官道馳馬，不到兩個時辰就看到了騎在黑色騾子背上的姑娘，不過她現在不是姑娘了，是一名頭戴斗笠、身穿青色男裝的年輕小夥子。

懂得女子孤身出遠門最好女扮男裝，這姑娘不僅有武力，還有幾分腦子。墨雲麟微微頷首，騎著自己的白馬雷霆追上去，朗聲問道：「小兄弟，你要去北方嗎？」他騎著來自皇上御馬監高大強健的汗血寶馬，他本身又比普通漢人男子高半個頭，和騎著騾子的姑娘並排走在一起，從高度上立刻把她完全壓下去了。

江姓少女在聽到有人追到自己近前時就伸手抓住鞭子握柄，回頭一望，見一陌生男子主動詢問，很冷靜地壓低嗓音道：「是。」這條黃土官道本來就是朝北的呀。

「小兄弟，我要去京城，你要去哪兒？我們是否可以結伴同行？長途漫漫，有人相互照應一下比較好。」墨雲麟問道，一臉的和善。

江姓少女推高斗笠打量主動搭訕的男子。此人看起來二、三十歲之間，額角有一道很明顯的肉色醜陋疤痕，臉上留著濃密的落腮鬍，濃眉修長如劍，雙眼皮的大眼居然明亮水潤，看起來和面相不太相襯；他騎著一頭很駿良的白馬，腰間佩著一把烏鞘長劍，背上揹著一個小包袱，馬鞍後面繫著兩個大包袱，看起來是個江湖獨行俠。

可以同行嗎？江姓少女猶豫了。這人坐在高頭大馬上，本身個子也不矮，這讓身材稍微偏矮的她感覺有些壓力。這人眼睛清澈如水，說話語氣和善，讓她感覺此人是個坦蕩蕩的君子。

「我姓雲，單名一個字霖，甘霖雨露的霖，請問小兄弟高姓大名？」墨雲麟抱拳道，那被刻意蓄鬍遮掩住的面容上滿是溫和爽朗的笑容。

江姓少女稍微猶豫了一下，抱拳還禮，努力壓低嗓音道：「小弟姓江，單名一個字晨，晨曦之光的晨。」

墨雲麟笑著問道：「江兄弟，我們結伴同行如何？我要去京城，我以前去過，認識路。」聽著姑娘的自我介紹，他知道她讀過一些書。

江晨頷首，問道：「雲兄，我隨意走走，沒有確定地點，也許會在半道兒去別處，如果雲兄不介意，我們可同行。」她在百林和百林附近的山中生活了十七年，對百林之外的地方瞭解不多，她的方向感不太好，如果有人能帶她一路，倒是很省事；要是此人有什麼不軌之心，呵呵，她會讓他後悔對她動歪腦筋。

「江兄弟，你看著如此年少，你父母怎麼捨得讓你一個人出門？」化名雲霖的墨雲麟微笑著詢問道，讓他的雷霆自己配合江姑娘的大騍子步伐。

「三年前我父母不幸感染上瘟疫去世了。」江晨說道，語氣有些平靜。

「抱歉，讓你想起悲傷事了。」墨雲麟低聲道。他猜這姑娘父母雙亡，否則她也不會因為祖父要插手她的婚事就收拾行李毫無牽掛地離開家鄉。

「沒事，謝謝你安慰我。」江晨搖頭道。

「江兄弟，你除了父母再沒有親戚了嗎？我反正沒急事要往京城去，不如送你去你親戚家。」墨雲麟說道。這世界對年輕美麗的姑娘充滿惡意，連他母親那樣堅強冷靜的人也不敢獨自出遠門。

「有一門子親戚，不過那種想利用你的親戚不要也罷。」江晨一臉豪氣地說道：「擺脫那些親戚，我自由自在。」

「小兄弟，你未免把外面看得太簡單了。」墨雲麟忍不住教導這涉世未深的雛兒。外面有很多邪惡的人販子，江晨這種外貌看起來十五、六歲的獨行少年會是很多人販子下手的目標，他會被人騙走可以證明身分的路引；被拐賣到普通人家做下人還算幸運的，也許還有恢復平民身分的可能；他要是被賣進永不見天日的工廠作坊就只能做工到死；他也許會被沿途的黑店藥倒被殺；被山匪強行拉入夥從此成為官府的要犯……

他的嘮叨讓江晨忍不住毛骨悚然，外面的世界真有這麼可怕嗎？他為什麼要告訴她這些，是傳授她旅行必備常識嗎？這人真是熱心腸。

和江晨同行十天，墨雲麟知道自己真的錯看了江晨。這年輕少女也許是因為母親是尼亞族人，所以她的獨立性很強，如果錯過宿頭，她會在野外尋找乾淨水源，收集乾柴搭建篝火，吃乾糧或者現抓野味。顯然沒有他同行，她一樣可以生存。

在經過的集鎮裡，她極少購買女孩子喜歡的物品，只會購置旅行生活必需品。他有時候忍不住打算給她買兩套新衣服，她推說無功不受祿，然後自行購買了兩套粗布做的衣裳換洗。

他看不慣她穿著打了好幾塊補丁的衣裳，或者穿粗麻布的衣裳，自作主張給她買了兩身直接塞給她。然後，她在路上打獵，將獵物賣給路過的飯館酒樓，再買了幾樣男子會用的物品還給他。她分得如此清楚見外，讓他心中很不高興，有些鬱悶，而她一本正經地說要禮尚往來。

她對陌生人，不管是什麼身分的人，都彬彬有禮，說話很客氣。「請問，你好，謝謝，對不起」幾乎是她的口頭禪。位於深山中的尼亞人有如此高的禮儀修養嗎？她的談吐不遜於京城貴女，但誰敢想像那些貴女面對店小二之流會說謝謝？

她不僅認識字，還學識不淺。她偶爾會唸一首、半首詩句，而他居然全都不知道出處；當他問她，她總是會說是前人所做，她只是來了興致唸幾句，因為讀書不多，都背不全。

他六姨父是當朝大學士，翰林院之首，他三個舅舅全是飽讀詩書的人，尤其是小舅舅為最，為什麼他就從來沒有從他們那裡聽到或看過她唸的一首、半首詩句？難道她比他遊歷大慶、四處求學過的小舅舅還要博學？

這個姑娘有謎團，好有趣。墨雲麟現在不急著返回京城，在發現這姑娘方向感不是很好時，故意帶著她忽而向東，忽而往南，去周圍的集鎮逛逛，反正這姑娘說要看看外面的世界，他就領著她看看。

「來人呀，快來救人呀，救命呀……」

遠處傳來恐慌的尖叫，一高一低並排前行的墨雲麟和江晨相互一望，不約而同地策馬（騾子）狂奔。

「蕭蕭～～」墨雲麟的汗血寶馬雷霆嘶鳴著四蹄騰空，宛如低空劃過的白色閃電，一溜煙將騎著黑騾子的江晨甩在後面。

江晨趕到有人喊救命的河道時，墨雲麟已經脫去外衣和五、六名男子一起在河中救人了。七、八名拿著鋤頭、鐮刀的村民站在河邊焦急等待，旁邊還有兩名婦人癱在河邊哭喊，另外還有兩名村民伸出不是很長的魚竿試圖幫助河中的人。

「什麼情況？」江晨迅速詢問一個村民。

那村民道：「天氣開始熱了，村裡的孩子結伴跑到河邊釣魚、摸螺螄，一個孩子不小心滑到河裡，其他的孩子想要手牽手下去救，一個也沒有上來。在岸上等待的孩子見情況不妙，一邊喊叫一邊朝有大人的莊稼地那邊跑，向在地裡做農活的村民求救。」

那村民正在說話時，一名下水的村民將一個十一、二歲的孩童救了上來，然後再度下水。

「二狗子，二狗子……」一名號哭的婦人立刻撲上去，將不斷張嘴呼吸的孩童摟進懷裡，幫著他吐水。

江晨把騾子的韁繩往那說話的村民手中一塞，道：「大爺，麻煩你幫我看著騾子。」說完，她往岸上一站，等待下一個孩童被救上來。第一個救上來的孩童還能自己吐水，沒事；

緊接著墨雲麟也拖著一名孩童游到河岸邊，村民立刻衝上去幫忙把孩子拖上岸。「啊，啊，嘔～～」這個孩子筋疲力盡，拚命呼吸，嘴巴、鼻子都在噴水，一臉的痛苦。

五、六名擅長水性的大人一共救上來六個孩童，大家問孩子們還有誰不在。這是一條河，河水緩緩流淌，如果他們救不到人，那孩童該順著河水漂到下游去了，那就沒有救了。

河岸上很亂，救上來的六個孩童有四個自己可以呼吸，有兩個一動沒動，搶著救他們的村民伸手摸摸他們的鼻子，搖頭道：「沒氣了。」

江晨一直關注著被救上來的孩童，每一個上來她都先衝上去看看，確定孩童沒事，等到有個孩童被宣佈沒氣了，她立刻道：「我也許可以救救。」說完，不等別人同意，她強推開阻擋在她面前的村民，俯下身打開那孩童的嘴檢查了一下，然後趴在那孩童心臟部位聆聽，發現真的沒有心跳了，立刻雙手交疊地壓住他的心臟，每隔幾下就掰開他的嘴巴深吸一口氣往裡面吹氣。

她在做什麼?她真的可以把人救活嗎?焦急的村民緊張地望著，興許是孩童母親的婦人一邊號哭、一邊喊叫孩子的名字。

半盞茶涼的工夫，那孩童猛地身子顫抖，急促呼吸起來。「牛娃子，牛娃子，你活了……」周圍的村民立刻驚喜地叫了起來，那號哭的年輕村婦立刻將孩子抱進懷裡，對江晨一個勁兒地道謝。

「這裡還有一個娃子沒氣了，你快救救他！」有人喊叫道，抱著最後一個救上來的孩童衝過來。

眾人讓開，江晨示意那人把孩子放下，檢查了一下孩子的氣道，然後開始做人工呼吸和胸外心臟按摩，忙了一陣子，這個七、八歲的孩童居然也被救活了。

「你真是活菩薩呀，謝謝你、謝謝你！」村民們一個勁兒地感謝道。

墨雲麟驚奇地望著江晨，她怎麼做到的？最後一個孩童是他撈上來的，他確定那孩童嗆水時間太久已經死了。

「這沒有什麼，人遭遇雷擊、溺水、撞車等意外，突然間沒有呼吸，心臟停止跳動，不一定代表他已經死了，如果那時候有人幫忙他做心肺復甦術，他還是有可能活過來的。」江晨抹了抹嘴道：「我剛才的救人過程你們都看到了，這叫心肺復甦術，包括人工呼吸和胸外心臟按摩，你們以後可以用這個方法救治落水後馬上救起來卻已經沒有氣的人。記住，這不是巫術、法術，這是醫術，對看起來斷了氣的人只是有可能救活。」

因為村子就在河岸附近，很多孩子趁家長不注意下水玩，他們村子幾乎每隔幾年就要死一、兩個孩子，現在聽說可以救因為意外剛剛斷氣的人，圍在周圍的村民都非常興奮，紛紛討教。江晨毫無保留地將心肺復甦術詳細地傳授給村民們，再三叮囑這不是萬能的，不能保證一定能把人救活。

「江兄弟，這應該是大夫、郎中密不外傳的救治手法吧？你怎麼就這樣傳給一群陌生人了？」一直旁觀的墨雲麟一臉嚴肅地問道，他此刻頭髮還滴著水，濕透的褲管緊貼在他修長的腿上。

「很簡單的救人手法而已，也算密不外傳？」江晨毫不在意地說道。「雲兄，你身體全濕了，還不去換件衣服？」打量他因為下水救人而脫光上衣的矯健身子，她陡然耳熱起來，迅速將臉轉向別處。那光滑緊實的麥色肌膚、隱約可見的六塊腹肌、弧度優美的人魚線，真是絕世小鮮肉！美中不足的是那鬍子讓人看著礙眼。

她是因為看到他不著片縷的上半身害羞了嗎？墨雲麟隱藏在鬍子裡的優美紅唇勾出一抹笑意，這姑娘終於有一些姑娘家的樣子了。

因為墨雲麟和江晨都救了人，村民對他們千恩萬謝，熱情邀請他們到村子裡歇歇腳。

江晨施恩不望報，不想打擾人家，便詢問墨雲麟道：「雲兄，你意下如何？小弟打算趕路。」他們去村子裡，村子肯定要好酒好菜感謝他們，這樣就讓人家破財了，救人而已，對江湖浪子雲霖和她來說只是舉手之勞，不足掛齒。

「我想天黑之前趕到前面的青柳鎮，各位鄉親父老，我們就不打擾了，各位回去吧。」墨雲麟展顏一笑，拉拉身上的濕褲子道：「在下還要躲起來換套衣裳，各位，請都回去吧。」

「兩位恩人尊姓大名，可否讓我們牢記在心？」一名年長的村民認真地問道。

「小事一樁，舉手之勞。」墨雲麟笑道：「在下姓雲，我的小兄弟姓江。」

「雲恩人，江恩人，既然你們有事急著趕路，我們就不請你們回村子了。我們是夏家村人，就在這條河西岸，兩位恩人以後路過鄙村，請停下來進去坐坐，歇歇。」年長的村民道，拱手躬身行禮，然後招呼村民各自散去。

等村民走開，江晨轉過身子催促道：「雲兄，你快些換衣服吧，小心著涼。」

墨雲麟輕笑一聲，走到他的愛馬雷霆邊，從包袱取出乾淨的換洗衣物，然後背對著江晨快速換下，道：「我換好了。」說著，他又抽掉束髮帶，將滿頭濕髮打散，用之前脫下來的上衣擦拭長髮。

江晨轉過身，便看到一名藍色文士長衫男子背對自己，用乾衣服擦拭那長到背部的烏黑長髮。身體膚髮，受之父母，不敢毀傷，孝之始也。漢人最講究孝道，男子也留一頭長髮。文士的儒雅，頎長的背影，光可鑑人的長髮，真是讓人浮想聯翩。江晨盯著對方的背影，莫名地心動了。

墨雲麟擦乾長髮，拿起梳子梳理幾下，便轉身道：「我們走吧，等頭髮全乾了，我再束起來。」濕髮束在頭頂對身體不好。

這人額頭上的一指長肉色疤痕算不得破相，就是那把鬍子讓人看著抓狂。江晨撇了撇嘴，道：「嗯。」這人看起來還沒老，幹麼留著容易沾灰的落腮鬍？

兩人各自騎上坐騎，沿著河岸上的官道繼續向前行。墨雲麟微笑著問道：「江兄弟學過醫術？你今日救溺水之後斷了氣的孩童手法很熟練，我走南闖北了好幾年，從來沒有聽說這種救人手法，這是你家祖傳的嗎？」

早猜到他要問，江晨道：「我沒有學過醫，這只是我師父傳給我的一套急救人手法，她也說是從別處學來的。」

「哦，你師父是何人，你的武功都是她傳授的嗎？」墨雲麟問道，她師父是隱世高人嗎？

「我師父是個脾氣古怪的老婦人，教了我五年武功後去世了。」江晨道，這是真話。隱世高人，難查身分……墨雲麟轉頭凝望這個神奇的美麗姑娘。她勇敢潑辣，冷靜沈著，博學多才，讓他越來越喜歡了。「江兄弟，如果有一天榮華富貴送到你面前，你會要嗎？」他試探道。

「榮華富貴誰不想要？」江晨笑道：「不過天下沒有白吃的午餐，那榮華富貴肯定是要我用東西換的，如果讓我用來交換的東西超出了我的底線，我不換。自古以來，王侯將相死後也只有一墳地，榮華富貴之於我如過眼雲煙，我只要這一生過得瀟灑自在。」

她仰望蔚藍的天空，張開雙臂道：「我現在這個樣子很好啊，帶著大黑四處雲遊，沒有錢的時候努力打獵挖草藥換錢繼續雲遊。」大黑是她的騾子，有些通人性。

這種視錢財如糞土，榮華富貴如過眼雲煙的清高豁達，也是從她那隱世的師父那裡學來的？墨雲麟頓時覺得有些頭疼。這姑娘難道不知道她年紀不小了，該找個夫婿了？一生雲遊，瀟灑自在地過一生，難道她打算一輩子女扮男裝，最後孤苦無依地客死異鄉？

「江兄弟，你是你父母的獨子吧？難道不知道不孝有三，無後為大的道理？」他委婉地勸道：「男大當婚，女大當嫁，你遲早要……遲早要娶妻生子，所以你不能總是這樣放縱下去。」

他們相識才十二天吧，他就這樣關心起小兄弟的終身大事？江晨好笑地回答道：「我自然不可能一輩子孤身一人的。我現在是趁著年輕雲遊，順便尋找可以和自己情投意合的……異性，然後夫妻攜手雲遊，等有了孩子再安定下來，等老來再尋個山美水美的地方養老。」頓了頓，她道：「雲兄，你怎麼關心起小弟的婚事來了？你今年多大，有三十了吧？男人三十而立，不知道嫂子溫柔賢慧不，小姪子可愛不？」

三十？他哪有那麼老了！雖然他留了落腮鬍很顯老，但今年剛剛二十二！因為被她看老心中有些鬱悶的墨雲麟沈聲道：「為兄今年二十有二，尚未娶妻，未有孩子。」這年頭，有些沒有娶妻的男子也還是有孩子的，所以他必須說明自己的婚姻家庭狀況。

「你才二十二！」你這麼年輕留什麼大鬍子？充老呀？江晨腹誹，臉上笑呵呵道：「雲兄二十二歲都還沒有娶妻呢，小弟今年才十七歲，成親那事更是早得很。」

平常女子大多十四、五歲訂親，十六、十七歲嫁人，超過十八歲還沒有夫家就是老姑娘了。墨雲麟心中立刻盤算起來，試探道：「江兄弟，你認為什麼樣的男子可以成為女人信賴依靠的夫婿？為兄出遠門幾次，心中還是不確定自己能不能成為好夫婿。」

「有擔當、疼老婆，沒有大男人主義。」江晨不假思索地說道，隨即發現自己說得太快且說了別人肯定聽不懂的話，連忙改口道：「做事有擔當，能養家餬口，疼愛妻子，絕不會在外面受了氣回來就衝妻子發火，甚至打妻子；把妻子當人看，凡事會和妻子商量，尊重妻子的意見。」

嗯，果然是尼亞族女人對男人的要求。墨雲麟摸著自己的落腮鬍，問道：「你少說了一項，姊兒愛俏，女人很在意男人的容貌。江兄弟，你這張臉很容易讓姑娘心動。」他這京城第一貴公子，每次出門就有姑娘偷偷或者正大光明地看他，只要他回望，她們立刻臉紅，一臉嬌羞。

「英俊美麗不能當飯吃，年輕的容顏禁不起歲月的消磨，聰明的人都不在意外表。」江晨說著，伸手將掛在騾子背上的斗笠拿起來拍拍灰戴到頭上，壓低帽簷將自己的半張臉遮擋起來。雖然她處處表現得男性化，但畢竟是「假貨」，會在不經意間露出女態。

好，就是她了！她雖然沒有他母親那樣絕頂聰明，但比他母親還要勇敢堅強，一定能適應和以往不同的生活和身分；她主動拋棄了家族，皇上會很高興他娶了一個沒有娘家勢力的妻子。墨雲麟笑咪咪地摸著鬍子，尋思著如何讓她對自己心動，如何把她拐到京城去。他是男人，留的鬍子不小心遮住真面容是很正常的事情；至於額角處偽裝出來的明顯肉色傷疤，他弄點所謂的宮廷秘藥「消除」掉就是了，總之，他只有名字稍微欺騙了她一下，而她女扮男裝是真真正正的大欺騙。

一暗衛受命跳出來和少國公偶遇，熱情地說完一番兄弟好久不見的話後，遞上少國公自己準備的宮廷秘藥，道：「雲麟兄，你額頭什麼時候受傷的？來來來，我這邊有一瓶打算送人的雪蛤祛疤膏，你先搽搽，看能不能把那傷疤除掉。」於是，墨雲麟獲得了一瓶美白祛疤的宮廷秘藥，然後早中晚搽搽搽，五天工夫就把那很明顯的肉色傷疤去掉了。現在他對著鏡子看看，覺得自己成熟穩健、陽剛帥氣，能吸引女人的心。

如何讓她在自己面前露出少女身分？這件事情墨雲麟思考了很久。拉她去青樓聽曲兒嗎？她肯定會因為是女兒身堅決不去，然後他可以藉機猜測她是姑娘；只是這是個餿主意，尼亞族女人對男人看得很嚴，她一定會覺得上青樓（其實真的是喝茶聽曲）的他很髒。

天氣熱了，他們每天晚上都要找水淨身。不過江晨機靈，總是找機會先淨身，不讓他看到，他可以盯住她，及時「發現」她是女兒身；他還可以派暗衛喬裝打扮一下，裝作不小心潑她一身水。只是，初夏衣裳單薄，衣服濕了馬上就會緊貼在身上，她立刻會顯出原形。

這兩個主意都太猥瑣，萬一她從頭至尾對他沒有興趣，他這就是壞了人家清白；第二個主意讓她在光天化日之下近乎半裸著身子，更是害人害己。

墨雲麟絞盡腦汁想先讓江晨的女兒身暴露，結果一直小心偽裝自己的江晨自己先暴露女兒身了。

因為江晨的盤纏快用光了，而沿途都沒有打到能賣高價的獵物，在經過一座茂密的山林時，收拾了一下就進山打獵，墨雲麟不放心，便跟著進山。

他們兩人的運氣不知道是好還是壞，進山之後半天就遇上了一隻吊睛白額大老虎。他們發現老虎的同時，老虎也發現了他們，吼叫著朝他們撲過來。江晨立刻拉弓射箭，一箭射中老虎左前肢，墨雲麟用臨時買的獵弓射瞎了老虎一隻眼。

老虎受傷吃痛，憤怒咆哮，不但沒有逃跑還繼續朝他們猛衝。

「我們先退後。」墨雲麟叫道，拔出佩劍準備拉著江晨先避其鋒芒，結果一抓一個空，轉頭就看到江晨右手揮舞烏金長鞭，衝上去猛地朝老虎揮去。

老虎身軀龐大，妳不能對牠一鞭致命，反而會被牠撲倒。人被有尖牙利爪的大型猛獸撲倒，不死也傷！墨雲麟迅速要趕上去擋住江晨，就聽到巨大的劈空聲響起，老虎猛地倒在地上抽搐，身體隱隱散發焦味。他立刻飛身上前，對著老虎脖子就是一劍，割斷老虎氣管。

「好厲害的鞭子功夫。」墨雲麟驚讚道，低頭望向江晨手中的漆黑長鞭。這一鞭裡蘊藏了多強的內力呀，居然一鞭就把老虎打得渾身抽搐；不過，為什麼有些皮毛燒焦的味道？

「我居然把老虎殺了？」江晨也震驚自己剛才的行為，望著翻倒在地上脖子汩汩流血，身子持續抽搐的老虎。

「當然是妳殺的。」墨雲麟笑道：「妳真厲害，難怪敢一個人獨自出遠門。」沿途江晨也打獵，不過都是獵些野兔、大雁落單的野狼，沒想到她遇上百獸之王都不逃，還很輕易地就把老虎殺了，完全不需要他幫忙，難怪她敢孤身走天涯，原來身負絕世武功。

「嗯，老虎渾身都是寶，可惜這裡方圓百里都沒有人家，否則就能找人幫忙運走了。」

江晨醒悟過來，道：「雲兄，虎皮是上等皮貨，虎鞭是壯陽珍品。我來剝虎皮，你看看有沒有虎鞭，有就割下來。等一下，我們烤虎肉吃，順便將虎膽、虎骨什麼的也帶點出山。」她也聞到了一股焦味，希望虎皮的皮毛價值不要降得太多。

虎鞭……壯陽……墨雲麟感覺腿間一緊。這丫頭真是野生的，說話百無禁忌。

江晨走上前彎腰檢查老虎斷氣沒，墨雲麟就跟在她的身後，在她彎腰的時候眼角瞥見她青色長褲的臀部中間偏下位置上有一團鮮紅的新鮮血跡，立刻緊張起來，問道：「江兄弟，你受傷了？」

「受傷，我沒有啊。」江晨驚訝地回頭道。

墨雲麟指指她的屁股，道：「妳屁股下面有一團血跡。」

「啊？」江晨陡然一愣，隨即雙頰飛霞，驚慌道：「你別過來，我去去就回來。記住，不許過來，絕對不許過來！」說完，她飛一樣逃掉了，逃到他們包袱掉落的地方，拿起包袱逃到更遠的一棵大樹後。

她屁股部位受傷了，她怎麼還可以跑得那麼快，彷彿並沒有受傷。她是怎麼受傷的？他明明一直跟在她身邊，居然不知道；難道，難道是……墨雲麟站在還沒有徹底斷氣的老虎身邊望著江晨的方向思索著，臉上逐漸露出一抹詭異的笑容。

良久，江晨磨磨蹭蹭地從遠處走了過來，身上的長褲已經換了一條乾淨的了。他們齊心合力剝老虎皮，墨雲麟追問道：「江兄弟，你什麼時候受傷的？」

「我沒有受傷。」低著頭的江晨雙頰火辣辣一片。

「怎麼可能？你受傷流血了，我這裡有上好的止血藥，你拿去敷上。」

「我沒有受傷。」

「我明明看到那裡流血了，你一定受傷了，諱疾忌醫可不好。」

「謝謝雲兄關心，我沒有受傷。」

「江兄弟，你沒有受傷哪來的血？」

「……」

「江兄弟，喏，這是京城最好的止血藥，你拿去敷上，虎皮我來剝。」

「……」

「江兄弟，嗯，我想起來了，你是不是有那難言之隱的毛病，現在突然流血了？你放心，我認識不少醫術高明的太醫，可以請他們幫你動個小手術，把痔瘡割掉，你別難為情，有病就要治。」

痔瘡！面對意外嘮叨的墨雲麟，心中本來就有些煩躁的江晨怒吼道：「我這不是痔瘡，是大姨媽來了！」想到他不知道大姨媽為何物，她又道：「就是女人每個月會來一次的月事。」

果然是突然來月事了，墨雲麟立刻追問道：「妳是女人？」他十八歲那一年，他父母沒有給他安排通房丫鬟，特地請了一名太醫，是太醫，不是宮裡敬事房的某種人，給他講解男女之事，他從此便知道了女人和男人身體的不同處。

狠狠瞪了他一眼，江晨怒氣沖沖道：「女人又怎麼樣了，別忘了，這隻老虎是我打死的！」她要是沒有絕對安全的把握，敢制定獨行天下的計劃？

「嗯，妳很厲害。」墨雲麟立刻目光灼灼地望著她，語氣正式道：「江姑娘，在下今年二十二歲，沒有婚約，尚未娶妻，家中父母雙全，弟弟三個，現在對姑娘甚是傾慕，請問姑娘可願嫁我？」

這回江晨呆住了，良久才張嘴問道：「你是不是早就看出我是女兒身了？」這人是走南闖北的江湖浪子，肯定閱人無數，她雖然一開始和他說話時壓低嗓子，但不可能一直記得壓低嗓子和他說話。女人的聲音清脆，喉間沒有喉結，其實很容易被看出破綻的。

「對，和妳初次相見，我就知道妳是姑娘家了。」墨雲麟道：「江姑娘，我有些家產，能保證妻兒一生衣食無憂。」他何止是有家產，他父母長輩，皇上、皇后還有先皇等人賞賜給他的禮物，和他現在的俸祿，加起來足夠讓他和妻兒躺著吃幾輩子了。

初次相見，他就對她有好感了嗎？現在終於找到機會向她求親了嗎？江晨頓時感覺到了甜蜜蜜，猶豫了一下便道：「雲兄，我不是純粹的漢人，我父親是漢人，我母親是百林鎮外普洱群山裡的尼亞族人。我父親因為執意要娶我母親被祖父趕出了家門。」漢人很排外，他家有長輩，婚事必須得到長輩同意才行。

「我知道，妳在百林鎮教訓那個紈袴子弟的時候，我在人群裡看到了。」墨雲麟微笑道。原來在百林鎮他就對她有些意思了呢，他真是很有耐心的人，就像獵人不動聲色地接近獵物，逮到機會就猛地撲上去。

江晨嘛嘛嘴，道：「既然你都知道了，我問你，你隨意向姑娘求親，你父母可允許？你可答應和我成親之後絕不再碰第二個女人？和婚前認識的女人斷得乾乾淨淨？」

「我父母很寬容和善，允許孩子們自己挑選妻子，我母親就是我父親自己挑選的妻子；我父親雖然可以納妾、收通房，但從來只有我母親一個女人。」墨雲麟保證道。

原來是家族遺傳，這個太好了！江晨立刻露出燦爛的笑容，繼續道：「如果你移情別戀做對不起我的事情，我會按照尼亞族的傳統跟你和離，帶走你的一部分財產和孩子。這個，你必須同意。」

還沒有成親就提到和離，這也太傷感情了。心中搖頭的墨雲麟點頭道：「我同意。」

「真的？」江晨有些驚訝了。

「真的。」墨雲麟嚴肅道。他小時候很可愛，眾家夫人邀請他母親作客時往往都要點名把他帶上，十歲前他隨意進出別人家的後宅，看到過很多女眷。他對那些養在深閨裡的大家閨秀從來就沒有興趣，他對江晨先是有興趣，然後有好感，隨著對她的瞭解越來越喜歡，到了非她不娶的地步。既然已經做下決定，他便不會輕易改變，他會跟在她身邊杜絕她有機會結識其他年輕男子，一點點奪取她的心。

「我一貧如洗，財產只有一匹騾子、一副弓箭、一把短劍、一條長鞭，幾件換洗衣物。」江晨道，不過既然他在百林鎮就看到她，應該知道她很窮，父母雙亡，想利用她的祖父一家也被她主動拋棄了。

「我母親出身卑微，所以我父親訂了一條家規，只要姑娘品性好，可以沒有嫁妝。」墨雲麟道。

居然制定這樣的家規，他的父親真是天下奇男子。江晨凝視墨雲麟的雙眼，希望看出其中真偽，他的雙眼清澈明亮，沒有半點虛偽。

「既然我的條件你都答應，我同意你的求婚。雲霖，我叫江晨曦，晨曦之光的晨曦，江晨是我男扮女裝時給自己決定的名字。」江晨這些日子對他已經漸漸有感覺了，既然他的條件這麼好，家裡又不反對他娶窮人家的姑娘，這樣的男人哪裡找，她先答應婚事再說。

墨雲麟心中大喜，聽她說名字，立刻乘機道：「晨曦，我姓墨，筆墨紙硯的墨，白雲的雲，麒麟的麟。」墨雲麟這個名字在大慶太有名了，不知道出身百林的她聽說過沒。

「墨雲麟，雲霖。」江晨不在意地笑道：「你和我一樣，用了半真半假的名字。」頓了頓，她繼續道：「雲麟，你的鬍子我一直看著礙眼，你又不是老頭子，幹麼留鬍子？剃掉怎麼樣？」他的性格真不錯，既讓她有可以委以終身的感覺，也讓她有一種哥們兒的感覺。

「嗯，等下我找水洗一洗，把鬍子剃掉。」墨雲麟將手上的虎血擦乾淨，伸手從脖子上取下繫著鏤空羊脂玉珮的紅繩，道：「晨曦，這是我父母贈送我的鴛鴦玉珮，一枚我留在家中，一枚我隨身帶著，現在就送妳做訂親信物。」他見她沒有特別驚訝，知道她不知道定國公府少國公墨雲麟是何許人。他手中的鏤空鴛鴦羊脂玉是他已經過世多年的祖父，曾經的大慶丞相賞賜給他母親的見公婆禮物，母親在他十八歲那年贈送給他了。

江晨曦大大方方地轉過身子，道：「你替我繫上。」她說著，雙頰泛起紅暈，連耳朵尖都充血得宛如紅玉。

墨雲麟立刻小心翼翼地替她繫上，這一繫，他們便是未婚夫妻了。

江晨曦轉過身蹲下來繼續給老虎剝皮，吶吶道：「我身無長物，沒有什麼可以當信物；不過你放心，等把虎皮、虎鞭賣掉，我挑選一塊玉送你。」

「只要是妳挑的就行，既然妳是我的未婚妻，我就不許妳為生活而奔波。」墨雲麟柔聲道：「一切都由我來。」既然訂婚了，他就可以名正言順地照顧妻子。

「不用，等成親後我讓你養。」江晨曦低聲道。如果他家境不是太好的話，她會分擔他贍養父母和照顧弟弟們的責任。

她是個獨立堅強的姑娘，聰明博學，禮貌待人，一定能適應京城貴夫人的生活。墨雲麟為自己能挑到比母親還要堅強獨立的姑娘心中喜孜孜的，在幫她剝虎皮的時候突然想到家中的大寵物，趕緊問道：「妳喜歡狗嗎？我和弟弟們都喜歡養狗。」定國公府不僅他們兄弟四人養狼犬，他們的侍衛小夥伴也有人養猛犬。

「還算喜歡吧，山中的尼亞族人很多人家都養獵犬。」江晨曦道。尼亞族的女人種田織布，男人種田之餘會採藥打獵。

「我自己養了兩條很凶猛的大狼犬，我擔心妳會害怕牠們。」墨雲麟道。六歲的左將軍性情溫和，晨曦如果能和山中獵犬相處，她肯定也能接近左將軍；兩歲的右將軍狼性太重，有些欺軟怕硬，晨曦如果害怕牠，牠肯定不許她接近，甚至可能恐嚇她。

「害怕？」江晨曦突然輕笑了兩聲，道：「狼犬雖然凶猛，但肯定是不能和這隻大老虎比。」

她一鞭子就把受傷發狂的老虎抽得癱在地上抽搐，怎麼可能害怕右將軍？她的鞭子就能把右將軍打怕！不過，她的鞭子功究竟是怎麼回事，老虎體表根本沒有鞭傷，反而有一股淡淡的皮毛燒焦的味道。既然是未婚夫妻了，墨雲麟便把自己的疑惑問了出來。

江晨曦沈吟了一會兒，道：「你知道世上有極少極少的人擁有普通人不可能擁有的力量嗎？」既然要結為夫妻長期生活，她的秘密遲早會暴露，她不如趁現在告訴他，他會害怕得逃掉嗎？

「尼亞族的巫師、祭司？」墨雲麟很機靈地問道。普洱山中生活著很多不同的民族，他們中流傳著各種匪夷所思的故事。

「差不多吧……」江晨曦含含糊糊地點點頭，繼續道：「我從有記憶開始就掌握了一種特別的力量，我稱之為『電』。我的蛇鞭鞭子裡編織進了柔軟的金屬細絲，可以用來導電，剛剛我鞭打老虎的時候就釋放了電，於是老虎被電得劇痛抽搐，任我宰割。」他害怕了吧？

「電，好厲害，可惜太厲害了，我不能嘗試。」墨雲麟震驚地說道，這才明白為什麼她敢獨自一人出遠門。

他沒有嚇跑？江晨曦凝望他的面容，發現他並沒有露出恐懼之色，便伸手輕輕搭住他的手背，釋放了一道小電流。

墨雲麟陡然感覺手背被針刺了一下，立刻恍悟，問道：「這就是電？妳沒有用很多電吧？」要是用很多電，他已經像老虎一樣痛得癱倒在地上了。

「嗯，電的強弱我可以控制。」江晨曦緊張地說道。

他替皇上跑一趟南方，居然撿到絕無僅有的寶貝了。墨雲麟立刻想到了很多，臉色凝重道：「妳有這種異能的事情不可以再告訴別人。」任何人對這種非人的力量都會恐懼，他會保護她，可是畏懼她這種力量的人也許會想盡辦法殺了這個別人無法掌控的異能。

「我知道。」江晨曦頷首道。

想起自己的寶貝寵物，墨雲麟趕緊道：「妳要對我的左將軍和右將軍溫柔點，別欺負牠們。」性格溫順的左將軍他倒不替牠擔心，右將軍是不撞南牆心不死的倔強傢伙，遇上這樣的女主人要吃兩次皮肉苦才會屈服。

左將軍和右將軍是他養的兩條狼犬吧？江晨曦笑盈盈道：「我會好好和你的寵物相處的。」一身為帶有福利的穿越女，她不可能連兩隻狼犬都馴服不了！

——全篇完

中華民國105年
7月4日至8月2日
線上書展

狗屋夏日閃報

A1
頭條

發行人：站長　7/4(8:30)~8/2(23:59) 熱愛發行❤　love.doghouse.com.tw

巨星現身！！獨家揭露秘辛

記者旺來特地邀請七組大牌巨星，來為各位揭開他們私底下的一面XD，各位看倌們，喝口茶，來看看他們怎麼說吧～～

（記者 旺來/台北報導）

江邊晨露《追夫心切》全三冊、
青梅煮雪《丫鬟不好追》全二冊、**芳菲**《巧手回春》全六冊
雷恩那《比獸還美的男人》、
莫顏《江湖謠言之雙面嬌姑娘》、
單飛雪《真正的勇敢》上+下、**宋雨桐**《流浪愛情》

辦公室八卦外洩?! 折扣搶先曝光！

福利來～～了～～據外派記者潛入編輯辦公室偷聽到的最新優惠，今年照例釋出超低折扣，想乘機搜羅好書的讀者可以開始鎖定下手目標啦！

（特派記者 金綿綿/辦公桌下報導）

這裡整理出表格供大家參考：

書展新書首賣75折	75折	2本7折	6折
NEW 橘子說1227~1231 文創風424~434	橘子說1188~1226 文創風401~423	文創風 291~400	橘子說1127~1187 采花1251~1266 文創風199~290

小狗章（以下不包含典心、樓雨晴）

5折：橘子說1072~1126、花蝶1588~1622、采花1211~1250、文創風100~198
5本100元：PUPPY001~458、小情書全系列
1本50元：橘子說1071以前、花蝶1587以前、采花1210以前

不負責專欄之讀者有話說

花蓮Y小姐 35歲：
「等了單飛雪一年，終於等到她的新書了……(拭淚)」

台中S小姐 26歲：
「每次下班衝去租書店都租不到新書，用買的比較快啦！」

嘉義X先生 32歲：
「一本50元？原來我家老婆的私房錢都是花在這裡……」

結論：一本50元實在太殺了，不下手對不起自己，記者也要先衝了(奔)

邀請狗屋明星貓豆漿大爺來客串

不顧矜持《追夫心切》，情非得已竟換得良人一枚！

文創風 424-426 江邊晨露

旺來：嘖，作為一個古代女子，竟敢主動追夫，不簡單啊妳……

肖文卿：這……說好聽是時勢造英雌，說大白話就是狗急跳牆了啦～～

旺來：哈，不得不說這隻狗兒就算急了，還真是選對了一堵金貴的好牆啊！

肖文卿：有道是好狗運不是？! 那天正好就他一個男人經過，為了不作通房不作妾，只好自己找個男人撲上去了，哪知這麼巧，竟然撲到絕世金貴又專情的好男人……老天有眼啦！

凌宇軒：怎麼感覺我老婆選夫選得很隨便，竟然只是剛好看到一個男人醬而已……

旺來：看來男主角心裡不平衡了，快～～給你機會一吐為快！

凌宇軒：生平第一回被女人告白求婚，我一時傻了，再想到我明明臉上化了個疤痕大醜妝，她居然撲上來說要嫁我，我懷疑這女的是瞎了……沒想到，她只是剛好，只是剛好，只是剛好……因為很驚訝所以說三遍！

肖文卿：矮油喔～～雖然當初是瞎矇到你，但現在我們還不是愛來愛去一輩子……只愛你一個是不是？!（抱～啾～）

旺來：喂，兩位放閃也要有極限，現在還在進行訪問，跟讀者說說你們想生幾個？

肖文卿：算命的說我老公剋母又無子送終，遇到我才能旺子有後，所以，想生多少個我都奉陪……嗯，愈多愈好……

凌宇軒：我老婆這麼嬌貴，我可捨不得她一直生下去，不過製造小孩的過程我很樂意全心全力投入……

肖文卿：老公……（羞～～）

凌宇軒：老婆，等一下我們……（躍躍欲試～～）

旺來：這兩位是想逼死誰啊，慢走，不送～～（單身無罪啊～～）

《丫鬟不好追》

愛情三十六計，總有一計能拐得美人歸？

文創風 427-428 青梅煮雪

旺來：要不要說一下你們是怎麼認識的？

顧媛媛：還不就是某位大爺先在路上耍威風，之後又莫名其妙指定我當他的丫鬟……

謝意哼道：妳該慶幸的是被爺挑到身邊，如果是謝妍，我看妳怎麼辦！

顧媛媛：也是啦，那時候真是有驚無險，可也是因為你，害我遇到多少糟心事，哼！

謝意：還說？我記得有一晚某人喝醉——

顧媛媛：等等等！現在又不是爆料大會，你怎麼能洩我的底！

謝意：反正讀者到時候去看書就會知道了。

顧媛媛：那還是等到出書日再說好了……至少能保留一點面子，呵呵～～

旺來：請說出對方的三個優點，或是愛上對方哪一點？

謝意想了想：做的包子好吃，煎的鍋貼好吃，泡的茶好喝。

顧媛媛：……我看你愛上的根本是食物吧？你乾脆去跟食物成親好了。

謝意：不如妳說說我的？

顧媛媛：好像只有愛吃？

謝意無言：……妳乾脆去跟豬成親好了。

旺來：殺青之後最想去做什麼事？(笑)

顧媛媛：種種花草、遊山玩水，或是到空明和尚那裡串門子。

謝意：妳敢再去空明那裡就給爺試試！

顧媛媛：當初也是你帶我去的，我在那邊待了一段時日也都沒事……

謝意冷哼：總之妳已經是爺的人了，心裡就只能想著爺！

《巧手回春》

一顆仁心也能為自己「救出」幸福！

文創風 429-434 芳菲

旺來：要不要說一下你們是怎麼認識的？

劉七巧：那時我到林家莊去查事，沒想到林家的少奶奶正好要生了卻胎位不正，我只好施一手剖腹取子的功夫。但他們又趕著去請了京城的少東家來，我一看這個男的長的是不錯，但給人治病的人自己先病著，一副快病倒的樣子，真是奇怪得很……

杜若：我那時大病初癒，看林家莊的人急得很才偷偷出來，哪裡知道趕上了一齣好戲——

劉七巧：什麼好戲？! 我是救人哪！你那時還很不客氣，說要『請教』我呢！

杜若：誰教妳那時太衝動，萬一剖腹時出了事，產婦因此沒了性命，家人把妳告上公堂，該怎麼辦呢？那時運氣好，母子平安，若是碰到不好說話的人家，母子死了一人，妳原本是為了救人，最後豈不是害了自己？

劉七巧：杜若若……

杜若：我說得不對嗎？

劉七巧：我現在才知道，原來你那時就對我上心啦？

杜若：……(起身走人)

旺來：請說出對方的三個優點，或是愛上對方哪一點？

杜若：古靈精怪、頭腦聰明卻心地善良，她讓我覺得日子變得精采了。

劉七巧：杜若若……沒想到你那麼愛我～～(感動)

杜若微笑：回家以後，妳知道該怎麼做了吧？

劉七巧：……

旺來：殺青之後最想去做什麼事？(笑)

杜若：好好經營寶善堂和寶育堂，把父親傳給我的事業和七巧的理想代代傳承下去，幫助更多需要的人。

劉七巧：好好睡一覺，睡得飽飽的。(打呵欠)

杜若：妳……我是讓妳過什麼苦日子了嗎……

關注狗屋閃報，好運就會跟著閃爆?!

狗屋大樂透舉辦多年，每年的獎品推陳出新，根據時下討論熱度，搭配實用性進行嚴選，從流行的豆漿機、棉花糖機、自拍神器，到關照讀者需求，方便又實用的循環風扇、火烤兩用電火鍋，而今年……狗屋又將推出什麼樣的獎品呢？

(記者 吉吉/台北報導)

頭獎 2名 Chromecast HDMI媒體串流播放器

長輩緣狂升！

常聽到家裡長輩看著手機哀嚎：「唉唷，這螢幕這麼小怎麼看啊？」這時就好懊惱不能把手機畫面瞬移到電視上，但現實沒有小叮噹，只能靠自己完成長輩的願望～～
只需將播放器插在電視的HDMI插槽，連上網路，手機上的畫面就會出現在電視上，長輩看得好開心，以為是佛祖顯靈……(有沒有這麼誇張？)

二獎 2名 飛利浦智慧變頻電磁爐

婆婆媽媽最愛趴萬！

堪稱人人家裡都要有一台，家裡沒廚房的更是不可或缺，煎炒/烤/火鍋/煮湯/蒸/粥/煮水一台包辦，外觀簡約時尚，是不是很心動？

三獎 3名 好神拖手壓式旋轉拖把組

婆婆媽媽最愛趴兔！

只需將拖把輕輕一壓，輕鬆脫水不費力；水桶貼心設計，倒水不再漏滿地，只能說好神拖真的好神。

四獎 3名 秒開全自動彈開式帳篷/遮陽帳

韓國熱銷款

現在野餐正流行，但又不想太陽曬，方便的彈開式帳篷幫你搞定哦！海邊玩水、溪邊烤肉也適用。

五獎 10名 狗屋紅利金200元

忠實讀者指定

關照多方需求，狗屋紅利金又來報到，堪稱書展的鎮台之寶，是不是該頒給他一個全勤獎？(笑)

讀者Q&A，豆漿下凡來解答

Q：大樂透獎品好誘人，想知道如何得到？

豆：只要在官網購書且付款完成後，系統就會發e-mail給你，附上流水編號，這組編號就是抽獎專用的！

Q：萬一我只買小本的書，是不是就無法參加抽獎了？(泣)

豆：狗屋是公平的，不管買大本小本、一本兩本，無須拆單，每本都會送一組流水編號喔～

Q：請問什麼時候會公布得獎名單呢？

豆：8/12(五)會公布在官網，記得上去看！

Q：如果平常想關注你們的活動，只能上官網看嗎？

豆：f 狗屋/果樹天地 持續活躍中！書展期間會在臉書上舉辦小活動，咱家的貓咪近況也會不定時在上面更新唷～

貼心備註：

(1) 購書滿千元免郵資，未滿千元郵資另計。請於訂購後兩天內完成付款，未於2016/8/4前完成付款者，皆視為無效訂單。

(2) 如果訂單上有尚未出版之預購書籍，會等到書出版後一併寄送。

(3) 活動期間，親自至本社購買亦享有相同折扣，但請先電話聯絡確認欲購書籍，以方便備書。

(4) 特賣書籍因出書時間較久，雖經擦拭、整理，仍有褪色或整飾痕跡，故難免不如新書亮麗。除缺頁、倒裝外無法換書，因實在無書可換，但一定會優先提供書況較良好的書給大家。若有個人原因需要換書，需自付來回郵資。

(5) 各書籍庫存不一，若遇缺書情形可選擇換書。

(6) 歡迎海外讀者參與(郵資另計)，請上網訂購或是mail至love小姐信箱(love@doghouse.com.tw)詢問相關訊息。

狗屋．果樹有權修改優惠活動的實施權益及辦法。

狗屋官網 http://love.doghouse.com.tw　狗屋臉書粉絲團 f 狗屋/果樹天地
狗屋・果樹出版社　台北市中山區104龍江路71巷15號　電話：(02)2776-5889　傳真：(02)2771-2568

文創風 426

追夫心切 3 完

國家圖書館出版品預行編目資料

追夫心切 / 江邊晨露著. --
初版. -- 臺北市 : 狗屋, 2016.07
冊 ; 公分. --(文創風)
ISBN 978-986-328-611-0(第3冊:平裝). --

857.7　　105008041

著作者	江邊晨露
編輯	王佳薇
校對	沈毓萍　周貝桂
發行所	狗屋出版社有限公司
地址	台北市104中山區龍江路71巷15號1樓
電話	02-2776-5889～0
發行字號	局版台業字845號
法律顧問	蕭雄淋律師
總經銷	知遠文化事業有限公司
電話	02-2664-8800
初版	2016年7月
國際書碼	ISBN-13　978-986-328-611-0
原著書名	**《侍卫大人，娶我好吗》**，由北京晉江原創網絡科技有限公司授權出版

定價250元
狗屋劃撥帳號：19001626
網址：love.doghouse.com.tw　E-mail：love@doghouse.com.tw